Robert B. Parker · Tod im Hafen

Robert B. Parker wurde 1932 geboren. Nach seinem M.A. in amerikanischer Literatur promovierte er 1971 über die »Schwarze Serie« in der amerikanischen Kriminalliteratur.
Seit seinem Debüt »Spenser und das gestohlene Manuskript« im Jahr 1973 hat er über 50 Bücher veröffentlicht. 1976 erhielt er für den Titel »Auf eigene Rechnung« den Edgar-Allan-Poe-Award für den besten Kriminalroman des Jahres. Neben den überaus erfolgreichen »Spenser«- und »Jesse-Stone«-Reihen veröffentlichte Parker auch einzelne Krimis, darunter »Wildnis«.
Am 18. Januar 2010 verstarb Robert B. Parker in Massachusetts. *www.robertbparker.de*

Robert B. Parker

Tod im Hafen

Ein Fall für Jesse Stone

Übersetzt von Bernd Gockel

PENDRAGON

Sie segelten bereits im offenen Meer hinter Stiles Island, als das Wetter plötzlich umschlug. Der Himmel hatte sich schlagartig verdunkelt. Die steife Brise peitschte ihnen die ersten Regentropfen ins Gesicht. Die Weinflaschen waren geleert, die Gespräche verstummt – es gab keinen Grund mehr, den Ausflug noch weiter zu verlängern.

„Ich hab den Eindruck, als sei was mit dem Kiel nicht in Ordnung", rief der Mann an der Pinne. „Kannst du mal nachschauen?"

Florence stand auf, beugte sich runter und zog das Kielschwert nach oben. Es ließ sich problemlos bewegen. Das Boot kippte leicht zur Seite. Sie drückte das Schwert wieder ins Wasser. Das Boot stabilisierte sich, schlug dabei aber so hart gegen eine Welle, dass der Baum seitwärts über die kleine Kajüte sauste und voll ihren Brustkorb erwischte. Der Schlag nahm ihr den Atem. Sie torkelte rückwärts und stürzte ins schwarze Wasser. Die eisige Kälte raubte ihr fast den Verstand. Sie schnappte nach Luft und schluckte Wasser, schaffte es aber, den Kopf über Wasser zu halten. Als sie sich umschaute, konnte sie sehen, dass das Segelboot bereits wendete und wieder zurückkam. Sie schlug noch immer wild um sich und war außer Atem, bemühte sich aber, ihre Gedanken langsam zu ordnen. In der Ferne sah sie die Häuser von Paradise, die sich eng an den Hügel über dem Hafen drängten. Sie sah den Turm der ältesten Kirche im Ort, die genau auf der Spitze des Hügels stand. Das Boot kam direkt auf sie zu. Sie strampelte verzweifelt. In spätestens einer Minute würde es hier sein. Halt durch! Halt nur noch ein bisschen durch! Durch den Grauschleier des Regens sah sie bereits die Gischt am Bug, sah den Mast mit dem stählernen Spannschloss, sah sogar schon den Schutzlack auf der Unterseite des Bootes.

In wenigen Sekunden würde der Steuermann das Segel einziehen und sich gegen den Wind stellen, damit sie sich an der Reling hochziehen konnte. Sie strampelte mit den Beinen und hielt sich halbwegs über Wasser, um regelmäßig atmen zu können. Doch das Boot stellte sich nicht gegen den Wind! Es kam direkt auf sie zu! Der Bug rammte ihren Oberkörper und drückte ihn unter Wasser. Halb bewusstlos kämpfte sie sich wieder nach oben. Doch das Boot segelte weiter und ließ sie zurück. Sie versuchte zu schreien, verschluckte sich aber. Sie tauchte unter und schluckte noch einmal. Und verlor das Bewusstsein.

Das kleine Boot, das Segel voll am Wind, nahm Kurs auf den Hafen. Ohne sie.

1

Als Jesse Stone eintraf, war der Türsteher des „Dory“ gerade damit beschäftigt, ein feuchtes Handtuch auf seine blutende Nase zu drücken. Suitcase Simpson, wie immer in Jesses Schlepptau, trug seine Uniform, während Jesse den Dienst in Jeans und einem kurzärmligen Hemd versah. Sein Revolver saß auf der rechten Hüfte, die Polizeimarke steckte in der Brusttasche, doch der Stern auf der aufgeklappten Vorderseite war problemlos sichtbar.

„Du ziehst doch sonst nie den Kürzeren, Fran“, sagte Jesse.

Der Rausschmeißer zuckte die Schultern. Sein rechtes Auge war völlig geschwollen.

„Eine Nummer zu groß für mich, Jesse. Würd mich nicht wundern, wenn ihr den Typen nur abknallen könnt.“

„Na dann schaun wir doch mal“, sagte Jesse.

Er ging hinein. Obwohl die Bar gut besucht war, sprach niemand ein Wort. Auf dem Tresen stand ein hünenhafter Mann und trank „Wild Turkey“ aus einer Flasche, auf der eine Trinktülle saß. Der Mann hielt die Flasche schräg über seinen Kopf und ließ den Whiskey einfach in sich hineinlaufen. Judy, die Barkeeperin, hatte schon ihre Stellung geräumt und sich beim Eingang in Sicherheit gebracht. Sie hatte einen blonden Pferdeschwanz und trug Turnschuhe, Shorts und ein knappes Oberteil.

„Haben Sie uns angerufen?“, fragte Jesse.

Sie nickte.

„Er war schon hackevoll, als er reinkam“, sagte sie.

Jesse nickte.

„Er machte ein paar dumme Sprüche, worauf ich ihm sagte, dass ich ihn nicht bedienen würde. Als er noch mehr dumme Sprüche machte, versuchte Fran zu helfen …“ Sie zuckte mit den Schultern.

„Weißt du, wer das ist?“, flüsterte Simpson in Jesses Ohr.

„Carl Radborn“, sagte Jesse. „Profi-Footballer. Wollen wir ihn um ein Autogramm bitten?“

„Ich wollt’s ja nur gefragt haben“, murmelte Simpson.

Jesse bahnte sich den Weg durch die stumme Menge, Simpson in seinem Windschatten.

„Hey“, rief Radborn. „Rette sich, wer kann. Die Paradise-Cops laufen ein.“

Radborn war mindestens 1,95 Meter groß und wog um die drei Zentner. Angesichts seiner Ausmaße wirkte die Bar wie ein niedliches Miniatur-Modell. Jesse grinste ihn an.

„Hätte wohl besser meine Großwild-Büchse mitbringen sollen“, sagte er.

„Scheiße aber auch“, sagte Radborn und sprang vom Tresen herunter, die Flasche noch immer in der Hand. „Weißt du überhaupt, wer ich bin, mein Junge?“

„Eine Frage, die ich immer besonders schätze“, sagte Jesse. „Klar weiß ich, wer Sie sind. Als Sie im letzten Jahr gegen die Baltimore Ravens spielten, hat Jonathan Ogden aus Ihnen Kleinholz gemacht.“

„Fick dich ins Knie“, sagte Radborn.

„Oh“, sagte Jesse, „an diese Variante hatte ich bislang noch gar nicht gedacht.“

Ein paar Leute in der Bar kicherten.

„Ist mir scheißegal, ob du ein Cop oder sonst was bist“, sagte Radborn. „Ich reiß dir den Arsch auf – und den von deinem fetten Bübchen hier gleich mit.“

Simpsons Gesichtsfarbe wurde sichtbar dunkler.

„Wenn Sie sich da mal nicht täuschen“, sagte Jesse. „Das sind mehr Muskeln als sonst was.“

„Ich spiel Football“, sagte Radborn, „und wer Football spielt, lässt sich von niemandem auf der Nase tanzen. Bist du bereit für ein Tänzchen?“

„Wär vielleicht besser, wenn wir das Tänzchen nach draußen verlegen“, sagte Jesse.

„Fick dich.“

„Ich interpretiere das als ein Nein“, sagte Jesse. „Suit, gib mir doch mal deinen Knüppel.“

Simpson nahm den Gummiknüppel aus seiner Halterung und reichte ihn Jesse.

„Und du glaubst, der verdammte Zahnstocher würde dir helfen?“, höhnte Radborn.

Er war etwa 15 Zentimeter größer als Jesse und sicher 50 Kilo schwerer. Jesse nahm den Knüppel, zog ihn in einer nahtlosen Bewegung durch und donnerte ihn in Radborns Hoden. Radborn stöhnte und beugte sich mit schmerzverzerrtem Gesicht nach vorne. Jesse trat blitzschnell einen Schritt hinter ihn und verpasste ihm einen Schlag in die Kniekehlen. Die Beine knickten ein, Radborn ging auf die Knie. Jesse griff mit einer Hand in seine Haare und riss Radborn weiter herunter, bis er mit dem Gesicht auf dem Fußboden lag. Dann schaute er sich zu Simpson um.

„Und ich hab Baseball gespielt", sagte er. „Leg ihn in Ketten, Kollege."

Simpson legte ihm die Handschellen an. Mit Hilfe des Rausschmeißers schafften sie es, Radborn halbwegs auf die Beine zu stellen und nach draußen zum Streifenwagen zu zerren. Er hatte offensichtlich den ganzen Tag gebechert und war kaum noch bei Sinnen. Als sie ihn auf den Rücksitz bugsiert hatten, wippte er halb ohnmächtig auf seinem Sitz hin und her – und der ganze Streifenwagen wippte mit. Plötzlich lehnte er sich gegen den Sitzgurt nach vorne und übergab sich. Die zahlreichen Barbesucher, die nach draußen gekommen waren, johlten und applaudierten.

Die beiden Cops und der Rausschmeißer schauten Radborn für einen Moment sprachlos an.

„Die Rennwoche halt", sagte der Rausschmeißer.

„Und heute ist gerade mal der erste Tag", sagte Jesse.

Simpson setzte sich hinters Steuer, während Jesse auf dem Beifahrersitz Platz nahm. Sie ließen umgehend ihre Fenster herunter. Jesse schaute durch das Schutzgitter nach hinten. Just in diesem Moment übergab sich Radborn erneut.

„Einer der Vorteile, Polizeichef zu sein", sagte Jesse. „Mit dem Säubern des Streifenwagens hat man nichts mehr am Hut."

„Übernimmt das immer der Fahrer?", fragte Simpson.

„Sieht ganz so aus."

2

Jenn und Jesse hatten sich auf die Terrasse des „Gray Gull" gesetzt, um den Blick über den Hafen genießen zu können.

„Drehen die Leute bei der Rennwoche immer so durch?", fragte sie.

„Zumindest in den Jahren, seit ich hier meine Zelte aufgeschlagen habe", sagte Jesse.

„Und das alles nur, um ein paar Segelbooten beim Rennen zuzusehen?"

„Und zu saufen, prassen und huren", sagte Jesse. „Vielleicht ziehen sie sich auch ein weißes Pülverchen durch die Nase oder gehen ins Wettbüro.

Und die oberen Zehntausend kommen hierher, um ihre Deals zu machen und vielleicht einen dicken Fisch an Land zu ziehen. Die großen Boote trudeln sogar schon einen Monat vor dem Rennen hier ein. Viele kommen zur Rennwoche, ohne je ein Rennen zu sehen."

Er trank Eistee, während Jenn einen Daiquiri bestellt hatte. Sie trug eine modische Sonnenbrille von Oakley – die mit einem futuristisch gewölbten Gestell. Die Terrasse war nach Osten hin ausgerichtet, während die Sonne im Westen bereits unterging und durch das Restaurant völlig verdeckt wurde. Jenn arbeitete als Wetterfee bei einer Fernsehstation in Boston und wurde auch in Paradise von Passanten regelmäßig erkannt. Ihre Sonnenbrille half dabei herzlich wenig, dachte Jesse, aber das war wohl auch kaum der Grund, warum sie die ausgefallene Brille trug. Sie bemerkte, dass er sie ansah, und streckte ihre Hand über den Tisch.

„Wie geht's uns denn?", fragte sie.

„So weit, so gut", sagte Jesse.

Im Hafen drängten sich die Rennsegelboote, während gleich hinter der Hafenausfahrt, im tieferen Wasser des Ozeans, die großen Jachten vor Anker gegangen waren.

„Beteiligen sich die großen Boote auch an den Rennen?", fragte Jenn.

„Einige schon", sagte Jesse. „Am Ende der Rennwoche segeln einige von ihnen bis runter nach Virginia Beach. Man hat mir erzählt, dass die Rennjachten anders aussehen als die üblichen Segelboote, aber ich bin nun mal eine Landratte und kann keine Unterschiede feststellen."

Die Kellnerin brachte ihnen zwei Portionen Hummersalat und ein Glas Weißwein für Jenn.

„Auf unserem News-Ticker kam die Nachricht, dass du gestern diesen Football-Hünen verhaftet hast", sagte Jenn. „Einer unserer Sportredakteure machte mich darauf aufmerksam."

„Er randalierte im ‚Dory'", sagte Jesse. „Zerlegte die Nase des Türstehers in Einzelteile."

„Der Redakteur erzählte, du hättest ihn mit dem Knüppel zur Strecke gebracht."

„Stimmt. Musste mir allerdings den Knüppel von Suit ausleihen", sagte Jesse.

„Ich war mit … wie heißt er noch gleich? Redford?"

„Radborn", sagte Jesse.

„Ich hab Radborn mal auf einer Benefiz-Veranstaltung kennengelernt", sagte Jenn. „Er ist ja wirklich ein echter Riese. Hattest du keinen Schiss? Nicht mal ein klein bisschen?"

„Je größer sie sind, umso …"

„Oh nein, erzähl mir nicht diesen Schmu", sagte Jenn.

Jesse grinste. „Wie wär's mit: Wenn Hunde kämpfen, kommt's nicht auf die Größe …"

„Nein, ernsthaft. Es interessiert mich. Es interessiert mich, wie du funktionierst."

„Wenn du mal ein Cop warst, vor allem ein Großstadt-Cop wie ich, dann lernst du halt nach 'ner Weile, mit solchen Situationen richtig umzugehen."

„Aber er ist zweimal so groß wie du."

„Es geht nicht um dein Gegenüber", sagte Jesse. „Entscheidend bist du selbst."

„Okay, was ist denn dein Geheimnis?"

Jesse grinste.

„Normalerweise die Gewissheit, dass du noch ein paar Kollegen in der Hinterhand hast."

„Und diesmal?"

„Nun, Suit hätte eingreifen können, aber der Laden war rappelvoll. Und Radborn lief Amok und …"

„Und riskierte obendrein noch die dicke Lippe."

„Genau. Wenn du's also über die Bühne bringen musst, mach's zügig. Einen Typen wie Radborn erwischst du entweder sofort – oder kannst ihn dir nur noch mit der Knarre vom Leib halten."

„Und was hast du gemacht?"

„Ich haute ihm mit Suits Gummiknüppel in die Eier."

„Autsch", sagte Jenn. „Und das war alles?"

„Im Prinzip ja."

„Bevor du kamst, unterhielt ich mich mit unserem Barkeeper hier", sagte Jenn.

„Doc", sagte Jesse.

„Ja. Er erzählte mir, du wolltest den Fall nicht weiter verfolgen."

Jesse trank einen Schluck Eistee und grinste sie an, als er das Glas wieder abstellte.

„Heute Morgen, als er aus seinem Koma wieder erwachte, stellten wir ihn vor die Wahl: Er konnte die Bekanntschaft des Amtsrichters machen oder den Streifenwagen putzen."

„Den Streifenwagen putzen?"

„Er hatte reingekotzt."

„Guten Appetit", sagte Jenn. „Das war's dann wohl mit dem Abendessen."

„Nun tu nicht so. Du bist doch so sensibel wie ein Stacheltier."

„Aber erheblich schnuckeliger", sagte Jenn. „Und – hat er's wirklich gemacht?"

„Hat er", sagte Jesse. „Und wir ließen ihn laufen."

„Und das alles mit seinem Kater."

„Und es war ein ausgewachsener Kater, soweit ich das ermessen konnte."

„Du bist ja in solchen Dingen bewandert", sagte Jenn.

„Bin ich."

Für eine Weile aßen sie schweigend ihren Hummersalat. Er schmeckte mäßig. Jesse kam eigentlich immer zum gleichen Urteil, wenn er im „Gray Gull" aß, doch der Laden war unkompliziert und freundlich – und im Sommer, wenn man auf der Terrasse sitzen konnte, hatte man einen göttlichen Blick auf den Hafen. Davon abgesehen: Jesse machte sich nicht übermäßig Gedanken, was er nun gerade in seinen Mund schob.

Nach dem Abendessen machten sie einen kleinen Bummel am Kai. Die kleinen Gässchen, die zum Hafen führten, waren gut besucht. Viele der Passanten waren angetrunken, einige schon auf Krawall gebürstet. Jesse tat so, als würde er sie gar nicht sehen.

„Ich hab meine Sachen mitgebracht“, sagte Jenn.

„Zum Übernachten?“

„Ja“, sagte Jenn. „Ich werd erst morgen Nachmittag wieder im Studio gebraucht.“

„Hast du sie schon ins Haus gebracht?“

„Ja, ich hab sie im Schlafzimmer deponiert.“

„Klingt vielversprechend“, sagte Jesse.

„Es ist vielversprechend“, sagte Jenn, „aber erst muss ich mein Abendessen abspazieren.“

„Du warst nie das ‚Liebe-auf-den-vollen-Magen-Girl‘“, sagte Jesse.

„Ich mag's eben, wenn alles perfekt passt“, sagte Jenn.

„Kein Problem“, sagte Jesse.

Die Straßen wurden stiller, je weiter sie sich vom Hafen entfernten. Statt Bars und Restaurants gab es hier nur noch die alten Wohnhäuser, die von beiden Seiten auf die Bürgersteige zu drücken schienen. Es waren schmale Gässchen mit Kopfsteinpflaster, verwitterten Fassaden, Bleiglasfenstern, Wetterfahnen und Balkonen mit schmiedeeisernen Brüstungen. Da auch die Straßenbeleuchtung aufs Notwendigste reduziert war, hatte man fast das Gefühl, sich im Stadtkern einer alten europäischen Stadt zu befinden. Jenn griff beim Gehen nach Jesses Hand.

„Diesmal“, sagte sie, „könnten wir's wirklich packen.“

„Vielleicht“, sagte Jesse. „Wenn wir nur pfleglich miteinander umgehen.“

In vielen Häusern waren die Fenster erleuchtet. Hinter den Vorhängen sahen sie Leute, die vor dem Fernseher saßen, ein Buch lasen, sich miteinander unterhielten oder alleine tranken – alles nur ein paar Handbreit vom Bürgersteig entfernt.

„Seit wann hast du nicht mehr getrunken?“, fragte Jenn.

„10 Monate und 13 Tage.“

„Vermisst du's?“

„Ja.“

„Vielleicht schaffst du's ja irgendwann, dir gelegentlich einen Drink zu genehmigen“, sagte Jenn. „Wenn du in Gesellschaft bist, meine ich.“

„Mag sein“, sagte Jesse.

„Vielleicht könnten wir's bald ja auch wagen, mehr als nur einen Tag zusammen zu verbringen.“

„Mag sein“, sagte Jesse.

Sie waren inzwischen in einer Gegend angekommen, in der die Fenster nur sporadisch erleuchtet waren. Die Straßen wurden dunkler. In der lautlosen, salzhaltigen Luft waren ihre Fußtritte laut und deutlich zu vernehmen.

„Seit unserer Scheidung hast du mit vielen Frauen geschlafen", sagte Jenn.

Jesse grinste in die Dunkelheit hinein.

„Man kann halt nie genug kriegen", sagte er.

„Doch, kann man", sagte Jenn. „Und das weißt du auch ganz genau."

„Ja, weiß ich."

„Und in meinem Leben gab es auch viele Männer."

„Ich weiß."

„Beschäftigt dich das?"

„Ja."

„Möchtest du drüber reden?"

Jesse schüttelte den Kopf.

„Nein", sagte er. „Noch nicht."

„Noch nicht?"

„Erst wenn ich die Hintergründe besser verstehen kann."

Jenn nickte.

„Sprichst du noch immer mit Dix?"

„Manchmal."

„Sprecht ihr dann auch über dieses Thema?"

„Manchmal", sagte Jesse. „Beschäftigen dich denn die Frauen in meinem Leben?"

„Hält sich in Grenzen", sagte Jenn. „Hauptsächlich, weil ich gar nicht erst über sie nachdenken will."

Ihr ausgedehnter Bummel hatte sie erst am Hafenkai vorbeigeführt, dann in die Altstadt hoch und nun wieder zurück zum Hafen, wo sich Jesses Apartment befand. Vor seiner Haustür blieben sie stehen.

„Fest steht nur eines", sagte Jenn. „Der Mann in meinem Leben bist nun du."

„Ja", sagte Jesse.

„Willst du auf der Terrasse noch was fummeln?", fragte Jenn. „Oder sollen wir lieber gleich ins Bett?"

Jesse nahm sie in seine Arme.

„Es gibt keinen Grund zur Eile", sagte er.

„Das liebe ich an einem Mann", flüsterte Jenn und gab ihm einen langen Kuss.

3

Die Leiche lag auf dem Bauch und schwappte leicht gegen die Kaimauer. Sie trieb auf dem dunklen Wasser des Hafens, das an dieser Stelle einen öligen Film hatte – umgeben von zerbrochenen Krabbenpanzern, toten Fischen und Styropor-Fetzen, die offenbar durch nichts kleinzukriegen waren. Im Kielwasser eines Motorbootes schaukelte die Leiche sachte hin und her. Die Seemöwen hatten bereits ein Auge auf den Körper geworfen – und unter dem Seetang konnte Jesse auch einen Schwarm kleinerer Fische erkennen.

„Muss eine Frau sein", sagte Simpson. „Trägt ein Kleid."

„Noch kein narrensicherer Beweis", sagte Jesse, „aber gehen wir der Einfachheit halber mal davon aus."

Das Boot hatte einen Wasserwirbel ausgelöst, der die Leiche um ihre eigene Achse drehte. Ihre Füße stießen gegen die Kaimauer.

„Wir müssen sie irgendwie rausholen", sagte Jesse.

„Sie muss schon eine Weile im Wasser gewesen sein", sagte Simpson. „Man kann schon von hier sehen, wie aufgedunsen sie ist."

„Besorgt ein Segeltuch", sagte Jesse. „Arthur, Peter Perkins und du holt sie raus. Deckt sie dann mit dem Tuch ab. Wir wollen ja nicht, dass unsere Segler noch vor dem Rennen seekrank werden."

„Und was ist mit uns Cops?", fragte Simpson.

„Versuch's runterzuschlucken", sagte Jesse. „Alles andere wär schlecht fürs Image der Polizei."

Jesse hatte schon genug Wasserleichen gesehen und verspürte nicht das Bedürfnis, sich heute noch eine weitere anzutun. Er schaute zu den kleinen Segelbooten hinüber, die langsam den Hafen verließen, um draußen vor Stiles Island an den Start zu gehen. Am hinteren Ende der Insel konnte er ein paar weiße Schaumkronen erkennen. Würde bestimmt kein Zuckerschlecken sein, unter diesen Bedingungen zu segeln. Hinter ihm war der Wagen der Gerichtsmediziner eingetroffen. Sie holten eine Bahre heraus und rollten sie die Rampe zum Wasser hinunter. Einer der Mediziner, eine Frau, ging vor der Leiche in die Hocke und schlug das Segeltuch zurück. Jesse bemerkte, dass seine drei Cops geflissentlich wegsahen. Er grinste. Die Medizinerin hatte offensichtlich keinen empfindlichen Magen, sondern sah sich die Leiche eingehend an. Als sie fertig war, schlug sie das Tuch wieder zurück und gab ihren Kollegen ein Zeichen. Sie kamen, legten die Leiche auf die Bahre und schoben sie wieder zum Wagen zurück. Ein paar Schaulustige, überwiegend Teenager, verfolgten die Prozedur. Dann und wann kicherte einer von ihnen.

„Irgendwas Interessantes?", fragte Jesse die Frau.

„Wir müssen sie unters Messer nehmen", sagte sie. „Sie ist zu aufgedunsen, um jetzt schon was sagen zu können."

„Gibt's Hinweise auf ihre Identität?", fragte Jesse.

„Noch nicht."

„War sie schon lange im Wasser?"

„Ja", sagte die Frau. „Sieht so aus, als hätten die Krabben an ihr geknabbert."

„Krabben?"

„Hmm."

„Was bedeuten würde, dass sie auf dem Meeresboden gelegen hat", sagte Jesse.

„Oder an der Küste angespült wurde."

Jesse nickte. „Sonst noch was?"

Sie schüttelte ihren Kopf.

„Wir wissen mehr, wenn wir sie auf den Tisch gelegt haben", sagte sie.

„Haben Sie was dagegen, wenn mein Spurensicherungs-Experte mitkommt?", fragte Jesse.

„Nicht die Bohne", sagte die Frau. „Wir werden ihm schon ein paar appetitliche Sachen zeigen können."

„Herr im Himmel", stöhnte Peter Perkins.

Simpson verfolgte, wie der Wagen abfuhr. Er hatte ein rundes, blasses Gesicht mit rosigen Pausbacken, doch momentan war jegliche Farbe aus seinem Gesicht verschwunden.

„Wenn man so was sieht", sagte er betroffen, „wenn man hautnah mitbekommt, wie ein angefressener, aufgedunsener, stinkender Körper aussieht, dann kommen einem unweigerlich die Fragen nach Leben und Tod."

Jesse nickte.

„Schwer vorzustellen, wie so ein Körper in den Himmel kommen soll", sagte Simpson.

„Da haben die sterblichen Körper sowieso nichts verloren", sagte Arthur.

„Ja, ich weiß."

Die drei Männer schwiegen für eine Weile.

„Denkst du jemals über solche Sachen nach, Jesse?“, fragte Simpson.

Jesse nickte.

„Und – zu welchem Ergebnis kommst du dann?“

„Zu dem Ergebnis, dass ich nichts weiß.“

„Das ist schon alles?“, fragte Simpson.

„Das ist alles“, sagte Jesse. „Was nicht bedeutet, dass es kein Leben nach dem Tod gibt. Es bedeutet aber auch nicht, dass es ein ewiges Leben gibt. Es bedeutet nur, dass ich nichts weiß.“

„Und das reicht dir, Jesse?“

„Muss halt reichen. Für mich ist das Universum zu groß und zu kompliziert, um's kapieren zu können.“

„Das ist eben der Punkt, wo der Glaube ins Spiel kommt“, sagte Arthur.

„Wenn er denn kommt“, sagte Jesse.

„Für mich jedenfalls tut er's“, sagte Arthur.

Jesse nickte.

„Hauptsache, es funktioniert“, sagte er. „So, und nun beschäftigen wir uns mal mit der Frage, wer unsere Wasserleiche in ihrem früheren Leben wohl war.“

4

Jesse hatte sich den Obduktionsbericht gleich zur Hand genommen, als er am nächsten Morgen um

8 Uhr 40 das Revier betrat. Molly saß hinter der Telefonzentrale, hatte momentan aber nichts zu tun.

„Glaubst du, dass sie von einer der großen Jachten gefallen ist?“, fragte sie.

Jesse konnte sich ein Grinsen nicht verkneifen. Mit ihrem überdimensionalen Polizeigürtel sah Molly immer eine Nummer *zu klein* aus. Wobei ihre Körpergröße eigentlich nie ein Problem war. Es gab herzlich wenig, wofür Molly zu klein war. Sie war dunkelhaarig, hübsch und besaß vor allem eine unstillbare Neugier und wilde Entschlossenheit.

„Dann muss sie sich aber schon vor der Rennwoche hier aufgehalten haben“, sagte Jesse. „Laut Obduktionsbericht hat sie schon länger im Wasser gelegen.“

„Irgendwelche Verletzungen?“

„Nichts, aber mit Sicherheit lässt sich das schwer sagen. Krabben-Spuren deuten wohl darauf hin, dass sie auf dem Meeresboden gelegen haben muss. Was bedeuten könnte, dass sie mit einem Gewicht beschwert wurde. Der körperliche Zerfall, die Strömung oder was auch immer führten dann dazu, dass sich der Körper losriss und an die Oberfläche trat. Andererseits könnte sie auch die ganze Zeit im flachen Wasser gelegen haben.“

„Es könnten aber auch Hummer gewesen sein, die an ihr geknabbert haben“, sagte Molly.

„Danke für den Hinweis“, sagte Jesse. „Ich werd

dran denken, wenn ich beim nächsten Mal im ‚Gray Gull' Hummer bestelle."

Er bemerkte, dass er „Gray Gull" inzwischen wie die Einheimischen aussprach – als wäre es ein einziges Wort, mit Betonung auf „Gray" statt auf „Gull". *Bin schon 'ne ganze Weile hier, dachte Jesse. Werd langsam zum Einheimischen.*

„Und Seemöwen können's nicht gewesen sein?", fragte Molly.

„Nein."

„Woher wissen sie das denn so genau?"

„Sie wissen's eben", sagte Jesse. „Es gibt zwar Hinweise, dass sie von einem stumpfen Gegenstand getroffen wurde, was aber auch damit erklärt werden kann, dass der Körper von der Flut gegen die Felsen geschleudert wurde."

„Ich verstehe. Nun, falls sie wirklich von einer der großen Jachten fiel, hätten wir doch eigentlich eine Vermisstenmeldung bekommen müssen."

„Aber niemand wurde als vermisst gemeldet, Jacht oder nicht Jacht."

„Es gibt immerhin fünf vermisste Personen im Nordosten der USA", sagte Molly. „Theoretisch könnte sie eine davon sein. Nur blöde, dass es bei den Zahnabdrücken keine Übereinstimmungen gibt."

Jesse trug Jeans, Turnschuhe und ein weißes, kurzärmliges Polizeihemd. Die Polizeimarke steckte über der Brusttasche. Er trug die kurze .38er, die er aus Los Angeles mitgebracht hatte. Molly wusste, dass sich seine Dienstwaffe, eine 9mm-Halbautomatik, in der rechten Schublade seines Schreibtisches befand. Er war braun gebrannt, trug kurze Haare und war kräftig gebaut. Auch wenn er nicht übermäßig groß war, blieb Molly nie verborgen, dass sein gesamter Oberkörper wohl völlig austrainiert sein musste.

Das Telefon klingelte. Molly nahm ab und sagte: „Ja, gnädige Frau, wir werden umgehend jemanden schicken." Sie machte sich keine Notizen und unternahm auch nichts, als das Telefonat beendet war.

„Mrs. Billups?", fragte Jesse.

Molly nickte.

„Sie sagt, dass ein ihr unbekannter Mann an ihrem Haus vorbeigegangen sei. Er sehe unheimlich aus."

„Wie oft hat sie uns in diesem Monat schon angerufen?"

„Vier Mal", sagte Molly.

„Und im gesamten Jahr?"

„Oh mein Gott", sagte Molly. „Ich kann's nicht zählen."

„Mrs. Billups scheint wohl zu viel Zeit zu haben", sagte Jesse. „Wer ist gerade auf Streife?"

„Suit."

„Dann soll er doch mal langsam an ihrem Haus vorbeifahren", sagte Jesse.

„Es gibt keinerlei Vorkommnisse, Jesse."

„Ich weiß es und du weißt es. Aber Mrs. Billups weiß es nicht."

„Für jemanden, der Carl Radborn den Knüppel in die Eier gehauen hat, hast du eine erstaunlich sentimentale Ader", sagte Molly.

„Wenn sie den Streifenwagen sieht, wird sie bestimmt aus dem Fenster schauen. Sag Suit, dass er ihr zuwinken oder das ‚Daumen-hoch'-Zeichen geben soll."

Molly schüttelte missbilligend den Kopf, tat aber, wie ihr befohlen.

„Mach doch mal einen kleinen Ausflug zu Mrs. Billups", sagte sie, als sie Simpson über Funk erreicht hatte.

„So 'ne Scheiße, Molly. Das Muttchen sieht doch hinter jedem Strauch böse Verbrecher."

Jesse lehnte sich zum Mikro hinüber.

„Die Polizei, dein Freund und Helfer, Suit."

Für einen Moment war es still, bis Simpson sagte: „Aye, aye, Käpt'n."

Jesse ging ins Besprechungszimmer, holte zwei Kaffee und brachte einen zu Mollys Schreibtisch.

„Wenn man in der Stadt verschütt geht, fällt das so schnell niemandem auf", sagte er. „Aber auf einer Jacht?"

„Dann war's wohl keine Jacht, auf der sie sich befand."

„Oder wenn doch, wollten es die Besitzer nicht an die große Glocke hängen", sagte Jesse.

„Was bedeuten würde, dass sie ermordet wurde."

„Oder dass jemand verschweigen möchte, dass sie sich auf der Jacht befunden hat."

Molly nickte.

„Eine Geliebte beispielsweise", sagte sie.

„Oder eine Nutte, ein Schöffe in einem laufenden Prozess oder irgendetwas, das wir uns nicht vorstellen können."

„Es gibt nichts, was wir beide uns nicht vorstellen könnten", sagte Molly.

„Die Frage ausgenommen, wer denn wohl die Wasserleiche ist."

„Und die Gerichtsmediziner können dir keinerlei Anhaltspunkte geben?"

„Natürlich können sie das."

Er schaute wieder auf den vorläufigen Obduktionsbericht.

„Die Frau war etwa 35 Jahre alt, 1,70 Meter groß, circa 60 Kilo schwer. Braune Augen, braune Haare. Sie trug ein teures Kleid und seidene Unterwäsche. Sie hatte Alkohol im Blut und auch Spuren von Kokain. Sie war Raucherin. Sie hatte eine Brustvergrößerung vornehmen lassen. Sie war am Leben, als sie im Wasser landete. Und sie war keine Jungfrau mehr."

„Was du nicht sagst."

„Ich les nur von der Liste ab, Moll", sagte Jesse. „Und sie hatte bislang auch noch kein Kind zur Welt gebracht."

„Wir könnten ja bei Schönheitschirurgen anfangen und nachfragen, ob eine Patientin mit Brustvergrößerung verschwunden ist“, sagte Molly.

„Falls sie überhaupt von einem Schönheitschirurgen operiert wurde“, sagte Jesse. „Heute macht doch schon jeder dahergelaufene Doktor diese Operationen.“

„Aber intelligentere Leute würden sich wohl kaum von einem Allergie-Spezialisten operieren lassen“, sagte Molly. „Würdest du das?“

„Eine Brustvergrößerung machen lassen?“, sagte Jesse.

„Du weißt genau, was ich meine.“

Wieder klingelte das Telefon. Molly antwortete und schrieb sich diesmal eine Adresse auf.

„Okay, Mr. Bradley“, sagte sie, „ich werde umgehend jemanden vorbeischicken. Rufen Sie uns ruhig nochmal an, sollte es Probleme geben. Und kommen Sie dem Tier nicht zu nahe.“

„Tollwütiges Tier?“, fragte Jesse.

„Stinktier. Ein Typ, der gerade auf einem Dach am Sterling Circle arbeitet, sagt, dass es im Kreis über die Straße laufe. Er rief von seinem Handy an.“

„Suit sollte Mrs. Billups inzwischen glücklich gemacht haben. Sag ihm, dass er hinfahren und das Stinktier erschießen soll.“

„Und wenn's nicht Tollwut ist?“

„Dann kann uns die Stinktier-Familie ja verklagen.“

Molly rief Simpson an. Nachdem sie die Nachricht überbracht hatte, wandte sie sich wieder Jesse zu.

„Stimmt es denn wirklich, dass Leute wie Urologen auch Schönheitsoperationen machen?“

„Rechtlich sind sie dazu in der Lage“, sagte Jesse. „Und es gibt genug Leute, die einen Doktor nicht vom anderen unterscheiden können. In ihren weißen Kitteln sehen sie doch alle gleich aus.“

„Eine Frau mit seidener Unterwäsche wüsste das aber“, sagte Molly.

Jesse grinste.

„Hängt davon ab, wer die Unterwäsche gekauft hat“, sagte er.

„Trotzdem, die Wahrscheinlichkeit spricht für einen Schönheitschirurgen. Ich kann mich ja mal hinters Telefon klemmen.“

„Klar“, sagte Jesse. „Wenn wir Glück haben, hat sie die Operation ja hier in der Gegend gemacht.“

„Was denn sonst?“, sagte Molly. „Oder glaubst du etwa, sie sei aus Grand Junction in Colorado angereist, habe ihren Wagen irgendwo am Damm geparkt und sei dann ins Wasser gesprungen?“

„Dagegen spricht, dass wir keine Meldung über ein führerloses Fahrzeug haben“, sagte Jesse.

„Oder jemand hat sie dorthin gefahren, ins Wasser geworfen und ist dann alleine weggefahren.“

„Oder sie kommt von einem anderen Stern“, sagte Jesse.

„Ach, halt doch den Mund“, sagte Molly.

„Ich bin der amtierende Polizeichef von Paradise/Massachusetts“, sagte Jesse. „Und damit auch Ihr Vorgesetzter. Ich darf wohl ein Mindestmaß an Respekt erwarten.“

„Selbstredend“, sagte Molly. „Halten Sie bitte Ihren Mund, Sir.“

„Ich danke Ihnen.“

„Haben sie ihre Untersuchung denn bereits abgeschlossen?“, fragte Molly.

„Die Gerichtsmediziner? Nein, das hier ist nur der vorläufige Bericht. Sie schnipseln noch immer rum.“

„Igitt.“

„Cops sagen nicht ‚Igitt‘.“

Molly lachte, beugte sich über den Schreibtisch und küsste Jesse auf die Stirn.

„Ist das denn den Polizisten erlaubt?“, fragte sie.

„Absolut“, sagte Jesse. „Jedenfalls tun's die meisten.“

Das Telefon klingelte. Molly sagte: „Paradise Police“, während sich Jesse mit dem Obduktionsbericht in sein Büro verzog.

5

Dix sieht immer so unglaublich sauber aus, dachte Jesse. Das Weiß seiner Hemden war ein strahlendes Weiß. Sein kahler Schädel glänzte, als hätte er ihn gerade rasiert. Das Aftershave auf seinem Gesicht schien frisch aufgetragen zu sein.

„Jenn fragte mich neulich, ob es mir was ausmache, dass sie andere Männer hatte."

Dix nickte. Er hatte seine Ellbogen auf die Armlehnen gestützt und die Hände vor der Brust gefaltet. Es waren große, zupackende, fast schon quadratische Hände.

„Ich sagte ihr, dass es mir sehr wohl auf der Leber liege."

„Möchten Sie darüber heute reden?", fragte Dix.

„Ja."

„Liegt Ihnen was auf der Zunge?"

„Nun ja, es treibt mich halt auf die Palme", sagte Jesse. „Andererseits ist das ja wohl nicht gerade ungewöhnlich."

„Dass sie Sex mit anderen Männern hatte?"

„Dass sie gemeinsam Liebe machten", sagte Jesse.

Dix nickte. Beide schwiegen. Vom Telefon und einem Notizblock abgesehen war Dix' Schreibtisch völlig leer. Seine Urkunden hingen an der Wand, vor der sich auch eine Couch befand, die Jesse aber nie benutzt hatte.

„Macht es Sie fertig, wenn Sie daran denken dass sie intim redeten, dass sie zusammen lachten, Insider-Witze hatten, gemeinsames Essen genossen oder sich Sportübertragungen anschauten?"

„Alles. Aber ist es nicht – um eine hochgestochene Psychiater-Phrase zu bemühen – eine völlig adäquate Reaktion, wenn man bei einem Seitensprung seiner Frau eifersüchtig wird?“

„Es ist sicher eine sehr menschliche Reaktion“, sagte Dix. „Ist Ihre Reaktion auf diese Beispiele denn genauso intensiv wie bei der Vorstellung, dass sie gerade mit einem anderen Mann Sex hat?“

„Nein.“

„Betrügt sie Sie momentan noch immer?“

„Nein, im Moment ist alles im Lot.“

„Also?“, fragte Dix.

Jesse wollte eine Antwort geben, schluckte sie aber runter und lehnte sich zurück. Dix blieb stumm.

„Es sieht so aus, als könne ich das Thema einfach nicht abhaken“, sagte Jesse.

„Welchen Aspekt können Sie nicht abhaken?“

„Wie sie Sex mit einem anderen Mann hat. Ich stell es mir plastisch vor. Wenn ich mit ihr zusammen bin, kann ich die Vorstellung einfach nicht abschütteln.“

Dix hatte seinen Kopf leicht zur Seite geneigt und wartete. Jesse starrte auf die Hände, die Dix vor seiner Brust gefaltet hatte. Nach einer Weile schaute er wieder zu seinem Gesicht hoch.

„Es ist fast so, als *wolle* ich mich von der Vorstellung überhaupt nicht verabschieden.“

An Dix' Gesichtsausdruck glaubte Jesse ablesen zu können, dass er mit dem Verlauf des Gesprächs zufrieden war.

„Was für einen gottverdammten Nutzen beziehe ich bloß daraus?“, sagte Jesse.

„Irgendwas muss es wohl sein“, sagte Dix, „weil Sie’s sonst einstellen würden.“

„Sieht so aus.“

Und wieder waren sie für eine Weile still. Außer dem Summen der Klimaanlage war kein Geräusch zu hören. Man konnte sich Dix eigentlich nie verschwitzt, übermüdet oder ratlos vorstellen, dachte Jesse. Niemand beherrschte das Schweigen so meisterhaft wie er. Es war sein natürliches Element. Jesse hingegen fühlte sich zunehmend angespannt. Er holte einmal tief Luft.

„Sie waren nach Ihrer Trennung und Scheidung doch auch mit einer Menge Frauen zusammen“, sagte Dix.

„Klar.“

„Haben Sie sich in diesen Fällen auch vorzustellen versucht, wie die Frau mit einem anderen Mann im Bett war?“

„Nicht wirklich“, sagte Jesse. „Aber Jenn ist nun mal die Frau, die ich liebe. Die anderen Frauen mochte ich, aber ich liebte sie nie so, wie ich Jenn liebe.“

„Was bedeutet?“

„Was bedeutet, dass es mir egal war, mit wem sie sonst noch schliefen.“

„Entschuldigen Sie das Klischee“, sagte Dix, „aber dreht sich da nicht alles um Sie selbst – wie

Sie sich fühlen – und weniger um Jenn und die anderen Frauen?“

Jesse starrte ihn für einen Augenblick ausdruckslos an.

„Was zum Teufel läuft da nur falsch in meinem Kopf?“, sagte er schließlich.

„Sie sind ein Mensch“, sagte Dix. „Was durchaus ein gängiges Krankheitsbild ist.“

6

Als Jesse wieder im Revier eintraf, hatte Jenn es sich in seinem Büro bequem gemacht. Sie saß in seinem zurückgekippten Drehstuhl, hatte die Beine überkreuzt und zeigte unter ihrem knappen Rock viel nackte Haut. Jesse spürte, wie das Verlangen in ihm hochstieg. Er fühlte es eigentlich immer, wenn er sie sah. Es war ein derart fester Bestandteil ihrer Beziehung, dass er es fast schon als selbstverständlich empfand. Er war immer davon ausgegangen, dass diese Reaktion völlig normal sei, wenn man die Person sieht, die man liebt. Aber zum Teufel auch! Warum musste er sich gerade jetzt über so was Gedanken machen? Wollte er womöglich um jeden Preis etwas finden, das er zum Problem auswalzen konnte?

„Oh Jesse“, sagte sie strahlend, „ich, ich hab Super-Neuigkeiten. Unsere Fernsehstation will ein einstündiges Special über die Rennwoche produzieren – und ich soll die Sendung moderieren und auch die Kommentare sprechen."

„Wow", sagte Jesse.

„Es ist nicht nur der übliche Schnipsel für die Sechs-Uhr-Nachrichten, sondern ein richtiges Feature, das sie auch in die Syndikation geben wollen."

„Das ist wirklich großartig, Jenn."

„Ich werde mit der Crew jeden Tag in Paradise sein, ich darf die Sendung nach meinen eigenen Vorstellungen gestalten. Jesse, das ist wirklich die große Chance für mich. Wir gehören ja zur Fernsehkette ‚Allied Broadcasting' – und die haben Fernsehstationen in fast allen großen Märkten."

Jesse ging um den Schreibtisch, beugte sich zu ihr hinunter und gab ihr einen Kuss. Sie legte die Arme um seinen Nacken, presste ihre Lippen auf die seinen und ließ sich aus dem Stuhl heben, als er sich wieder aufrichtete. Als der Kuss endlich zu Ende ging, atmete Jesse hörbar durch.

„Wann soll's denn ausgestrahlt werden?", fragte er schließlich.

„Wenn das Material syndiziert wird, kann der Abnehmer natürlich den Termin selbst festlegen. Wir selbst gehen davon aus, dass es pünktlich zur Rennwoche im nächsten Jahr ausgestrahlt wird."

Jenn hatte noch immer die Arme um seinen Nacken und presste sich eng an ihn.

„Dann hast du also ein ganzes Jahr, um das Material zu bearbeiten", sagte er.

„Genau. Ich muss die begleitenden Kommentare einpassen, ein Musik-Bett anfertigen, das Optimum aus dem Sound und den Bildern herauskitzeln. Ist 'ne Menge Arbeit – und die Tatsache, dass sie mir die ganze Zeit geben, beweist schon, wie viel sie sich von dem Projekt versprechen."

„Ein Jahr", sagte Jesse.

Er spürte ihre Schenkel und Brüste an seinem Körper, spürte die unaufhaltsame Stimulierung all seiner Sinne, die ihm nur allzu gut vertraut war.

„Ein ganzes Jahr ist es auch nicht. Die Arbeit muss bis Dezember abgeschlossen sein, damit es noch rechtzeitig in die Syndizierung gehen kann."

„Immer noch besser, als nachmittags einen Beitrag zurechtzuschnipseln, der dann abends ausgestrahlt wird", sagte Jesse.

Sie ließen voneinander los.

„Hier", sagte Jenn. „Setz dich wieder an deinen angestammten Platz. Ich konnte einfach nicht warten, dir die Neuigkeit zu erzählen."

Jesse setzte sich auf seinen Stuhl, während Jenn vor dem Schreibtisch Platz nahm.

„Brauchst du ein Bett hier im Ort, wenn die Dreharbeiten sich über den ganzen Tag ziehen?", fragte Jesse.

„Ich hatte gehofft, an solchen Tagen bei dir unterkommen zu können."

„Sollte kein Problem sein“, sagte Jesse.

Wobei dies aber tatsächlich ein Punkt war, über den er sich Sorgen machte.

„Mir ist ja bewusst, dass du dir noch nicht sicher bist, ob wir wirklich konstant zusammenleben sollten“, sagte Jenn.

„Ich bin mir nicht sicher, was ich überhaupt will“, sagte Jesse. „Außer dich – und dich exklusiv.“

Sie nickte.

„Nun, ich werd auch nicht jede Nacht hier sein“, sagte Jenn.

„Eine Nacht nach der anderen“, sagte Jesse und lächelte. „Wissen sie in deiner Fernsehstation eigentlich, dass du mal mit dem Polizeichef verheiratet warst?“

„Ich denke doch. Um ehrlich zu sein: Ich glaube sogar, dass das mit ein Grund war, warum ich den Job bekommen habe. Sie denken sich wohl, dass sich dadurch noch mehr Türen auftun werden. Ich bin ja sonst nur die gottverdammte Wetterfee.“

„Die Leute lieben dich aber, Jenn.“

„Hauptsache, du tust es“, sagte sie.

„Ich liebe dich.“

„Heißt das, dass du mich wirklich und aus ganzem Herzen magst?“

„Könnte man durchaus so sagen“, sagte Jesse.

7

Als Arthur Angstrom in sein Büro kam, hatte er einen wettergegerbten, grauhaarigen Mann im Schlepptau, den Jesse nicht kannte.

„Das ist Mr. Guilfoyle“, sagte Arthur. „Er hat einen kleinen Bootsverleih in der Nähe von Ned's Cove. Sagt, dass eines seiner Boote vermisst wird. Klärt sich vielleicht alles noch auf, aber wegen der Wasserleiche dachte ich ...“ Er zuckte mit den Schultern.

Jesse nickte.

„Danke, Arthur“, sagte er. „Setzen Sie sich doch, Mr. Guilfoyle. Erzählen Sie mir was von dem Boot.“

„Ein kleines Segelboot, vier Meter lang, Marconi-Takelung, ohne Ausleger, mit Kielschwert.“

Jesse nickte, als würden ihm die Fachausdrücke etwas sagen.

„Seit wann vermissen Sie's?“

„Eine Frau hat es im letzten Monat gemietet“, sagte Guilfoyle. „Und brachte es nie zurück.“

„Für wie lange hatte sie es gemietet?“

„Nur für den einen Tag. Es gibt keine Schlafgelegenheit auf dem Boot. Deshalb wird es grundsätzlich nur für einen Tag gemietet.“

„Haben Sie den Namen der Frau?“, fragte Jesse.

„Klar“, sagte Guilfoyle. „Ich vermiet die Dinger ja nicht zum Spaß. Ich hab ihre Kreditkarte und den Führerschein. Das Komische ist nur, dass das

Boot bei Nelsons Verleih zurückgegeben wurde. Es lag dort mit seinen Booten. Nelson wusste nicht mal davon, bis einer seiner Jungs dort ein anderes Boot vertäuen wollte und feststellte, dass der Anlegeplatz belegt war. Nelson sah meine Registriernummer am Bug und rief mich an. Die Schweine haben das Boot nicht mal sauber gemacht."

„Was wurde denn zurückgelassen?"

„Müll. Ein halbes Brot, Plastikbecher, durchnässte Servietten, vergammelter Käse, Apfelkitschen, leere Weinflaschen, zerquetschte Weintrauben – sie haben sich nicht mal die Mühe gemacht, die Sachen in die Plastiktüte zu stecken."

„Gab es einen Hinweis auf der Tüte, wo sie gekauft wurde?"

„Ranch Market, hier in der Stadt. Waren halt alles Sachen, die jemand für ein Picknick kauft."

„Und sie lagen einfach auf dem Boden des Bootes?", fragte Jesse.

„Genau."

„Wer ist Nelson?", fragte Jesse.

„Paradise Boots-Vermietungen. Er ist hier dick im Geschäft, gleich hinterm Kai."

Jesse nickte.

„Ja, ich kenne den Laden. Können Sie sich vorstellen, dass die Frau das Boot versehentlich am falschen Ort zurückgegeben hat?"

„Wie sollte das möglich sein?", sagte Guilfoyle.

Er trug ein gestreiftes pinkfarbenes Hemd und

eine weiße Leinenhose mit roten Hosenträgern. Die oberen Knöpfe seines Hemdes waren geöffnet, als wollte er stolz seine grauen Brusthaare zeigen.

„Nelsons Verleih ist gleich hier, während ich auf der anderen Seite des Hafens bin. Er hat an die 100 Boote, ich gerade mal 15. Er ist gedrungen und übergewichtig."

„Während Sie wie der Schauspieler Cesar Romero aussehen."

„Könnte man sagen. Also, wie soll jemand ungewollt den Bootsverleih verwechseln können?"

„Schwer vorstellbar", sagte Jesse.

„Außerdem hab ich ihren Führerschein. Den behalte ich immer, bis das Boot zurückgebracht wird."

„Haben Sie ihn dabei?", fragte Jesse.

„Ja, Kreditkarte und Führerschein."

Guilfoyle holte einen brauen Umschlag aus der Gesäßtasche und legte ihn auf den Schreibtisch.

„Einer von Nelsons Jungs wird mir das Boot rübersegeln. Ich werd ihre Kreditkarte auch mit dem Verdienstausfall belasten, den ich die ganze Zeit gehabt habe."

„Das müssen Sie schon mit der Kreditkartenfirma regeln", sagte Jesse. „Den Führerschein werd ich aber etwas länger hierbehalten müssen."

„Was passiert, wenn die Firma einen Nachweis verlangt?"

„Ich werde das schon bestätigen können", sagte Jesse. „Im Moment interessiert mich aber vor allem, was mit der Frau passierte."

„Ist denn was passiert?"

„Ja."

„Ich möchte aber auf gar keinen Fall Ärger", sagte Guilfoyle.

„Kann ich gut nachempfinden", sagte Jesse.

„Aber die Möglichkeit besteht?"

„Nur falls Sie mit den Vorgängen in Verbindung stehen", sagte Jesse.

„Es geht sicher um das tote Mädchen, das an der Kaimauer gefunden wurde."

„Ich weiß noch nicht, ob's da eine Verbindung gibt", sagte Jesse.

„Aber wenn Sic sich das Foto auf dem Führerschein ansehen würden …"

Jesse schüttelte den Kopf.

„Oh", sagte Guilfoyle.

„Ich danke Ihnen jedenfalls, dass Sie vorbeigekommen sind, Mr. Guilfoyle."

„Nun ja. Ich möchte wegen dieser Geschichte aber keinen Ärger bekommen. Ich möchte nur das Geld für den Verdienstausfall."

„Und ich wünsche Ihnen dabei viel Erfolg", sagte Jesse.

„Ich werd wohl einen Rechtsanwalt aufsuchen müssen."

„Nicht die dümmste Idee", sagte Jesse.

Guilfoyle schaute ihn an, Jesse schaute zurück.

„Und verlieren Sie nur ja nicht den Führerschein“, sagte Guilfoyle.

„Gebongt“, sagte Jesse.

Guilfoyle stand unschlüssig im Büro.

„Danke, dass Sie vorbeigekommen sind“, sagte Jesse.

Guilfoyle zögerte noch immer, ging aber schließlich zur Tür.

8

Der Führerschein war in Florida ausgestellt. Das Foto war nicht gerade vorteilhaft, bewies aber immerhin, dass sie blond und in ihren Dreißigern war. *Irgendwie flittchenhaft*, dachte Jesse und musste lächeln. Das war ein Spruch, den seine Mutter immer draufhatte. *Wie zum Teufel kommt man nur zu einem derartigen Eindruck? Muss wohl vor allem mit den Haaren und der Art des Make-up zu tun haben.* Ihr Name war Florence E. Horvath, das Geburtsdatum der 13. Februar 1970 und der Wohnort Fort Lauderdale. Er nahm Führerschein und Kreditkarte zum Kopiergerät, machte je eine Kopie und brachte sie Molly.

„Ruf mal in Fort Lauderdale an“, sagte Jesse. „Sag ihnen, dass wir eine Leiche haben, die möglicherweise diese Frau ist. Frag sie, ob sie was über die Frau im Computer haben oder sonst Informationen für uns auftreiben können. Zahnabdrücke wären nicht schlecht. Dann ruf die Kreditkartenfirma an und frag, was wir von ihnen bekommen können – wann und wo sie die Karte im letzten Monat benutzt hat und so was."

„Ich bin mir sicher, dass du mir später noch alles erklären wirst", sagte Molly.

„Das ist das Gute am Chef-Dasein", sagte Jesse. „Man muss sich nie erklären."

„Vielleicht beinhaltet das Chef-Dasein ja auch das Kochen des morgendlichen Kaffees", sagte Molly.

„Das werd ich dir tatsächlich noch später erklären", sagte Jesse.

Molly klemmte sich hinters Telefon, während Jesse in sein Büro ging und das Telefonbuch aufschlug. Es gab nur einen Horvath in Paradise. Er wählte die Nummer, doch niemand dort hieß Florence oder kannte eine Florence. Er rief bei der KFZ-Behörde in Florida an und kämpfte sich durch eine Vielzahl von Computer-Menüs, bis er einen Mann von der Strafverfolgung am Apparat hatte. Er bat den Mann, Vergrößerungen von Florence Horvaths Führerschein-Foto machen zu lassen und nach Paradise zu schicken. Dann stand er auf und ging in den Mannschaftsraum, wo Peter Perkins eine Pepsi Light trank und die Sportseiten des „Boston Globe" las.

„Wenn du mit dem Sport durch bist, dann scann doch mal dieses Foto in den Computer und schick's zur Gerichtsmedizin. Frag sie, ob das unsere Wasserleiche sein könnte."

„Nach dem, was ich gesehen habe, kann ich mir kaum vorstellen, dass ihnen das Foto viel hilft", sagte Perkins.

„Dann frag sie, ob sie zumindest Florence ausschließen können."

„Okay, Jess", sagte Perkins und faltete die Zeitung zusammen. „Du bist der Boss."

„In der Tat", sagte Jesse.

Er drehte sich um und bemerkte, dass Suitcase Simpson im Eingangsbereich drei College-Kids vor sich herschob, die offensichtlich angetrunken waren.

„Ich will einen Anwalt", sagte ein blonder Junge mit schwerer Zunge. „Ich will sofort einen Anwalt."

„Was ist los?", fragte Jesse. „Meuterei in der Kinderkrippe?"

„Sie haben in den Wassertrog am Gemeindehaus gepinkelt", sagte Simpson.

„Steck sie in eine Zelle und ruf ihre Eltern an, damit sie ihre Jungs hier abholen."

Einer der Jungs trug karierte Shorts und ein Unterhemd, das ihm schlaff um den Oberkörper baumelte.

„Wie lautet die Anklage?", sagte er. „Ohne Anklage können Sie uns nicht einlochen."

„Mangelndes Töpfchen-Training“, sagte Jesse. „Geht mit Inspektor Simpson nach hinten zu den Zellen, und wenn euch schlecht wird, versucht beim Kotzen das Wasserbecken zu treffen.“

Simpson schob sie in den Korridor, der zu den Zellen führte. Die Jungs waren noch immer am Schimpfen: Sie seien überhaupt nicht betrunken. Es gebe auch keinen Grund, ihre Eltern anzurufen. Man habe sie nur wahllos herausgepickt. Dies sei klassische Nötigung, wenn nicht gar Polizei-Brutalität. Als die Zellentür ins Schloss fiel, hörte das Gezeter schlagartig auf.

Als Jesse an ihrem Arbeitsplatz vorbeikam, sagte Molly: „Fort Lauderdale wird einen Streifenwagen zu der Adresse schicken und schauen, was sie sonst noch auftreiben können – ihren Zahnarzt zum Beispiel. Die Kreditkartenfirma wird uns ihre letzte Abrechnung schicken und die Kontobewegungen der letzten Wochen.“

„Ich danke dir“, sagte Jesse. „Hast du jemals in einen öffentlichen Wassertrog gepinkelt?“

„Ist das der Grund, warum Suit die Jungs verhaftet hat?“

„Genau.“

„Ich bin eine Mutter und Frau. Und ich bin irisch-katholisch“, sagte Molly. „Wir pinkeln grundsätzlich nicht in der Gegend herum.“

9

Sie saßen an dem kleinen Tisch auf Jesses Balkon und aßen Pizza mit Paprika und Pilzen. Die salzhaltige Brise vom Hafen und die milde Juli-Luft schienen sich perfekt zu ergänzen. Jenn trank ein Glas Rotwein, während Jesse mit einer Coke vorlieb nahm.

„Eine Sache würd mich mal interessieren", sagte Jesse. „Wenn wir zusammen sind – welche Signale von mir nimmst du dann wahr?"

„Ich spüre das ausgeprägte Signal, dass ich mich ausziehen und aufs Bett legen sollte."

„Wirklich?"

Jenn war gerade dabei, ein Stück Pizza abzubeißen, hielt aber inne. Sie schaute ihn an, die Pizza noch immer vor ihrem Mund.

„Das meinst du ernst, oder?", fragte sie.

„Ja."

Jenn legte die Pizza wieder auf den Teller.

„Nun", sagte sie. „Um ganz ehrlich zu sein: Ich denke über solche Fragen eigentlich nicht allzu viel nach."

„Ich hab mit Dix darüber gesprochen", sagte Jesse, „suche aber noch immer nach einer Erklärung."

„Nun, ich weiß, dass du mich liebst."

„Ja."

„Und ich liebe dich", sagte Jenn.

„Perfekt", sagte Jesse.

„Wir sind schon lange zusammen", sagte Jenn. „Auf unsere ganz besondere Art und Weise."

„Aber selbst in unseren schlimmsten Phasen, selbst wenn wir getrennt waren, fühlten wir uns noch immer miteinander verbunden."

„Stimmt", sagte Jesse.

„Wir sind mehr als zwei Menschen, die miteinander vögeln."

„Stimmt auch", sagte Jesse.

„Was in jedem Fall besser ist als zwei Menschen, die das nicht tun."

„Dann stört's dich also nicht, wenn ich dich in Gedanken ausziehe?"

„Im Gegenteil: Ich mag es", sagte Jenn.

„Und du fühlst dich dabei nicht depersonalisiert?"

„Depersonaliwas?", sagte Jenn. „Himmel, du klingst ja fast schon – wie heißt der Bursche noch gleich? – wie Hamlet. Du grübelst einfach zu viel. Unsere Beziehung ist nun mal mehr als eine gottverdammte Missionarsstellung – und das ist uns beiden auch bewusst."

„Wobei die Missionarsstellung durchaus ihre Qualitäten hat", sagte Jesse.

„Mag sein", sagte Jenn, „auch wenn sie ein bisschen fantasielos ist."

Vom Balkon aus konnte man die Lichter auf den größeren Booten sehen, die weiter hinten im Hafen vor Anker lagen. Auf den Decks wurden Cocktails serviert, in den Kombüsen das Dinner vorbereitet. Dazwischen blitzten die Fahrtlichter eines kleinen Bootes auf, das sich wie ein Glühwürmchen durch das schwarze Wasser bewegte. Jesse trank von seiner Cola. Koffein! *Jeder Kick ist besser als gar keiner.*

„Dix und ich sprachen darüber, wie sexuell aufgeladen unsere Beziehung ist“, sagte Jesse.

„Und ist das was Schlimmes?“, fragte Jenn.

Sie schüttete sich noch ein halbes Glas Rotwein ein.

„Vielleicht ist es ja ein Segen, dass du unsere Beziehung sexualisierst. Hast du darüber schon mal nachgedacht, mein kleiner Hamlet? Vielleicht hat es ja damit zu tun, dass du mich mehr liebst, als es Worte ausdrücken können.“

„Na dann“, sagte Jesse. „Klappe zu, Affe tot.“

10

Healy zog seine Hosenbeine nach oben, um die perfekt sitzende Bundfalte zu schonen. Er trug einen hellbraunen Popeline-Anzug und einen dunkelbraunen Strohhut mit braunem Kopfband. Seine eleganten Lederschuhe waren frisch poliert.

„War gerade auf dem Heimweg“, sagte Healy, „und dachte mir, ich schau mal rein, um mich über die Ermittlungen in Sachen Wasserleiche zu informieren.“

Jesse zeigte mit dem Daumen über seine Schulter.

„Das ist sie?", sagte Healy.

Eine Vergrößerung von Florence Horvaths Führerschein pappte an der Pinnwand, die sich hinter Jesses Schreibtisch neben dem Fenster befand.

„Das ist sie, Captain", sagte Jesse. „Florence Horvath, 34 Jahre alt, Wohnsitz in Fort Lauderdale. Sie hatte vor vier Wochen ihre Zähne reinigen lassen und mit Kreditkarte gezahlt. Wir riefen ihren Zahnarzt an, bekamen ihre Unterlagen – und die Gerichtsmediziner konnten sie umgehend identifizieren."

„So was nennt man Dusel", sagte Healy. „Die meisten Wasserleichen sind in derart miserablem Zustand, dass wir ihre Identität nie klären können."

„Hat mit Dusel nichts zu tun", sagte Jesse.

„Natürlich nicht", sagte Healy. „Es war einfach exzellente Polizeiarbeit, dass ein Typ ins Revier marschiert und Ihnen Führerschein und Kreditkarte der Frau in die Hand drückt."

„Die wir obendrein auch nicht verbaselt haben", sagte Jesse.

„Respekt", sagte Healy. „Also, Sie wissen nun, wer sie ist. Haben Sie schon eine Ahnung, warum sie sich hier aufhielt?"

„Noch nicht."

„Ich bin ja nur der Captain der Bundespolizei", sagte Healy, „und kein Polizeichef wie Sie, aber ich frage mich trotzdem, ob es vielleicht eine Verbindung zwischen der Rennwoche gibt und der Tatsache, dass sie im Wasser gefunden wurde."

„Ich hab ein paar Leute losgeschickt, die sich am Hafen schlau machen, ob eine Jacht aus Fort Lauderdale stammt."

„Oder zumindest in den letzten drei Wochen dort angedockt hatte", sagte Healy.

„Falls sie überhaupt auf einer Jacht kam."

„Richtig, falls", sagte Healy. „Wie sieht's denn mit den Fluggesellschaften aus?"

„Keinerlei Buchungen für eine Florence Horvath."

„Wobei wir uns nicht nur auf Buchungen aus Florida beschränken sollten", sagte Healy.

„Auch nicht nur aus dem Rest der USA", sagte Jesse.

„Molly muss ja schwer gewirbelt haben", sagte Healy. „Wie sieht's mit einem Auto aus?"

„Nichts."

„Mietwagen?"

„Zumindest die großen Autovermietungen haben sie nicht im Computer", sagte Jesse. „Bei den kleinen Klitschen haben wir bisher noch nicht nachgefragt. Jedenfalls gibt es auf ihrer Kreditkarte keine Abbuchungen, die auf einen Mietwagen hinweisen würden."

„Wobei sie natürlich mehrere Kreditkarten haben könnte."

„Stimmt auch wieder."

„Hotels?", fragte Healy.

„Was ist das hier eigentlich?", fragte Jesse. „Ein Quiz?"

„Ich versuche nur, in die Geheimnisse der praktischen Polizeiarbeit einzutauchen", sagte Healy.

„Nein, sie war in keinem der Hotels im Umkreis gemeldet."

„Boston eingeschlossen?"

„Boston eingeschlossen."

„Vielleicht gibt's hier in der Stadt ja jemanden, den sie besuchen wollte", sagte Healy.

„Es gibt nur eine Familie mit dem Namen Horvath. Hab sie angerufen, doch eine Florence war niemandem bekannt."

„Was natürlich noch kein Beweis ist. Theoretisch könnten sie Florence auch umgebracht haben."

„Wir wissen ja noch nicht mal, ob sie wirklich umgebracht wurde", sagte Jesse. „Nach dem vorläufigen Obduktionsbericht könnte es sich durchaus um einen Unfall handeln."

„Sicher", sagte Healy. „Sie fällt vom Deck, ertrinkt – und niemand kriegt etwas mit."

„Vielleicht fiel sie ja von der Queen Elizabeth, die auf dem Weg von New York nach Liverpool in der Nähe vorbeikam. Ein paar Wochen später wurde sie dann hier angeschwemmt."

„Halten Sie das wirklich für realistisch?", fragte Healy.

„Nein", sagte Jesse.

„Wenn jemand so lange verschwunden ist, fragt sich gewöhnlich doch jemand, wo die Person abgeblieben ist."

„Richtig, das ist der Normalfall – unabhängig davon, ob sie ermordet wurde oder nicht", sagte Jesse.

„Aber wenn sie mit jemandem unterwegs war – und es diese Person war, die Florence umbrachte …" Healy machte eine Handbewegung, um die Zwangsläufigkeit seiner Argumentation zu unterstreichen.

Jesse lehnte sich in seinem Drehstuhl zurück und grinste ihn an.

„Es war tatsächlich ein Quiz", sagte er, „und wir beide haben die volle Punktzahl. Ich bin ja völlig Ihrer Meinung: Sie wurde ermordet."

„Aber Sie können's nicht beweisen", sagte Healy.

„Leider nicht", sagte Jesse, „noch nicht."

„Theoretisch könnte sie auch mit dem Bus hier eingetroffen sein", sagte Healy.

„Klar doch. Wer weiß, vielleicht ist sie ja auch getrampt. Hören Sie: Wir haben hier zwölf Leute im Revier, mich eingeschlossen. Wir tun alles, was im Bereich unserer Möglichkeiten liegt."

Healy lächelte.

„Sie haben einen Mord an der Backe – und ich leite nun mal die Mordkommission von Massachusetts."

„Wollen Sie mir damit durch die Blume sagen, dass Sie mir Ihre Unterstützung anbieten?“

„In der Tat.“

„Wie rührend, dass selbst die Häuptlinge noch immer ein Herz für die kleinen Indianer haben.“

„So ist es“, sagte Healy.

„Solange wir uns einig sind, wer letztlich für den Fall zuständig ist.“

„Sind wir das nicht alle?“, sagte Healy. „Alle, denen Wahrheit und Recht am Herzen liegen?“

„Hören Sie doch mit dem Quark auf“, sagte Jesse. „Der Fall gehört mir.“

„Oh“, sagte Healy und zuckte mit den Schultern. „Na gut.“

11

Jesse saß in seinem Büro und telefonierte mit der zuständigen Polizeibehörde in Fort Lauderdale. Eine Kriminalbeamtin namens Kelly Cruz hatte den Fall übernommen.

„Ihre Wasserleiche war verdammt gut betucht“, sagte Cruz.

„Tatsächlich?“

„Ihre Familie besitzt eine ganze Kette von Bio-Märkten in den Südstaaten: Plum & Partridge. Ihr Mädchenname ist Plum.“

„Also nicht Horvath“, sagte Jesse.

„Nein, das ist ein angeheirateter Name“, sagte Cruz. „Sie hatte mehrere davon.“

„Wissen Sie, wer ihre anderen Ehemänner waren?“

„Noch nicht“, sagte Cruz. „Aber von einem Typen namens Lawton Horvath ließ sie sich erst unlängst scheiden.“

„Können Sie mir denn was zu Lawton erzählen?“

„Blonde Haare, schlank und immer gut gebräunt, passionierter Golf- und Tennisspieler, anscheinend ein Ass beim Bridge – aber ohne erkennbare Einnahmequellen.“

„Wann hat Lawton sie zum letzten Mal gesehen?“

„Bei ihrer Scheidung. Er bekam das Haus und eine Abfindung, während sie zu ihrer neuen Adresse zog.“

„Da hat Lawton sich ja saniert“, sagte Jesse. „Lebt er inzwischen mit jemand anderem zusammen?“

Er konnte das Lachen in Kelly Cruz' Stimme nicht überhören.

„Attraktive junge Erbin, unlängst geschieden, mit einem Hang zu älteren Männern“, sagte sie.

„Dann sind wir damit wohl auch auf seine Einnahmequelle gestoßen“, sagte Jesse.

„Wir denken automatisch wie Polizisten“, sagte Cruz. „Vielleicht sehen wir ja immer einen Verbrecher hinter jedem Strauch.“

„Was haben Sie sonst noch über Florence in Erfahrung gebracht?"

„Als sie nach Fort Lauderdale zog, trat sie umgehend dem East Bay Jacht-Club bei. Hielt sich vorwiegend an der Bar auf. Der Barkeeper erzählte, dass sie schnell viele Freunde hatte."

„Männliche Freunde?"

„Genau."

„Haben Sie vielleicht ein paar Namen?"

„Noch nicht. Wie Sie wissen, ist das ja eigentlich nicht unser Fall", sagte Cruz. „Ich bin der einzige Cop, der dafür abgestellt wurde."

„Verstehe", sagte Jesse.

„Ich fand aber etwas Interessantes, als ich mich in ihrem Apartment umsah. Wenn Sie mir Ihr FedEx-Konto geben, schick ich's Ihnen zu."

Jesse gab ihr die Nummer.

„Was darf ich denn erwarten?", fragte er.

„Ein Video. Florence und zwei Jungs beim Sex."

„Amateurvideo?"

„Sieht so aus. Florence treibt's mit beiden gleichzeitig", sagte Cruz. „Sieht ganz schön stressig aus, aber sie scheint ihren Spaß zu haben. Sie lächelt mehrfach in die Kamera – so als sei sie irgendwie stolz."

„Hat sie sich redlich verdient", sagte Jesse. „Gibt's sonst noch was?"

„Ich hab bei ihren Eltern angerufen, bislang aber noch keinen Rückruf bekommen. Ich arbeite auch an den früheren Ehemännern, kann mit Namen aber noch nicht dienen. Ich werd mich mal in Boca Raton umhören, weil sie früher dort lebte. Hier in Fort Lauderdale gibt's nicht allzu viele Leute, die Einblicke in ihr Privatleben haben."

„Das sind doch nur 15, 20 Kilometer bis Boca Raton, oder?", fragte Jesse. „Glauben Sie, dass Ihr Budget so weit reicht?"

„Lassen Sie ruhig den Schlaumeier raushängen", sagte Cruz. „Das macht uns kleinen Cops hier in Floridas Sümpfen immer wieder Mut."

„War nur ein kleiner Scherz", sagte Jesse.

„So nennt man das also bei euch da oben", sagte Cruz. „Habt ihr Teufelskerle denn selbst schon was rausfinden können?"

„Wir haben hier gerade die Rennwoche", sagte Jesse. „Jachtrennen am laufenden Band."

„Ich bin tief beeindruckt", sagte Kelly Cruz.

„Drei der Jachten sind in Fort Lauderdale registriert", sagte Jesse.

„Heiliger Strohsack", sagte Cruz. „Ich bin ja erst seit fünf Jahren dabei, aber das klingt wirklich wie eine super-heiße Spur."

„Zumindest sollte man sie verfolgen", sagte Jesse. „Die Besitzer der Jachten lauten auf die folgenden Namen. Haben Sie einen Stift?"

„Bin startklar."

„Thomas Ralston. Allan Pinkton. Harold Berger."

„Adressen?“

„Alle in Fort Lauderdale“, sagte Jesse und las ihr die Anschriften vor.

„Die Namen sind mir nicht geläufig“, sagte Cruz, „was aber nichts zu bedeuten hat, da die Herrschaften mich sicher auch nicht kennen. Ich werd sie mal überprüfen. Möglicherweise sind sie aber nicht zu Hause, weil sie gerade bei eurem großen Segel-Spaß mitmachen.“

„Ich habe fast den Eindruck, als machten Sie sich über den Rennsport lustig, Inspektor Cruz.“

„Sollte nicht so rüberkommen“, sagte Kelly Cruz. „Muss ja wirklich so spannend wie eine Partie Minigolf sein.“

Jesse schwieg für einen Moment.

„Nein“, sagte er schließlich, „ganz so spannend ist es nun auch wieder nicht.“

12

Die „Action News“ von Channel 3 hatten ihre Zelte mitten im Zentrum von Paradise aufgeschlagen – auf einem Parkplatz gleich neben dem Ranch Market. Es gab einen Truck fürs technische Equipment und ein klimatisiertes Wohnmobil, in dem Produktion, Requisite, Make-up und Jenn untergebracht waren. Jenn hatte einen kleinen Umkleideraum für sich, ja sogar ihre eigene Toilette. Ein

Gewirr aus Kabeln verlief rund um den Wohnwagen und den gesamten Parkplatz.

„Ich kann sogar hier duschen", sagte Jenn.

„Hat noch nie geschadet", sagte Jesse.

Eine stämmige, energische Frau trat ein, ohne vorher anzuklopfen. Sie hatte kurze graue Haare, trug eine Oakley-Sonnenbrille und schien unter Strom zu stehen.

„Marty", sagte Jenn, „dies ist mein … Freund Jesse Stone. Er ist der Polizeichef hier im Ort. Jesse, das ist Marty Freeman, meine Produzentin."

„Stone?", sagte Marty. „Der gleiche Nachname wie deiner?"

„Wir waren früher mal verheiratet", sagte Jenn.

„Freut mich, Sie kennenzulernen", sagte Marty. „Beeil dich, Jenn. Wir müssen drehen, solang's noch hell ist."

Jenn war komplett geschminkt. Sie küsste Jesse vorsichtig auf den Mund und folgte Marty nach draußen. Jesse schaute ihr nach. Sie trug eine dunkelblaue Jacke, weiße Hose und teure Turnschuhe – wie für den Jacht-Club gemacht. Die Hose saß eng und Jesse ertappte sich dabei, wie er ihren Hintern beim Gehen beobachtete. Sah er in ihr wieder nur das Objekt seiner Begierde? Hatte er ein Recht darauf? Herr im Himmel, gab es einen Mann, der nicht sexuell von ihr angesprochen wurde? Er schaute sich in ihrer Umkleidekabine um. Es gab einen kleinen Kleiderschrank mit mehreren Outfits. Ihr Parfüm lag noch immer in der Luft. Wenn sie geduscht und sich abgetrocknet hatte, pflegte sie etwas Parfüm in den Raum zu sprühen, um dann nackt durch die parfümierte Luft zu gehen. Er fragte sich, wie viele andere Männer davon wussten, und stellte sich vor, wie die Männer sie begafften – so wie er's gerade selbst getan hatte. Es waren mehrere Männer, gesichtslose, namenlose Männer, die aber alle ein triumphierendes Lächeln auf den Lippen hatten. Sie lachten und stießen sich voller Vorfreude mit den Ellbogen an – wie die Akteure einer absurden Schmierenkomödie. Sie lächelte den Männern verführerisch zu, um dann all ihre sexuellen Wünsche zu erfüllen. Er bemerkte, dass er sich selbst atmen hörte. *Das ist es also, dachte er. Da liegt der Schweinehund begraben. Ich weiß zwar nicht, wie man dieses Gefühl beschreiben kann, aber Liebe ist es in jedem Fall nicht.*

Er schaute in den Spiegel. Sein Gesicht sah eigentlich so normal aus wie immer. Er sprach sein Gegenüber an.

„Mann", hörte er sich sagen, „ich brauch jetzt dringend einen Drink."

13

„Alle Mann haben sich im Sitzungszimmer versammelt", sagte Molly. „Sie können's gar nicht erwarten, das Beweismaterial zu analysieren."

„Sollte etwa das Video aus Fort Lauderdale eingetroffen sein?“, fragte Jesse.

„Wie kommst du denn zu dieser Vermutung?“

„Männliche Intuition“, sagte Jesse. „Wer ist auf Patrouille?“

„Martin und Friedman“, sagte Molly, „und sie sind alles andere als begeistert.“

„Und die anderen acht Männer aus unserer Elitetruppe?“

„Hocken alle ungeduldig im Sitzungszimmer und warten auf dein Erscheinen“, sagte Molly. „Haben wahrscheinlich schon eine extra Portion Popcorn bestellt.“

„Willst du's dir auch anschauen?“

„Ich bin schließlich ein gestandener Cop“, sagte Molly. „Wenn ich mir was anschauen muss, schau ich's mir auch an.“

„Du musst es aber nicht in Anwesenheit acht lüsterner Maulhelden tun“, sagte Jesse. „Bleib lieber auf deinem Posten. Wenn es wirklich der Rede wert ist, kannst du's dir später alleine anschauen.“

Molly war für eine Weile still.

„Ich bin ein Teil des Reviers, Jesse“, sagte sie schließlich. „Ich möchte vermeiden, dass alle anderen informiert sind – und nur ich nicht mitreden kann.“

„Aber die Telefonzentrale muss trotzdem jemand besetzen, Moll.“

Sie nickte. Jesse drehte sich um, um zum Sitzungszimmer zu gehen.

„Ich schau's mir später an“, sagte Molly.

„Kein Problem“, sagte Jesse. „Du kannst gerne das Videogerät in meinem Büro benutzen.“

Und wieder schwieg Molly für ein paar Sekunden. Als Jesse gerade die Tür zum Sitzungszimmer öffnete, sagte sie: „Ich danke dir.“

„Nicht der Rede wert“, sagte Jesse und ging hinein.

Die Cops hatten sich auf beide Seiten des langen Tisches verteilt. Videoplayer und Monitor standen auf einem fahrbahren Metallständer, den man ans Ende des Tisches geschoben hatte. Der Monitor war bereits eingeschaltet. Jesses Stuhl am Kopf des Tisches war frei, auf dem Tisch davor lag der wattierte Umschlag von Kelly Cruz. Alle hatten sich einen Kaffee besorgt und jemand hatte auch einen Becher für ihren Chef mitgebracht. Als er sich setzte, zog Jesse den Plastikdeckel vom Becher ab, schaute sich um.

„Keine Gummibärchen?“, fragte er.

„Wir wollten schon ein Fässchen Bier aufmachen“, sagte Suitcase Simpson, „dachten uns dann aber, dass unser pflichtbewusster Vorgesetzter das nicht absegnen würde.“

„Vergesst nicht, dass die Frau im Video tot ist“, sagte Jesse. „Möglicherweise das Opfer eines Verbrechens. Wir suchen also nach Beweismaterial.

Tut mir den Gefallen und haltet die Augen auf und starrt nicht nur auf die Möse."

„Jawohl, Sir", sagte jemand.

Jesse öffnete den Umschlag, nahm die Kassette mit zum anderen Ende des Tisches, legte sie in den Player, griff sich die Fernbedienung, ging zu seinem Platz zurück und richtete die Fernbedienung auf den Monitor.

„Die Polizei, dein Freund und Helfer", sagte er und drückte auf PLAY.

Man sah eine nackte Frau von hinten. Sie trieb es gerade mit einem Mann, der auf dem Rücken unter ihr lag und sich offensichtlich auf einem Bett oder Sofa oder irgendeinem Gegenstand mit blaugelben Streifen befand. Ein anderer Mann kam ins Blickfeld und bestieg die Frau von hinten.

Die Cops am Tisch johlten. Simpson war der jüngste unter ihnen.

„Jesses", sagte er. „Gleich im Doppelpack."

Die Frau, zwischen beiden Männern eingekeilt, drehte den Kopf und lachte breit in die Kamera. Kein Zweifel: Es war Florence Horvath. Im Vergleich zu ihrem Führerschein-Foto sah sie erheblich attraktiver aus. Jesse konnte sich ein grimmiges Grinsen nicht verkneifen. *Oder im Vergleich zu allen anderen Umständen, unter denen ich sie gesehen habe.* Offensichtlich legte sie es bewusst darauf an, erkannt zu werden. Sie schaute mehrfach zurück in die Kamera und tat so, als würde ihr die doppelte

Penetrierung Freude machen, schien ihre Begeisterung aber fast schon zwanghaft zur Schau stellen zu wollen. Bei Jesse kam jedenfalls wenig Freude auf. Ich wüsste nicht, wie man Pornografie definiert, dachte er, aber ich weiß es, wenn ich's sehe. Ob nun Amateur oder Profi: Dies war eindeutig pornografisch.

Nach etwa zwei Minuten begannen die Cops zu reden. *Pornografie verliert schnell ihren Reiz,* dachte Jesse.

„Zwischen meinen Ehen hatte ich mal 'ne Frau, die unbedingt einen ihrer Freunde mit ins Bett bringen wollte", erzählte Arthur Angstrom. „Ich musste ihr verklickern, dass ich nie einen Steifen bekommen würde, wenn noch ein anderer Typ im Bett gelegen hätte."

„Und ich hab gehört, du würdest überhaupt nie einen hochkriegen, Arthur", sagte Peter Perkins.

„Wenn du drauf bestehst, kann ich dir gerne 'ne Liste mit zufriedenen Kundinnen geben", sagte Arthur.

„Schaut euch nur den Knüppel von diesem Typen an", sagte Buddy Hall.

„Mein Gott", sagte Suitcase. „Wenn das ein Penis ist – was hab ich denn zwischen den Beinen?"

Nach etwa acht Minuten war der Film zu Ende – gekrönt von einem Orgasmus, den Florence nach allen Regeln der Kunst zelebrierte. Die Cops johlten und flachsten so laut, dass Jesse sich fragte, ob sie damit wohl nur ihre eigene Unsicherheit überspielen wollten. Er selbst konnte Pornografie wenig abgewinnen, hatte aber auch keine Probleme damit, solange es nicht abstoßend war. Und Anal-Sex war für ihn hart an der Grenze. Florences Amateurvideo hatte an dieser Einschätzung nichts geändert.

„Irgendwelche sachdienlichen Hinweise konnte ich beim besten Willen nicht feststellen", sagte Peter Perkins. „Vielleicht sollten wir's uns ja nochmal anschauen."

„Habt ihr euch die beiden Typen angeschaut?", fragte Jesse.

Niemand rührte sich.

„Okay, dann spielen wir's nochmal", sagte Jesse.

Die Cops am Tisch stöhnten. Perkins hatte eigentlich nur einen Witz machen wollen. Die meisten von ihnen hatten schon die Schnauze voll.

„Schaut euch diesmal die Typen an", sagte Jesse. „Vielleicht läuft uns ja einer von ihnen nochmal über den Weg."

Jesse spulte das Band zurück und drückte erneut auf PLAY. Die Cops konzentrierten sich auf die beiden Männer. Jesse fiel auf, dass sie diesmal deutlich ruhiger waren – vielleicht, weil ihnen die Situation nun nicht mehr so peinlich war. Auch er selbst konzentrierte sich auf die Details. Es gab keinen Hinweis auf den Ort, wo das Video gedreht worden war. Es war ein Schlafzimmer oder zumindest ein Raum mit einem Bett. Man konnte die Ecke eines verschnörkelten Gegenstandes aus Messing sehen. Das Zimmer schien klein. *Könnte durchaus auf einem Boot sein.*

Als das Band wieder ausgelaufen war, sagte Jesse: „Okay, Peter, du bist der Spurensicherungs-Experte. Nimm dir das Video und lass die Köpfe der beiden Männer vergrößern. Den Kopf von Florence vielleicht gleich auch, weil man sie hier besser erkennt als auf dem Führerschein-Foto."

„Die Jungs im Fotolabor werden sich freuen", sagte Perkins.

„Stell nur sicher, dass wir's zurückbekommen", sagte Jesse.

„Glaubst du wirklich, dass sie's nicht gleich duplizieren werden?"

„Natürlich werden sie das", sagte Jesse. „Ich möchte nur sicherstellen, dass das Original in unseren Unterlagen landet."

„Wird gemacht."

Perkins holte sich das Band aus dem Videoplayer.

„Warte", sagte Jesse, „lass es noch hier. Ich geb's dir nach dem Mittagessen."

„Willst du vielleicht noch nach weiteren Spuren suchen, Jesse?"

„Ich bin immer noch dein Chef, Freundchen. Lös Molly am Telefon ab und sag ihr, sie kann in mein Büro kommen."

Perkins salutierte. Jesse nahm das Video und ging in sein Büro. Als Molly hereinkam, legte er das Band in seinen privaten Videoplayer.

„Weißt du, wie das Gerät funktioniert?", fragte er.

„Nein."

„Okay, ich stell's dir ein und lass dich dann allein."

Molly nickte. Jesse bereitete alles vor und ging hinaus. Er schloss die Tür hinter sich und lehnte sich daneben an die Wand. Er musste grinsen: *der Mann auf dem Porno-Posten.*

Als Molly herauskam, sagte sie nur: „Das war ekelhaft."

„Ja", sagte Jesse, „war es."

„Haben die Jungs denn ihren Spaß gehabt?"

Jesse zuckte mit den Schultern.

„Sie taten jedenfalls so. Aber ich hatte den Eindruck, als hätten sie's insgeheim auch als etwas abstoßend empfunden."

„Und du?"

„Ich auch."

„Wirst du Vergrößerungen der Köpfe anfertigen lassen?"

„Peter Perkins kümmert sich drum", sagte Jesse.

Molly nickte. „Danke, dass du mir die Gelegenheit gegeben hast, es alleine anzuschauen", sagte sie.

Jesse zuckte mit den Schultern.

„Du bist ein netterer Mann, als es den meisten Leuten bewusst ist“, sagte sie.

„Was aber unser süßes Geheimnis bleiben sollte“, sagte Jesse lächelnd.

14

Als Jesse zum Lunch mit Jenn eintraf, schloss sie gerade eine Einstellung ab, für die sie vor der Hafen-Kulisse über den Pier spazierte und gleichzeitig ihren Kommentar ins Mikro sprach. Jesse ging zum Pier hinunter und stellte sich neben Marty, die Produzentin. Sie nahm ein Paar Kopfhörer, die über einem Klappstuhl hingen, und drückte sie Jesse in die Hand. Er setzte sie auf und konnte Jenn sprechen hören.

„Was ist nur der Grund“, sagte sie gerade, „was bringt die Menschen von der gesamten Atlantikküste hierher … nach Paradise … zur Rennwoche?“

Der Regisseur, der die ganze Zeit auf seinen Monitor gestarrt hatte, schrie: „Cut“. Jenn, die Hände in die Hüften gestemmt, schaute genervt zu ihm hinüber. „Alles im Kasten“, rief er gleich hinterher. Jenn nickte, als wolle sie *„Das will ich aber auch hoffen“* sagen und ging auf Jesse zu. Er applaudierte geräuschlos.

„Ich rieche schon den großen Fernseh-Preis“,

sagte er, als sie ihm einen Kuss auf die Lippen drückte.

„Ich riech was ganz Anderes", sagte sie und nahm seine Hand, „nämlich das ‚Gray Gull'. Ich hab den Laden ziemlich satt. Können wir nicht woanders was essen? Wo's schnell geht und doch gut ist?"

„Wir könnten zu ‚Daisy's' hochgehen", sagte Jesse. „Sie backen ihr eigenes Brot."

„Dann mal los", sagte Jenn.

„Also, was zieht die Leute denn nun zur Rennwoche?", fragte Jesse, als sie den Washington Square überquerten. „Vielleicht die exzellente Arbeit der hiesigen Polizei?"

„Das wird's wohl sein", sagte Jenn. „Und die Aussicht, einen Monat lang saufen und ficken zu können."

„Segelt hier überhaupt noch jemand?", fragte er.

„Zumindest nicht abends", sagte Jenn. „Es ist letztlich nur eine große Party – wie Mardi Gras."

„Wovon für uns nur Schlägereien, Vandalismus und urinierende Trunkenbolde übrig bleiben", sagte Jesse.

„Eben", sagte Jenn, „genau wie beim Mardi Gras."

„Was für Aufnahmen stehen denn heute Nachmittag noch an?", fragte Jesse.

„Ich hab für ein paar Stunden frei", sagte Jenn. „Marty und Jake ziehen auf eigene Faust los, um Hintergrund-Material von den Rennen zu filmen."

„Ohne dich?“

„Sie filmen aus dem Hubschrauber.“

„Aber ohne dich“, sagte Jesse.

Selbst in der Mittagszeit waren die Gässchen der Altstadt völlig überlaufen. Die Besucher der Rennwoche gaben ihr Bestes, um die modische Palette bis zum Extrem auszureizen: Quer gestreifte Hemden waren populär, ebenso dreiviertel lange Segeltuchhosen. Viele Frauen trugen aber auch ausgefallene Hüte und hauchdünne Kleider. Man sah Männer in blauen Blazern und weißen Flanellhosen, dann wieder andere, die wie Seeleute aus dem 18. Jahrhundert aussahen. Wieder andere machten den Eindruck, als hätten sie sich für ein mondänes Pferderennen rausgeputzt. Jesse trug nur Jeans und ein kurzärmliges Hemd. Revolver und Polizeimarke hingen am Gürtel. Zwei junge Pärchen, allesamt ziemlich abgerissen, kamen mit offenen Bierflaschen vorbei. Jesse zeigte kurz auf seine Marke, dann auf die Bierflaschen und schließlich mit dem Daumen auf einen Abfalleimer, der an einer Laterne angekettet war. Zunächst schienen die Kids Stunk machen zu wollen, besannen sich aber doch eines Besseren. Die warfen ihre Flaschen in den Mülleimer und trollten sich.

„Null-Toleranz“, sagte Jesse.

„Oh Gott“, sagte Jenn an der Tür von „Daisy's“. „Vielleicht wären wir doch besser zum ‚Gull‘ gegangen.“

Die Tür stand auf und die Schlange der Wartenden reichte bis auf die Straße hinaus.

„Würde auch keinen Unterschied machen", sagte Jesse. „Es ist überall rappelvoll."

Einige der Kunden standen auf dem Bürgersteig und hatten ein alkoholisches Getränk in der Hand. Jesse ignorierte sie.

„Die Polizei setzt das Alkoholverbot wohl nur nach eigenem Gutdünken durch", spöttelte Jenn.

„Das siehst du völlig richtig", sagte Jesse. „Die Leute hier warten ja nur darauf, dass ein Tisch frei wird. Außerdem möchte ich Daisy nicht das Geschäft verderben."

„Gibt's überhaupt eine Daisy?"

„Ich werd sie dir gleich vorstellen", sagte Jesse.

„Aber vielleicht könntest du zunächst jemanden verhaften, der an einem guten Tisch sitzt", sagte Jenn. „Sonst können wir ja noch Stunden hier warten."

„Ich sprech mal mit Daisy. Warte hier."

Jesse schlängelte sich durch die Menge und kam wenig später mit einer drallen Blondine zurück, die eine weiße Schürze trug und einen Löffel in der Hand hielt. Die Frau, hochrot im Gesicht, zeigte auf Jenn.

„Bist du Jenn?", fragte sie.

„Bin ich."

„Ich bin Daisy, beweg deinen Arsch hier rein."

Eine Frau mit modischer Sonnenbrille und Strohhut meldete Protest an: „Aber wir warten schon eine halbe Stunde."

„Und ihr werdet noch viel länger hier stehen, wenn ihr mich weiterhin anblökt", sagte Daisy.

„Aber diese Leute …"

Daisy fuchtelte mit dem Löffel vor ihrem Kopf herum.

„Das ist mein Restaurant", sagte sie. „Ich entscheide. Komm mit, Jenn."

Kleinlaut heftete sich Jenn an ihre Fersen und folgte ihr zu einem Tisch am rückwärtigen Fenster, wo Jesse bereits Platz genommen hatte. Im Inneren wirkte das Restaurant nicht einmal überfüllt, da die Tische großzügig angeordnet waren. Der dicke Teppichboden und die Segeltuch-Dekorationen, die von der Decke hingen, taten ihr Übriges, um die Geräuschkulisse auf ein angenehmes Niveau zu senken.

„Entschuldigung, dass ich dir nicht mannhaft den Weg gebahnt habe", sagte Jesse.

Jenn setzte sich.

„Da draußen gibt's nun leider eine Frau, die mich abgrundtief hasst", sagte sie.

„Soll sie sich doch ficken", sagte Daisy. „Wenn ich nicht mal dem Polizeichef und seiner Freundin einen Tisch klarmachen kann, wozu bin ich dann überhaupt gut?"

„Stimmt auch wieder", sagte Jenn. „Kann ich bitte ein Malzbier bekommen?"

„Natürlich, Darling. Ich schick gleich die Kellnerin rüber."

„Ich danke Ihnen, Daisy."

„Kein Problem", sagte Daisy. „Wenn ich an eurer Stelle wäre, würd ich heute ein Sandwich bestellen. Ich hab gerade erst wieder frisches Brot gebacken."

Sie dampfte im Sturmschritt zur Küche. Jenn konnte sich ein Lächeln nicht verkneifen.

„Du liebe Güte!", sagte sie.

Jesse nickte.

„Daisy Dyke", sagte er.

„Heißt sie wirklich so?"

„Nein, ich kenne ihren richtigen Namen nicht, aber alle nennen sie so, sie selbst eingeschlossen. Sie wollte ihren Laden sogar ‚Daisy Dyke's' nennen."

„Dann ist sie wohl eine Lesbe?"

„In der Tat."

„Und eine Lesbe, die daraus keinen Hehl macht?"

„Kann man wohl sagen."

„Lebt sie mit einer Frau zusammen?"

„Sie hat sogar eine Ehefrau", sagte Jesse. „Sie haben am 20. Mai geheiratet – kurz nachdem in Massachusetts gleichgeschlechtliche Ehen legalisiert wurden."

„Mrs. Daisy Dyke?"

„Sie heißt Angela Carson", sagte Jesse. „Sie behielt ihren alten Namen."

„Und macht auf Hausfrau?"

„Angela malt“, sagte Jesse.

„Gut?“

„Nein“, sagte Jesse.

„Aber unerbittlich“, sagte Jenn.

„So könnte man sie tatsächlich angemessen beschreiben“, sagte Jesse.

Jenn bestellte Eiersalat auf Sauerteigbrot, während sich Jesse für Weizenbrot mit Speck, Salat und Tomate entschied.

„Um Eiersalat sollte man eigentlich einen weiten Bogen machen, wenn man ein Rendezvous hat“, sagte Jesse. „Verschmiert alles nur.“

„Moment mal, wer bin ich denn?“, sagte Jenn. „Ist das ein Rendezvous?“

„Weiß ich nicht“, sagte Jesse, „aber was immer es ist: Das Wort *Rendezvous* trifft wohl nicht so recht auf uns beide zu.“

Jenn lächelte ihn an.

„Das Gefühl hab ich auch“, sagte sie.

Jesse lächelte zurück.

„Wir werden das passende Wort schon noch finden.“

15

Mit dem Boot des Hafenmeisters hatten sie bereits fünf Jachten abgeklappert, darunter auch die drei aus Fort Lauderdale, die hinter dem Hafenausgang vor Anker lagen. Hardy Watkins, der Hafenmeister, war noch neu im Amt. Er war ein grobschlächtiger Kerl mit einem roten Gesicht und – wenn er seine Kappe denn mal abnahm – einem kahlen Schädel.

„Wer ist als Nächster dran?“, fragte er.

„Wie wär's mit dem da drüben“, sagte Jesse, „dem schwarzen Boot mit dem gelben Streifen?“

Zusammen mit Suitcase Simpson stand er neben Watkins am Steuer und verfolgte, wie sich die schwerfällige Barkasse durch die Wellen kämpfte. Neben den eleganten Jachten wirkte das kleine Boot wie ein unansehnliches Warzenschwein. Jesse trug Jeans, Turnschuhe und seine Softball-Jacke über einem weißen T-Shirt, während Simpson in Uniform war. Er hatte eine transparente Mappe bei sich, in der sich die Porträtfotos aus dem Sexvideo befanden.

„Die Schaluppe mit der Kutter-Takelage“, sagte Watkins.

„Genau die“, sagte Jesse.

Er schaute zu Simpson hinüber.

„Weißt du überhaupt, was eine Schaluppe ist?“, fragte er. „Mit einer Kutter-Takelage?“

„Hey“, sagte Simpson, „ich bin in Paradise aufgewachsen, der Segel-Metropole der ganzen Welt.“

„Dann weißt du also, was eine Schaluppe ist?“, fragte Jesse. „Mit einer Kutter-Takelage?“

„Nein“, sagte Simpson.

„Eine Schaluppe ist ein Boot mit nur einem Mast“, sagte Watkins.

„Und ein Kutter?“

„So ziemlich das Gleiche, nur dass der Mast weiter achtern steht.“

„Was ist also eine Schaluppe mit Kutter-Takelage?“

Die eine Hand am Steuer, deutete Watkins mit der anderen auf das Boot vor ihnen.

„Das da“, sagte er.

„Sie wissen's also auch nicht so richtig“, sagte Jesse.

„Ich weiß es“, sagte Watkins, „aber ihr gottverdammten Landratten kapiert einfach nicht, was ich sagen will.“

„Na gut“, sagte Jesse.

Watkins steuerte das Boot am Heck der Jacht vorbei. LADY JANE war dort zu lesen, darunter MIAMI. Ein kleiner Ponton schaukelte neben der Jacht, und Watkins dockte vorsichtig an. Simpson lehnte sich hinüber und vertaute das Heck an einer Klampe. Er kletterte auf den Ponton und sicherte mit einem zweiten Tau den Bug. Jesse sprang hinüber und kletterte die kleine Außenbordtreppe zum

Deck hinauf. Ein Besatzungsmitglied in Uniform wartete auf sie. Jesse holte seine Polizeimarke aus der Jacke.

„Mein Name ist Jesse Stone, Polizei Paradise. Das ist Inspektor Simpson."

„Nils Borgman", sagte sein Gegenüber mit leichtem Akzent. „Ich bin der Erste Maat."

Jesse ließ seinen Blick über die Jacht gleiten.

„Schaluppe mit Kutter-Takelage", sagte er.

„Ja, Sir", sagte Borgman, „das trifft zu."

Simpson schaute angestrengt auf die See hinaus.

„Ich muss mit allen Personen sprechen, die sich an Bord befinden", sagte Jesse. „Wer ist mein Ansprechpartner?"

„Worum geht es denn, Sir?", fragte Borgman.

„Wir untersuchen den Tod einer jungen Frau und versuchen jemanden zu finden, der die Frau kannte."

„Brauchen Sie dafür einen Durchsuchungsbefehl?", fragte Borgman.

„Nein", sagte Jesse.

„Ich spreche mit dem Kapitän, der die Anfrage sicher an Mr. Darnell weiterleiten wird."

„Ist Mr. Darnell der Besitzer dieser Schaluppe mit Kutter-Takelage?", fragte Jesse.

„Ja, Sir. Bitte warten Sie hier."

Jesse und Simpson warteten und blinzelten in die Sonnenstrahlen, die vom Wasser reflektiert wurden. Unter ihnen schaukelte das Hafenmeister-Boot neben dem Ponton. Watkins saß hinter der Pinne und las ein Buch. Er hatte den Schirm seiner Kappe weit nach unten gezogen, um von der Sonne nicht geblendet zu werden. Etwa ein Dutzend anderer Jachten ankerten in Sichtweite. Vom Deck der „Lady Jane“ aus schien das Gedränge innerhalb des Hafens sogar noch größer, als es in Wirklichkeit war.

Das Deck bestand aus poliertem dunklen Holz. *Vermutlich Teak,* dachte Jesse, *oder zumindest ein Holz, das seewasserresistent ist.* Überall glänzten Messing-Beschläge. Unter einem Sonnendach vor der Kommandobrücke wurde gerade der Lunch eingenommen. Drei Männer und drei Frauen saßen auf zwei Sofas an einem Tisch. Ein Mann mit einem goldverbrämten Käppi trat an den Tisch und flüsterte einem der Männer etwas zu. Der Mann nickte und drehte sich, um Jesse und Simpson in Augenschein zu nehmen. Dann stand er auf und kam auf sie zu.

„Harrison Darnell“, sagte er. „Worum geht's denn?“

„Wir untersuchen den Tod einer jungen Frau“, sagte Jesse. „Wir müssen den Anwesenden ein paar Fotos zeigen und sie fragen, ob sie die betreffenden Personen kennen.“

„Ich werde Ihre Anfrage mit meinem Anwalt besprechen“, sagte Darnell. „Wenn Sie nichts dagegen haben.“

„Keinesfalls“, sagte Jesse. „Was aber bedeutet,

dass wir alle Anwesenden zusammentrommeln müssen, um sie auf dem Revier zu befragen."

„Das können Sie nicht machen."

„Natürlich kann ich das machen, Mr. Darnell. Aber rufen Sie um Gottes willen zunächst Ihren Anwalt an."

Darnell trug blaue Badelatschen, helle Khaki-Shorts und ein rotes, mit Blumenmotiven besetztes Hemd, das er nicht zugeknöpft hatte. Um seinen Hals hing ein geflochtenes Lederband. Seine haarlose Brust war tief gebräunt – wie der gesamte Rest des Körpers. Seine blonden Haare waren schulterlang, wurden aber von einer Sonnenbrille zurückgehalten, die er lässig über die Stirn geschoben hatte. Sein Gesicht war alt genug, um zumindest Zweifel an der Natürlichkeit seiner Haarfarbe aufkommen zu lassen. Jesse hatte auch selten einen Mann gesehen, der absolut keine Brusthaare hatte. Er fragte sich, ob Darnell sie wohl abrasiert hatte. Vielleicht waren sie ja schon grau.

„Jesus Maria", sagte Darnell.

Er drehte sich zum Tisch um.

„Leute", sagte er. „Tut mir leid. Die örtlichen Gendarmen möchten uns ein paar Fotos zeigen. Sie haben versprochen, uns nicht unnötig lange zu behelligen."

Eine Blondine mit einem länglichen, ovalen Gesicht drehte sich um und stieß mit gespieltem Entsetzen einen Schrei aus.

„Oh mein Gott“, sagte sie, „die Bullen sind da.“

Sie trug einen Bikini, eine überdimensionale Sonnenbrille und hatte ein Champagnerglas in der Hand, das fast leer war. Offensichtlich war das Unterteil ihres Bikinis ein Tanga, aber da sie auf einem blau-gelb gestreiften Sitzkissen saß, war sich Jesse nicht hundertprozentig sicher.

„Zeig ihnen die Fotos“, sagte er.

Suit ging zum Tisch und zeigte sie zunächst der Blondine. Jesse beobachtete ihr Gesicht. Aus diesem Grund ließ er Simpson die Fotos zeigen, um so ungestört ihre Reaktionen verfolgen zu können. Die Blondine warf nur einen flüchtigen Blick auf die Fotos.

„Niemand, den ich kenne“, sagte sie und drehte sich wieder zu Jesse um.

„Wie kommt es, dass er eine Uniform trägt und Sie nicht?“, fragte sie, trank den Rest ihres Champagners und streckte den Arm aus, um das Glas von einem Besatzungsmitglied nachfüllen zu lassen.

„Ich bin der Chef“, sagte Jesse, „ich kann tragen, was ich will.“

Simpson zeigte die Fotos dem Mann neben ihr.

„Und Sie haben sich diese langweiligen Klamotten ausgesucht?“, sagte sie.

Jesse studierte das Gesicht des Mannes, der sich gerade die Fotos anschaute.

„Nicht umsonst heißt es Zivilkleidung“, sagte Jesse.

Sie trank wieder einen Schluck und drehte sich leicht auf ihrem Sitz. Jesse sah kurz ihre Oberschenkel, fixierte aber weiterhin die Gesichter ihrer Begleiter, die sich nach und nach die Fotos anschauten.

„Tragen Sie überhaupt eine Waffe?“, fragte die Blondine.

„Sicher“, sagte Jesse. „Man muss hier immer mit Piraten rechnen.“

Die Blondine griff zu einem silbernen Etui und nahm eine Zigarette heraus. Der Mann neben ihr gab ihr Feuer. Sie nahm einen tiefen Zug, nippte am Champagner und ließ den Rauch aus der Nase, während sie den Champagner herunterschluckte. Simpson zeigte die Fotos der letzten Person am Tisch. Niemand kannte sie, niemand hatte ungewöhnlich auf die Fotos reagiert.

„Na also“, sagte die Blondine, „dann können Sie sich doch jetzt einen netten Drink genehmigen.“

„Zeig die Fotos auch der Crew“, sagte Jesse zu Simpson.

„Ist er nicht ein braver Junge“, sagte die Blondine. „Tut alles, was ihm sein Chef befiehlt.“

Jesse beobachtete auch die Gesichter der Besatzung, als sie sich die Fotos anschauten. Keine Reaktion, kein Indiz, dass sie die abgebildeten Personen kannten.

„Warum starren Sie die Leute eigentlich unentwegt an?“, fragte die Blondine.

„Hinweise", sagte Jesse. „Ich suche nach Hinweisen."

„Nun machen Sie aber mal halblang", sagte die Blondine. „Warum setzen Sie sich nicht zu uns und trinken einen leckeren Cocktail?"

„Ich könnte mir nichts Schöneres vorstellen", sagte Jesse. „Natürlich müsste ich dann mit der Angst leben, dass mich Suit verpfeift und dem Gemeinderat alles erzählt."

„Warum nennen Sie ihn eigentlich Suit?", fragte die Blondine.

Unglaublich, dachte Jesse. *Was immer sie sagt, klingt wie eine Herausforderung.* Jesse gab Suit ein Zeichen.

„Mein Name ist Simpson, Ma'am, und es gab mal einen berühmten Baseballspieler, der Suitcase Simpson hieß. Meine Kollegen fingen an, mich so zu nennen – und irgendwann blieb dann nur noch Suit übrig."

Sie lachte, trank ihr Glas aus und streckte den Arm aus.

„Was für eine fade Antwort", sagte sie.

„Entschuldigung, Ma'am", sagte Simpson, „Ihre Frage war aber auch nicht sonderlich brisant."

Das Glas der Blondine wurde wieder gefüllt. Sie trank, zog an ihrer Zigarette, hielt den Rauch in den Lungen und blies ihn dann langsam in die Richtung, wo Jesse und Simpson standen. Sie schüttelte ihren Kopf.

„Provinz-Dödel“, sagte sie und drehte sich wieder zum Tisch um.

Darnell hatte die ganze Zeit abseits gestanden und die Prozedur verfolgt, trat aber nun nach vorne. Er war ein ganzes Stück größer als Jesse und betonte den Unterschied noch, indem er sich beim Sprechen gnädig nach vorne neigte.

„Wenn's sonst nichts mehr gibt …“, sagte er.

„Garantieren kann ich das nicht“, sagte Jesse, „aber im Augenblick wäre das alles.“

Er nahm das Etui mit seinen Visitenkarten aus der Brusttasche, griff ein paar heraus und warf sie auf den Tisch.

„Falls irgendjemand sich doch noch an etwas erinnert oder die Leute auf den Fotos sieht – rufen Sie mich bitte an.“

Die Blondine griff demonstrativ nach einer Karte, schaute sie kurz an und steckte sie dann ins Oberteil ihres Bikinis.

„Vielleicht klingel ich ja mal durch, Jesse“, sagte sie.

„Eine E-Mail würd's auch tun“, sagte Jesse. „Die Adresse ist Provinzdoedel.com.“

Als er sich auf den Weg machen wollte, sah er am Rande der Sitzecke einen Affen aus Messing, der mit seinem aufwendig verzierten Schwanz an einem Trapezbalken hing. Er hielt an, um sich die kleine Skulptur aus der Nähe anzuschauen.

„Rein anatomisch gesehen fehlt da was“, sagte

er. „Muss wohl irgendwo mal sehr kalt gewesen sein."

Er tätschelte den Affen am Hals, lächelte in die Runde und folgte Simpson zur Außenbordtreppe.

16

Jesse saß im Büro und schaute sich noch einmal das Sexvideo mit Florence Horvath an, als Jenn klopfte und umgehend eintrat.

„Jesse, ich …"

Sie starrte auf den Monitor.

„Jesse, du perverses Schwein", sagte sie.

„Beweismaterial", sagte er. „Möchtest du's dir anschauen?"

Jenn blieb eine Minute lang stehen und beobachtete den Dreier auf dem Bildschirm.

„Igitt", sagte sie.

Jesse drückte die Fernbedienung und der Bildschirm verdunkelte sich. Jenn verzog die Nase.

„Ich suche nach etwas ganz Bestimmtem", sagte Jesse.

„Will ich stark hoffen", sagte Jenn. „Die Vorstellung, dass du hier alleine im Büro sitzt und dir eine Orgie anschaust, ist mehr als beunruhigend."

„Ich glaube, bei Orgien müssen noch mehr Leute mitmachen", sagte Jesse. „Dies ist wohl eher die Ménage à trois."

„Ménage à bäh“, sagte Jenn. „Wonach suchst du denn?“

„Gestern Nachmittag auf der Jacht fiel mir was auf“, sagte Jesse. „Es war eine Messing-Skulptur, ein Affe mit einem langen Schwanz, und irgendwas in meinem Unterbewusstsein sagte mir, dass ich ihn – oder zumindest einen Teil davon – auch auf dem Video gesehen habe.“

„Ein Affenschwanz aus Messing“, sagte Jenn.

„Genau“, sagte Jesse. „Und das Sofa auf der Jacht hatte die gleichen Farben wie das Bett, auf dem sie's hier treiben.“

„Blau-gelbe Streifen“, sagte Jenn.

„Ich bin begeistert“, sagte Jesse. „Ihr Journalisten habt wirklich ein Auge fürs Detail.“

„Bislang bin ich noch immer die Wetterfee“, sagte Jenn. „Zumindest bis zu dem Zeitpunkt, an dem mein Rennwoche-Special ausgestrahlt wird.“

„Okay, Fee“, sagte Jesse. „Wenn du schon so aufmerksam bist – willst du mir dann nicht auch beim Suchen helfen?“

„Okay“, sagte Jenn, „aber untersteh dich, Stielaugen zu bekommen.“

Jesse drückte erneut auf die Fernbedienung. Das Band lief und beide schauten schweigend zu. Als Florence ihre Position leicht veränderte, bewegte sich auch die Kamera nach rechts, um sie nicht aus dem Fokus zu verlieren. Und da, in der rechten Ecke des Bildes, glänzte kurz etwas auf.

„Halt an“, sagte Jenn.

Jesse schaltete auf Standbild, doch der Gegenstand war bereits verschwunden. Er drückte den Rücklauf, ließ das Band wieder laufen und hielt diesmal genau im richtigen Moment an: In der äußersten Ecke des Bildausschnitts sah man den gekrümmten Schwanz eines Affen.

„Alle Leute auf dem Boot behaupteten, dass sie niemand auf den Fotos erkannt hätten“, sagte Jesse.

„Es ist ja auch noch kein Beweis, dass es wirklich dasselbe Boot ist“, sagte Jenn.

„Nein, aber es ist schon ein verdammt außergewöhnlicher Zufall“, sagte Jesse. „Und Zufälle werden in der Polizeiarbeit gar nicht gern gesehen.“

„Was willst du nun unternehmen?“

„Zunächst werd ich mal eine Vergrößerung des Bildes machen lassen“, sagte Jesse.

„Und dann? Willst du sie mit dem Foto konfrontieren?“

„Ich denke, dass ich mich zunächst auf dem Boot noch etwas genauer umschaue. Viele dieser Jachten sind nur gemietet. Gut möglich, dass die Leute nicht zum gleichen Zeitpunkt auf dem Boot waren wie Florence. Ich muss herausfinden, ob sich das Boot schon vor längerer Zeit in diesen Gewässern aufhielt. Die Leiche lag ja schon eine ganze Weile im Wasser.“

Jenn nickte.

„Was meinst du, warum sie das Video wohl gemacht hat?“, fragte sie.

„Keine Ahnung“, sagte Jesse. „Vielleicht brauchte sie ja Geld.“

„Scheint mir mehr ein Amateur-Video zu sein“, sagte Jenn. „Die Kamera taugt nichts und der Raum ist schlecht ausgeleuchtet.“

„Hast du denn den Background, um ein Amateur-Video von einer professionellen Produktion zu unterscheiden?“, fragte Jesse.

Jenn zuckte mit den Schultern.

„Ich hab so einige Pornos gesehen“, sagte sie.

„Und?“

„Was und?“, sagte Jenn. „Ich mochte sie nicht.“

„Aber dein Date war im Glauben, dass sie dir gefallen würden?“, sagte Jesse.

Jenn schüttelte den Kopf, sagte aber nichts. Jesse hielt es für angemessen, das Thema nicht weiter zu verfolgen.

„Ich habe Frauen gekannt, die tatsächlich einen Kick dadurch bekamen, sich beim Sex filmen zu lassen“, sagte er.

„Auch mit zwei Männern gleichzeitig?“

Jesse zuckte mit den Schultern.

„Hast du eine Ahnung, wie sich eine Frau bei so … bei so einer Sache fühlen muss?“

„Die Männer aber auch“, sagte Jesse.

Jenn schaute ihn erstaunt an.

„Mag sein“, sagte sie. „Vielleicht hast du recht.

Die beiden Männer im Video kommen auch nicht gerade als Lichtgestalten rüber."

Jesse nickte.

„Die meisten Frauen, die ich kenne, mögen Pornografie jedenfalls nicht", sagte Jenn.

„Nein", sagte Jesse.

„Aber Männer mögen es", sagte Jenn.

„Wahrscheinlich mehr Männer als Frauen", sagte Jesse. „Die meisten Männer werden zumindest hinschauen. Allerdings werden die meisten Männer auch schnell wieder wegschauen. Sie wissen nur allzu gut, wie schnell die Faszination verfliegt."

„Warum will man sich etwas anschauen, das Menschen als bloße Objekte darstellt?", sagte Jenn.

Jesse sagte nichts. Sie waren drauf und dran, auf das klassische Dix-Terrain zu geraten.

„Du bist doch ein Mann", sagte Jenn. „Erklär mir mal, warum Männer das mögen."

Jesse hatte das dunkle Gefühl, dass das Thema inzwischen nicht mehr nur Pornografie war, sondern dass es indirekt auch um seine Person ging. Er holte tief Luft.

„Ich befürchte, wir laufen Gefahr, uns in den Untiefen der Seelenklempnerei zu verlieren", sagte er, „aber du hattest ja selbst lange genug Therapie, um dir die möglichen Gründe vorstellen zu können."

„Eine Person zum Gegenstand zu degradieren bedeutet Kontrolle", sagte Jenn.

Jesse nickte.

„Kontrolle über was?“, fragte Jenn.

Jesse schüttelte den Kopf.

„Über das Objekt eben“, sagte er.

„Gehst du eigentlich noch immer zu Dix“, fragte sie.

„Manchmal.“

„Dann bleib lieber am Ball“, sagte Jenn. „Du wirst ganz schön komisch in letzter Zeit.“

17

Jesse hatte seinen Wagen an der äußersten Spitze von Paradise Neck geparkt, direkt am Leuchtturm. Die warme Brise vom Wasser wehte durch die geöffneten Fenster. Er hatte sein Fernglas mitgebracht und die „Lady Jane“ ins Visier genommen. Die Bootsrennen fanden gerade östlich von Stiles Island statt und einige der Jachten hatten den Hafen verlassen, um die Rennen aus der Nähe zu verfolgen. Die „Lady Jane“ hingegen lag noch immer am gleichen Ort vor Anker. *Sie sind nicht für die Rennen gekommen, sondern nur für die Cocktails,* dachte Jesse. Von seiner Position aus zählte er sechs Gäste und drei Crew-Mitglieder, war aber zu weit entfernt, um Darnell oder die vorlaute Blondine identifizieren zu können. Und den Affen aus Messing sah er auch nicht.

Molly rief auf seinem Handy an.

„Warum fährst du nicht mit deinem Dienstwagen?", fragte sie. „Ich hab die ganze Zeit versucht, dich über Funk zu erreichen."

„Ich fahr lieber mit meinem eigenen", sagte Jesse.

„Herrgott", sagte Molly. „Du fährst deinen Dienstwagen nicht, du trägst deine Uniform nur alle Jubeljahre und deine Dienstwaffe verstaubt auch in der Schublade. Was läuft bloß falsch bei dir?"

„Mehr als wir es in der Kürze der Zeit erörtern könnten", sagte Jesse. „Was liegt denn an?"

„Zwei Sachen", sagte Molly. „Zum Ersten: Die ‚Lady Jane' ist in Miami registriert und gehört Harrison Darnell."

„Hmm."

„Und zweitens: Inspektor Kelly Cruz von der Polizei in Fort Lauderdale möchte auf ihrem Handy zurückgerufen werden. Wenn du in deinem Dienstwagen sitzen würdest, hätte ich sie dir gleich durchstellen können."

„Wie viele Kinder hast du eigentlich, Molly?", fragte Jesse.

„Vier. Das weißt du doch."

„Und ich bin eins von den vieren?", fragte Jesse.

„Oh, fick dich doch ... Sir."

„Gib mir Kellys Nummer", sagte Jesse.

Molly gab sie ihm. Jesse notierte sie und musste breit grinsen, als er die Verbindung beendete. Er tippte die Nummer von Kelly Cruz ein.

„Ein paar Sachen", sagte Jesse. „Habt ihr das Video schon datieren können?"

„Nein", sagte Cruz. „Dafür hat unser Budget leider nicht gereicht."

„Okay, die Retourkutsche hab ich mir wohl redlich verdient", sagte Jesse. „Ernsthaft: Habt ihr ein Datum gefunden?"

„Ja, die Jungs im Labor haben den Zeitstempel gefunden", sagte sie. „7. März dieses Jahres, 15 Uhr 9."

„Und ich glaube zu wissen, wo's aufgenommen wurde."

„Wirklich?"

„Auf der Kommandobrücke einer Jacht namens ‚Lady Jane', in Miami registriert."

„Kennen Sie vielleicht auch den Besitzer?"

„Harrison Darnell", sagte Jesse.

„Adresse?"

„Ich werd Molly sagen, dass sie Ihnen die Adresse gibt, sobald wir hier durch sind."

„Okay. Wissen Sie, wo sich die Jacht befindet?"

„Vor meiner Nase", sagte Jesse.

„Und Mr. Darnell ist an Bord?"

„Ist er."

„Ich werd mich über ihn schlaumachen", sagte Kelly Cruz. „Ich hab ein paar Leute in Miami, die ich anzapfen kann."

„Ich weiß es zu schätzen", sagte Jesse. „Gibt's sonst was Neues?"

„Hab mit den Eltern gesprochen“, sagte sie.

„Mr. und Mrs. Plum?“

„Ja, sie leben in Miami.“

„Was ja fast vor Ihrer Haustür ist“, sagte Jesse.

„Genau, nur 30 Kilometer von hier. Sie sagten, dass sie nicht einmal wussten, wo Florence überhaupt lebte. Sie hatten schon seit einigen Jahren keinen Kontakt mehr zu ihr.“

„Gab es dafür, äh, ursächliche Vorkommnisse?“, fragte Jesse.

„Wow“, sagte Cruz. „Ursächliche Vorkommnisse. Nicht wirklich. Sie sagen halt, dass sie mit ihrem Latein einfach am Ende waren. Ihr Großvater, der ‚Plum & Partridge‘ gegründet hatte, hinterließ Florence eine Stange Geld – und zwar auf einem Treuhandkonto, auf das sie ab ihrem 25. Geburtstag Zugriff hatte. Die Eltern erzählen, dass sie das Geld ausgesprochen clever angelegt habe.“

„Sie schwamm also in Geld“, sagte Jesse.

„Ja, und allein die Zinsen reichten wohl, um die Korken knallen zu lassen.“

„Was sich als problematisch herausstellte?“

„Genau. Sie trank zu viel, rauchte zu viel Gras und vögelte jeden, der ihr vor die Flinte kam. Die Eltern glauben, dass sie einfach zum schwarzen Schaf geboren war. Wenn mal wieder alles schief ging oder sie schwanger oder frisch geschieden war, kam sie reumütig zurück nach Hause, um sich auf Vordermann zu bringen. Aber dann fing der Zoff mit den

Eltern und ihren beiden Schwestern prompt wieder an – und Florence tauchte erneut ab."

„Wie alt sind die Schwestern?"

„20", sagte Cruz. „Zwillinge."

„Laut Laborbericht war Florence Mitte 30".

„34", sagte sie.

„14 Jahre Unterschied", sagte Jesse.

„Fiel mir auch auf", sagte Cruz. „Aber sie äußerten sich nicht dazu. Sie hatten einfach die Befürchtung, dass Florence ein schlechter Einfluss für ihre jüngeren Schwestern sei. Als sie beim letzten Mal die Biege machte, sagten ihr die Eltern, sie solle nicht mehr bei ihnen aufkreuzen."

„Haben Sie mit den Schwestern sprechen können?"

„Nein, sie sind den Sommer über in Europa."

„Und ‚Plum & Partridge' scheffelt noch immer Geld?"

„Reichlich", sagte Cruz. „Sie sollten mal sehen, wie mondän sie leben."

„Haben die Eltern irgendeine Vermutung, wie es zu ihrem Tod gekommen sein könnte?", fragte Jesse.

„Nein", sagte Cruz, „aber irgendwie vermitteln sie den Eindruck, als würden sie denken, Florence habe ihr Schicksal verdient."

„Es gibt doch nichts Schöneres als ein glückliches Zuhause", sagte Jesse.

„Haben Sie Kinder?", fragte Cruz.

„Nein."

„Ich hab zwei", sagte Cruz. „Und was immer sie einmal anstellen werden – ein derartiges Schicksal hätten sie in meinen Augen nicht verdient."

„Wie heißen die Zwillinge?", fragte Jesse.

„Sie werden sich biegen", sagte Cruz. „Warten Sie mal, ich hab's mir aufgeschrieben … Corliss und Claudia. Ist das nicht süß? Corliss und Claudia Plum."

„Wann kommen sie aus Europa zurück?"

„Keine Ahnung. Vermutlich zum Ende der Sommerferien."

„Wo gehen sie zur Schule?"

„Emory University in Atlanta."

„Wenn Molly Sie wegen Darnells Adresse anruft, würden Sie ihr dann bitte auch die Adresse der Plums geben? Und die Telefonnummer?"

„Klar doch", sagte sie. „Planen Sie einen Besuch in Florida?"

„Wenn sich der Fall bis in den Winter hineinzieht, wäre das durchaus denkbar", sagte Jesse.

„Prima", sagte Cruz. „Sie haben ja sicher ein Spesenkonto und könnten mich zu ‚Joe's Stone Crab' einladen."

„Klar", sagte Jesse. „Haben Sie den Eltern von dem Porno-Video erzählt?"

„Nein."

„Sie haben's nicht übers Herz gebracht."

„Genau."

„Haben Sie ihnen denn die Porträts der beiden Männer gezeigt?", fragte Jesse.

„Ja, aber sie kannten sie nicht."

„Ich danke Ihnen, Kelly", sagte Jesse. „Ich weiß, dass Sie noch andere Fälle bearbeiten müssen, aber sollte Ihnen noch was Interessantes auf den Tisch flattern …"

„Ich bin nun mal ein schlaues Mädchen", sagte Cruz, „und manchmal herrscht hier auch Leerlauf. Sobald ich Zeit habe, werde ich weiter rumschnüffeln und mir Harrison Darnell mal genauer anschauen." Sie beendeten das Gespräch.

Jesse schaute zur „Lady Jane" hinüber, verzichtete aber auf das Fernglas. „Ich hätte ihnen auch nichts von dem Video erzählt", sagte er laut zu sich selbst.

18

Molly öffnete die Tür zu Jesses Büro und steckte den Kopf hinein.

„Eine Dame möchte dich sprechen, Jesse."

Jesse nickte. Molly ging und kam kurz darauf mit der kessen Blondine von der „Lady Jane" zurück. Sie trug eine Sonnenbrille, ein luftiges Sommerkleidchen und Riemchen-Schuhe mit zehn Zentimeter hohen Absätzen. Das Kleid reichte etwa bis zur Mitte der Oberschenkel.

„Der Provinz-Dödel", sagte sie.

„Chef-Dödel", sagte Jesse.

„Sie sind also tatsächlich der Polizeichef hier", sagte sie.

„Bin ich", sagte Jesse.

Sie kam herein, setzte sich vor den Schreibtisch und schlug die perfekt gebräunten Beine übereinander. Das Kleid rutschte noch ein Stück weiter nach oben. Sie griff zu ihrer kleinen gelben Handtasche und öffnete sie.

„Haben Sie was dagegen, wenn ich rauche?", sagte sie.

„Hab ich", sagte Jesse.

„Sie haben wirklich was dagegen?"

„Ja."

Sie hatte ihr silbernes Zigaretten-Etui bereits halb aus der Tasche gezogen.

„Sie haben wirklich was dagegen, wenn ich rauche?"

„Ja."

„Herrgott", sagte sie.

Sie steckte das Etui wieder zurück.

„Wenn ich gewusst hätte, dass Sie so pingelig sind, wär ich gar nicht erst gekommen, um Ihnen zu helfen."

Jesse sagte nichts.

„Haben Sie zumindest einen Kaffee?", fragte die Blondine.

„Klar doch."

Jesse stand auf.

„Milch und Zucker?“

Sie schüttelte den Kopf. Er reichte ihr die Tasse und sie nahm einen Schluck.

„Nun“, sagte sie, „zumindest stark ist er.“

Jesse nickte. Die Blondine nahm noch einen Schluck und schaute sich im Büro um.

„Tragen Sie eigentlich immer eine Waffe, Chef-Födel?“

„Allzeit bereit“, sagte Jesse.

Die Blondine rutschte auf ihrem Stuhl hin und her, ohne sich wirklich zu bewegen.

„Wirklich?“, sagte sie.

Jesse lächelte. Sie lächelte zurück. Ihre Zähne waren strahlend weiß. *Der Natur nachgeholfen,* dachte Jesse. *Kosmetische Füllungen, Bleaching, Versiegelungen oder was auch immer es an Tricks da gibt.*

„Mein Name ist Blondie Martin“, sagte sie.

„Jesse Stone.“

„Weiß ich doch“, sagte Blondie. „Der Polizeichef. Haben Sie uns auf dem Boot ja schon erzählt.“

Jesse nickte.

„Waren Sie schon immer der Polizeichef?“, fragte sie.

„Nein.“

„Seit wann sind Sie denn hier der Chef-Dödel?“

„Rund sieben Jahre“, sagte Jesse.

„Und davor?“

„War ich ein Cop in Los Angeles.“

„Junge, Junge“, sagte Blondie. „Wir sind also gar kein echter Provinzler.“

Jesse sagte nichts. Blondie schlug wieder ihre Beine übereinander, diesmal in die andere Richtung. Sie trank mehr Kaffee und hielt den weißen Becher in beiden Händen.

„Verheiratet?“, fragte sie.

„Irgendwas in der Art“, sagte Jesse.

„Wie kann man irgendwie verheiratet sein?“

„Meine Ex und ich machen gerade einen neuen Anlauf“, sagte Jesse.

„Einige Leute können einfach keinen sauberen Schnitt machen“, sagte sie.

Jesse nickte. Sie trank den Rest ihres Kaffees, stand auf und schüttete sich aus der Kaffeemaschine, die auf einer Aktenablage stand, eine weitere Tasse ein. Stehend nippte sie am Kaffee, schaute Jesse von der Seite an und lächelte.

„Erinnern Sie sich noch, dass ich eingangs erwähnte, Ihnen helfen zu wollen?“, fragte sie.

„Ja.“

„Und Sie fragen sich wohl, wie diese Hilfe aussehen könnte?“

„Ja.“

„Nun, Sie halten Ihre Neugier aber ganz schön im Zaum.“

„Ich tu mein Bestes“, sagte Jesse.

„Was war das eigentlich für eine Sportjacke, die Sie neulich auf dem Boot trugen?“

„Die ‚Paradise-Amateurliga'", sagte Jesse. „Softball."

„Was für eine Position spielen Sie?"

„Shortstop."

„Taugen Sie was?"

„Ja."

„Sind Sie richtig gut?"

„Ja."

„Sie sehen so aus, als könnten Sie richtig gut sein", sagte Blondie. „Aber wenn Sie wirklich so gut sind: Warum spielen Sie dann nicht professionell – statt hier den Chef-Dödel zu mimen?"

„Hab meine Schulter lädiert", sagte Jesse. „Kann kaum noch werfen."

„Aber Sie spielen noch immer."

„Für die Amateurliga reicht's", sagte Jesse, „für die Show aber nicht."

„Show?"

„Die professionellen Baseball-Ligen."

„Waren Sie vor Ihrer Verletzung denn gut genug für die … Show?"

„Ja."

„Was für ein Pech."

Jesse wartete. Sie trank mehr Kaffee. Rauchen konnte sie nicht. Und Cocktails wurden hier auch nicht serviert – rein gar nichts, was einen aufpeppen könnte.

„Mindestens zwei Leute auf der ‚Lady Jane' haben neulich gelogen", sagte sie schließlich.

„Passiert mir immer wieder“, sagte Jesse.

„Harrison kannte die beiden Typen auf den Fotos, die Sie uns gezeigt haben.“

Jesse wartete.

„Sie waren im letzten Jahr Teil der Besatzung. Ich war damals ein paar Mal an Bord und hab sie gleich erkannt.“

„Gab's sonst noch jemanden, der sie gekannt haben müsste?“, fragte Jesse.

„Nein, nur Harrison und ich.“

„Und warum haben Sie mir das nicht auf dem Boot erzählt?“

„Ich wollte Harrison nicht auf die Palme bringen. Ich hab einen langen Heimweg und Harrison ist mein Ticket.“

„Wohin müssen Sie denn?“

„Palm Beach. Harrison hat mich dort abgeholt, bevor er zur Rennwoche gesegelt ist.“

„Dann sind Sie also mit ihm liiert?“, fragte Jesse.

„Wenn man das so nennen will“, sagte Blondie. „Mit irgendeinem muss man ja wohl zusammen sein.“

19

Jesse saß am Schreibtisch und kämpfte sich durch einen Stapel mit Überstunden-Abrechnungen, als Molly den Kopf durch die Tür steckte.

„Rat mal, welche Überraschung dich jetzt erwartet“, sagte sie.

Jesse schaute hoch.

„Mehr Sex-Videos?“

„Besser“, sagte Molly, „Live Action – die Plum-Zwillinge!“

„Die Schwestern von Florence Horvath?“

„In voller Schönheit“, sagte Molly.

Jesse schob den säuberlich sortierten Papierstapel zur Seite.

„Bring sie rein“, sagte er.

Corliss und Claudia Plum waren sehr blond, sehr schlank, perfekt gebräunt und nur minimal bekleidet. Ihr Augen-Make-Up war sehr dunkel, der Lippenstift ein leuchtendes Rot. Die Eine trug ein knappes Sommerkleid in Türkis und Rostbraun, die Andere ein ebenso kurzes Kleidchen in Blau und Pink – beide mit einem atemberaubenden Dekolletee. Auf hochhackigen Stilettos – wieder in Blau und Türkis – staksten sie in Jesses Büro. Beide verzichteten offensichtlich auf einen BH. Jesse erhob sich.

Türkis und Rostbraun sagte: „Ich bin Corliss.“

Blau und Pink sagte: „Und ich Claudia.“

„Jesse Stone.“

Beide Mädchen schüttelten seine Hand und setzten sich, ohne auf ihre schwindende Rocklänge Rücksicht zu nehmen.

Nun ja, dachte Jesse, *zumindest tragen sie ein Höschen.*

„Tut mir leid, was mit Ihrer Schwester passiert ist", sagte Jesse.

„Deswegen sind wir ja hier", sagte Claudia.

„Wir möchten die ganze Wahrheit in Erfahrung bringen", sagte Corliss.

„Die Leiche Ihrer Schwester trieb hier im Hafen an", sagte Jesse.

„Wer hat sie umgebracht?", fragte Corliss.

„Wir wissen nicht mal, ob sie wirklich umgebracht wurde."

„Sie wissen es nicht? Wie kann das sein? Glauben Sie etwa, dass sie einfach so ins Wasser gesprungen ist?"

„Wir wissen noch nicht im Detail, wie sie ins Wasser geriet", sagte Jesse.

„Nun, gesprungen ist sie ganz sicher nicht", sagte Claudia.

„Haben Sie eine Vermutung?", fragte Jesse.

„Was ist denn mit DNA?"

„An ihrer Identität bestehen keine Zweifel", sagte Jesse. „Aber warum glauben Sie, dass jemand sie ermordet hat?"

„Weil sie nicht so einfach ins Wasser plumpsen würde", sagte Corliss.

„Trank sie Alkohol?", fragte Jesse.

„Klaro", sagte Corliss, „aber sie hatte es voll im Griff. Sie trank nicht bis zur Bewusstlosigkeit, um dann ins Meer zu fallen."

Jesse nickte.

„Ich dachte, Sie seien gerade in Europa“, sagte er.

Die Zwillinge schauten sich an.

„Diese Version war für unsere Eltern bestimmt“, sagte Claudia.

Beide kicherten.

„Wir haben lieber Party gemacht“, sagte Corliss.

„Wo?“

„In New York.“

„Manhattan?“, fragte Jesse.

„Nein, Sag Harbor.“

„Den ganzen Sommer?“

Beide kicherten wieder.

„Bei Freunden zu Hause?“

„Oh ja“, sagte Corliss.

„Kann ich einen Namen bekommen?“, fragte Jesse.

„Namen?“

„Des Freundes, bei dem Sie unterkamen.“

„Warum?“

„Kann nie schaden“, sagte Jesse.

„Glauben Sie etwa, dass wir was Schlimmes angestellt haben?“, fragte Claudia.

„Oh ja“, sagte Jesse und grinste.

Die Zwillinge kicherten wieder.

„Nun, wir haben zumindest nichts Schlimmes mit Flo gemacht“, sagte Claudia.

„Natürlich nicht“, sagte Jesse. „Wo wohnten Sie denn auf Long Island?“

„Nun …“ Corliss schaute zu ihrer Schwester.

„Wir wohnten bei einem Typen in Sag Harbor.“

„Name?“

„Äh, der Typ, dem das Haus gehörte, hieß, äh, Carlo.“

Jesse nickte und wartete. Corliss schaute wieder ihre Schwester an.

„Wie hieß Carlo noch mal mit Nachnamen?“, fragte sie. „Kannst du dich erinnern?“

Claudia warf die Stirn in Falten. Jesse wartete.

„Es war ein komischer Name“, sagte sie, „so als wäre der Nachname Teil des Vornamens.“

„Wie Coca-Cola“, sagte Corliss.

„Carlo Coca”, sagte Claudia.

„C-O-C-A?”, sagte Jesse.

„Ich glaub schon”, sagte Claudia.

Beide Mädchen schienen erleichtert. Jesse schrieb sich den Namen auf.

„Gibt’s eine Adresse?“, fragte er.

„Oh“, sagte Claudia, „die kenn ich wirklich nicht.“

Sie schaute zu Corliss.

„Am Strand jedenfalls“, sagte Corliss.

„Telefon?“

Beide zuckten mit den Schultern. Jesse nickte.

„Nun, wir werden ihn schon auftreiben“, sagte er.

„Vielleicht erinnert er sich ja nicht mehr an uns“, sagte Corliss.

Jesse grinste sie an.

„Kaum vorstellbar", sagte er.

„Aber Sie dürfen nichts unseren Eltern erzählen", sagte Claudia.

„Die kriegen sonst voll die Krise", sagte Corliss.

„Ich hab keinen Grund, euren Eltern davon zu erzählen", sagte Jesse.

„Sie glauben, wir wären noch immer jungfräuliche Babys", sagte Claudia.

„Wie habt ihr überhaupt von Florences Tod erfahren?", fragte Jesse.

„Eine unserer Freundinnen rief uns an", sagte Corliss.

„Und die Freundin wusste, wo ihr euch aufgehalten habt?"

„Nicht wirklich. Sie rief uns auf dem Handy an."

„Wie heißt sie denn?"

„Kimmy", sagte Corliss.

„Kimmy Young", sagte Claudia. „Warum?"

„Ich bin ein Cop", sagte Jesse. „Ich will alles wissen."

„Wir fragten uns, ob wir vielleicht einen Privatdetektiv anheuern sollten", sagte Corliss.

Jesse nickte.

„Verstehen Sie?", sagte Corliss.

Jesse nickte noch einmal.

„Ich meine, dies ist nun mal nur ein kleines Städtchen", sagte Claudia. „Verstehen Sie?"

„Ich verstehe", sagte Jesse.

„Dann wären Sie also nicht beleidigt?", fragte Corliss.

„Nein."

„Aber wir wissen nicht, an wen wir uns wenden sollen", sagte Claudia.

Jesse nickte.

„Sprecht mal mit Rita Fiore", sagte er.

Er schrieb den Namen und die Telefonnummer auf einen Zettel und reichte ihn Claudia.

„Anwältin in einer großen Bostoner Kanzlei", sagte Jesse. „Beruft euch auf mich. Sie wird Sie sicher mit einem geeigneten Privatdetektiv in Verbindung bringen können."

„Wir, äh, haben vergessen, wie Sie heißen", sagte Corliss.

Jesse nahm eine Visitenkarte aus der Schublade und reichte sie Corliss.

„Und sie, äh, wird mit niemandem darüber reden?"

„Sie ist die Verschwiegenheit in Person", sagte Jesse.

Sie nickten.

„Habt ihr vor, noch länger in dieser Gegend zu bleiben?"

„Bis der Mörder unserer Schwester gefasst wird", sagte Corliss.

„Bevor ihr das Revier verlasst, gebt Molly bitte eure Adresse."

„Ist das die Polizeifrau vorne am Eingang?"

Jesse lächelte. Molly würde sie in die Wade beißen, wenn sie sie hören könnte.

„Ja, am Eingang."

„Okay. Wir haben eine niedliche Suite im Four Seasons. Mit Ausblick."

„In Boston."

„Hmm", sagte Corliss.

„Ist vor ihrem Tod irgendwas Schlimmes mit Flo passiert?", fragte Claudia.

„Schwer zu sagen."

„Ich meine: Hat sie jemand verletzt?"

„Kann ich nicht beurteilen", sagte Jesse. „Gab es denn jemanden, der dazu fähig war?"

Die Zwillinge schauten sich an.

„Nicht wirklich", sagte Corliss, „aber manchmal war sie schon mit seltsamen Leuten auf der Piste."

„Namen?", sagte Jesse.

Beide schüttelten den Kopf.

„Nein, wissen wir nicht", sagte Claudia.

„Wir kennen niemanden von den Leuten wirklich", sagte Corliss.

Jesse öffnete die Schublade und holte die beiden Porträtfotos aus dem Video heraus. Er legte sie so auf den Schreibtisch, dass die Zwillinge sie sehen konnten.

„Kennt ihr einen der Herrschaften?"

Sie kannten die Männer. Jesse sah, wie sich ihre Schultern verkrampften, als sie einen Blick auf die

Fotos warfen. Beide schüttelten gleichzeitig den Kopf.

„Nein", sagte Corliss.

„Nein, kennen wir nicht", sagte Claudia.

Jesse holte drei andere Fotos heraus.

„Ist eine von denen Florence?", fragte er.

Sie schauten.

„Klar", sagte Corliss.

„Die da", sagte Claudia.

„Sie wissen also nicht mal, wie Florence aussah?"

„Doch", sagte Jesse. „Wollte nur sicherstellen, dass ihr sie identifizieren könnt."

Sie starrten ihn für einen Moment sprachlos an.

„Herr im Himmel", sagte Claudia dann.

„Trauen Sie denn niemandem?", fragte Corliss.

„Vertrauen ist gut", sagte Jesse, „Kontrolle ist besser."

„Was soll das denn bedeuten?"

„Ein Spruch, den Ronald Reagan gerne benutzte", sagte Jesse.

„Dieser alte Präsident?"

„Genau der", sagte Jesse.

„Nun, ich find's ganz schön gemein, dass man uns nicht vertraut", sagte Claudia.

„Ihr habt Recht", sagte Jesse. „Ich werd's auch nie wieder tun."

20

Nachdem die Zwillinge gegangen waren, schaute Molly durch die Tür.

„Steve Friedman hat sich über Funk gemeldet“, sagte sie. „Hat ein paar Kids beim Klauen in ‚Waldo's Variety Store‘ erwischt.“

„Was haben sie denn mitgehen lassen?“

„Schmuddelhefte.“

„Sag Steve, er soll ihnen die Zeitschriften abnehmen, sie zehn Minuten im Streifenwagen schmoren lassen und sie dann nach Hause schicken. Keine Belehrungen.“

Molly grinste.

„Das wird Steve aber gegen den Strich gehen“, sagte sie.

„Ich weiß. Sag ihm, ich hätte es so angeordnet.“

„Keine Benachrichtigung der Eltern?“

„Nein.“

Molly war noch immer am Grinsen.

„Wie waren denn die Zwillinge?“, fragte sie.

„Undefinierbar“, sagte Jesse.

„Ich hoffe, deine Tugend ist nicht unter die Räder gekommen?“

„So viel Sex und so wenig Hirn“, sagte Jesse.

„Hast du denn etwas Interessantes erfahren?“

„Vor allem hab ich erfahren, dass sie mehr wissen als sie vorgeben und dass sie als Lügner eine denkbar schlechte Figur abgeben.“

„Was genau wissen sie denn?"

„Sie kennen die beiden Typen aus dem Sex-Video", sagte Jesse.

„Haben sie das zugegeben?"

„Nein."

„Was wollten sie überhaupt hier?"

„Ich glaube, das wussten sie selbst nicht", sagte Jesse. „Sie fragten mich, ob ich ihnen einen Privatdetektiv empfehlen könne."

„Um bei den Ermittlungen zu helfen?"

„Hmm."

Molly rollte mit den Augen.

„Es gibt schon ein paar gute Leute", sagte Jesse. „Ich hab die Früchtchen an Rita Fiore verwiesen, die ihnen sicher den passenden Mann vorschlagen kann."

„Kann sie das?"

„Ich denke schon. Sie arbeitete früher in Boston mit einem Typen zusammen, der einen guten Ruf hatte."

„Und du meinst, dass die beiden es ernst meinen?"

„Ich glaube, dass sie in ihrem ganzen Leben noch nie etwas ernst gemeint haben."

„Und du hast sie bestimmt zu Rita geschickt, damit du sie in ein paar Tagen anrufen und fragen kannst, ob sie sich wirklich gemeldet haben."

Jesse grinste und richtete den Zeigefinger auf Molly.

„Du kommst mir erschreckend schnell auf die Schliche", sagte er. „Wenn ich hier mal die Kurve kratze, steht deinem Aufstieg zum Polizeichef nichts mehr im Wege."

„Pustekuchen", sagte Molly. „Ich kümmer mich lieber mal darum, Steve noch zu bremsen. Er hat sicher schon angefangen, den Jungs die Leviten zu lesen."

„Was wirklich eine unverhältnismäßige und absolut grausame Strafe wäre", sagte Jesse.

„Durch diese Schmuddelhefte zu blättern ist ja schon grausam genug", sagte Molly.

„Nicht wenn man in der Pubertät steckt", sagte Jesse.

„Du musst es ja wissen", sagte Molly und verließ das Büro.

Jesse stand auf und ging zur Tür.

„Und sag Steve, dass er die Hefte gefälligst aufs Revier bringen soll", rief er ihr hinterher.

21

Als Jenn nach Hause kam, saß Jesse mit blankem Oberkörper auf dem kleinen Balkon und trank Mineralwasser. Es war heiß draußen, doch die Brise vom Hafen sorgte zumindest für etwas Abkühlung. Als sie noch verheiratet waren und in Los Angeles lebten, hatten Jesse und Jenn einen der alten Bungalows bewohnt, die so typisch für Hollywood waren. Jesse liebte es, im Unterhemd auf den Stufen der überdachten Terrasse zu sitzen, ein Bier zu trinken und einfach nur die Luft auf seiner Haut zu fühlen.

Jenn kam auf den Balkon und gab ihm einen zärtlichen Kuss.

„Ich komm auch gleich raus", sagte sie. „Gott sei Dank, dass es endlich Abend ist."

Sie ging zur Küche, holte sich ein Glas Weißwein, kam wieder nach draußen und setzte sich auf den zweiten Stuhl.

Es wurde langsam dunkel. Jenn nippte an ihrem Wein. Viele der Boote im Hafen waren bereits erleuchtet, vor allem die großen Jachten, die weiter draußen ankerten. Unter dem Balkon schwappte das schwarze Wasser still vor sich hin. Bei Tageslicht konnte man gewöhnlich Abfälle auf dem Wasser sehen, doch in der Dunkelheit war es so jungfräulich und unberührt, dass es nur in seinen schemenhaften Bewegungen zu existieren schien.

„Das kleine häusliche Glück", sagte Jenn nach einer Weile.

„Wie im Bilderbuch", sagte Jesse.

„Und ich mein es überhaupt nicht sarkastisch", sagte Jenn.

„Ich weiß", sagte Jesse.

„Einfach am Ende eines Tages still zusammensitzen", sagte Jenn.

„Vielleicht sollte ich uns noch zwei Schaukelstühle besorgen", sagte Jesse.

„Und den Schal von der Oma", sagte Jenn.

Jesse schaute auf sein Glas.

„In solchen Momenten", sagte er, „gibt's doch nichts Schöneres als ein prickelndes Mineralwasser."

„Du vermisst es noch immer", sagte Jenn.

„Jeden Tag."

„Ist es eine körperliche Sucht?"

„Nein, das war eigentlich nie das Problem", sagte Jesse. „Ich mag einfach einen Drink und vermisse ihn, wenn er nicht da ist."

Jenn lächelte.

„Genau wie mich", sagte sie.

„Nein", sagte Jesse, „nach dir bin ich wirklich süchtig."

Sie schwiegen für eine Weile. Von den Booten, die in der Nähe an den Stegen lagen, klang gedämpfte Musik herüber. Auf der anderen Seite des Hafens konnten sie die Fahrtlichter eines Motorboots sehen, das parallel zur Küste von Paradise Neck fuhr.

„Ein gutes Gefühl, selbst Johnny Walker hinter sich lassen zu können", sagte Jenn nach einer Weile.

Sie trank den Rest ihres Weins und ging hinein, um Nachschub zu holen. Jesse nippte wenig enthusiastisch an seinem Soda und legte die Füße aufs Geländer. Das Motorboot schlug plötzlich einen Haken und fuhr nun die Dammstraße entlang zum südlichen Ende des Hafens. Jenn kam auf den Balkon zurück.

„Mir geht gerade durch den Kopf“, sagte Jesse, „dass sich Sucht eigentlich immer nur um den Süchtigen dreht und nie um den Gegenstand, nach dem er vermeintlich süchtig ist.“

„Was du nicht sagst.“

Jenn hatte ihre Schuhe abgestreift und legte ihre Füße auf dem Balkongeländer neben seine. Ihr Rock rutschte ein Stück nach oben. Jesse fühlte schon wieder das vertraute Kribbeln. *Wie ließ sich dieses Gefühl bloß erklären?* Er hatte sie tausend Mal nackt gesehen, tausend Mal mit ihr geschlafen. Wie konnte es sein, dass ihn nun dieses Gefühl überkam, nur weil ihr Rock ein Stück hoch rutschte? Er war immer davon ausgegangen, dass solche Gefühle ein normaler Bestandteil der männlichen Existenz seien.

„Ich schiele auf deine Schenkel“, sagte er.

„Prima.“

„Du möchtest begehrt werden, also kleidest du dich sexy, um als sexy wahrgenommen zu werden. Und dieser Mechanismus ist uns beiden wohl bewusst.“

„Und wir beide wissen, dass du dir mal wieder zu viel Gedanken machst, mein kleiner Spinner“, sagte Jenn. „Herr im Himmel, es ist doch völlig normal, dass du auf meine Beine starrst. Du *sollst* sogar starren.“

„Kleiner Spinner“, sagte Jesse.

„Kaum dass wir keine Probleme mehr haben, versuchst du welche zu erfinden.“

Jesse sehnte sich nach einem Drink.

„Wie dem auch sei“, sagte er. „Es war ein lüsterner, aber auch ein sehr liebevoller Blick.“

22

Molly kam in Jesses Büro und baute sich vor seinem Schreibtisch auf. „Ich hab die Verwaltung der Emory University angerufen“, sagte sie. „Seit ihrem ersten Semester im letzten Jahr sind die Plum-Zwillinge dort nicht mehr eingeschrieben.“

„Dann dürften sie auch kaum einen Abschluss gemacht haben.“

„Nicht wenn man nach einem Semester schon wieder verschwindet.“

„Haben sie einen Grund angegeben?“

„Hat man mir nicht gesagt. Sie lösten sich einfach in Luft auf.“ Molly lächelte.

„Sie wurden also nicht hochkant rausgeworfen?“

„Nein, sie kamen einfach nicht mehr zurück.“

„Und nahmen all ihre sieben Sachen mit?“

„Weiß ich nicht. Kann ich aber noch erfragen.“

„Bitte“, sagte Jesse.

Jesse griff zum Telefon und rief Kelly Cruz in Fort Lauderdale an.

„Haben Sie irgendwas Neues über die Plum-Schwestern in Erfahrung bringen können?“, fragte er.

„Sie verkörpern auf ideale Weise die moderne Südstaaten-Noblesse“, sagte Cruz.

„Noblesse?“

„Ich besuch gerade die Abendschule“, sagte Cruz. „Das ist alles, was ich bislang gelernt habe.“

„Wer behauptet denn diesen Schmu?“, fragte Jesse.

„Mama und Papa.“

„Haben Sie vielleicht auch neutrale Beurteilungen einholen können?“

„Noch nicht“, sagte Cruz. „Wie gesagt: Der Fall hat für Sie vielleicht Priorität, ist für mich aber nur einer von vielen.“

„Dann sag ich Ihnen mal, was ich in Erfahrung gebracht habe“, sagte Jesse. „Die Zwillinge waren nie auf einer Bildungsreise in Europa, sondern machten die ganze Zeit Party in Sag Harbor auf Long Island. Und bereits im letzten Herbst haben sie Emory wieder verlassen.“

„Aber hoffentlich mit der notwendigen Noblesse“, sagte Cruz.

„Ich befürchte, wir werden noch etwas tiefer buddeln müssen“, sagte Jesse.

„Ich frage mich, was die Eltern sonst noch alles nicht wissen“, sagte Cruz.

„Oder es wissen, aber nichts sagen. Haben Sie

vielleicht schon Informationen zu den drei Jachten, die in Fort Lauderdale registriert sind?"

„Thomas Ralston, Allan Pinkton, Harold Berger", sagte Cruz.

„Wow", sagte Jesse.

„Danke für die Blumen", sagte Cruz. „Berger ist mit Frau und drei Kindern bei der Rennwoche, Pinkton ist mit Frau, erwachsenen Töchtern, ihren Ehemännern und deren vier Kindern ebenfalls in Paradise."

„Bleibt also Ralston."

„Besitzer der ‚Sea Cloud'", sagte Cruz. „Er ist alleinstehend, aber mit diversen Gästen unterwegs."

„Haben Sie was über Harrison Darnell in Erfahrung bringen können?"

„Alter Geldadel", sagte sie. „Sie sind schon seit einigen Generationen gestopft. Immobilien-Projekte. War nicht verheiratet. Hat einen Ruf als Playboy. Keine Vorstrafen."

„Nie verheiratet", sagte Jesse.

„Jeder bestätigt, dass er heterosexuell ist – und zwar äußerst aktiv."

„Ergo sein Ruf als Playboy", sagte Jesse.

„Ergo", sagte Cruz.

„Gibt es vielleicht Verbindungen zwischen Darnell und Ralston?"

„Sie sind ungefähr gleich alt", sagte Cruz. „Alleinstehende Playboys, die in Süd-Florida leben, eine Jacht haben und zur Rennwoche nach Paradise gesegelt sind – gut möglich, dass sie sich kennen."

„Oder auch nicht", sagte Jesse.

„Oder auch nicht", sagte Cruz. „Ich werd der Frage mal nachgehen."

„Was ist mit den früheren Ehemännern?"

„Von Horvath abgesehen? Einen der beiden kann ich partout nicht auftreiben – er wohnt jedenfalls nicht mehr in dieser Gegend. Der andere schwört Stein und Bein, dass sie eine Nymphomanin ist."

„Ich glaube, den Ausdruck benutzen wir doch nicht mehr, oder?", sagte Jesse.

„Ihr Ex benutzte ihn jedenfalls – mit einem niedlichen Akzent sogar. Er ist ein argentinischer Polo-Spieler."

„Wann haben sie geheiratet?"

„1994 oder 1995", sagte Cruz.

„Geschieden?"

„1995. Er sagt, dass ihr Sexleben seinem Sport nicht zuträglich gewesen sei."

„Abgeschlafft und ausgebrannt?"

„Behauptet er jedenfalls."

„Hat er denn zumindest 'ne hübsche Abfindung bekommen?", fragte Jesse.

„Hat er."

„Wissen Sie, wo er sich in den letzten Monaten aufgehalten hat?"

„Beim Polo-Spielen. Jeden Tag. In Miami. Ich hab in den Zeitungen nachgeschaut. Er war da."

„Wollen Sie mir etwa sagen, dass die dortigen Zeitungen täglich über Polo schreiben?"

„Man muss nur die richtigen Zeitungen finden", sagte Cruz.

„Okay, er gehört also nicht zu den Hauptverdächtigen."

„Schade eigentlich. Ich hatte gehofft, ihn noch häufiger interviewen zu können."

„Hatten Sie nicht erwähnt, dass Sie Kinder hätten?"

„Hatte ich, aber keinen Ehemann."

„Wobei reiche Polo-Spieler ja bekanntlich hervorragende Väter sein sollen", sagte Jesse.

„Sie sind geradezu berüchtigt dafür", sagte Cruz.

„Sie sollten noch rausfinden, ob's eine Verbindung zwischen Ralston und Darnell gibt. Und ich denke auch, dass Sie die Eltern härter anfassen müssen. Es gibt noch so viel, das wir nicht verstehen."

„Ich soll die charmante Polizistin beerdigen", sagte Cruz.

„Genau."

„Okay, werd ich machen", sagte Cruz. „Und was haben Sie sich vorgenommen?"

„Ich werd die Jachten noch mal genauer unter die Lupe nehmen müssen", sagte Jesse.

23

„Wenn du ohne Durchsuchungsbefehl auf das Boot gehst“, sagte Molly, „wirst du vor Gericht wenig Freude haben, weil nichts als Beweismaterial zugelassen wird.“

„Ich hab aber zu wenig für einen Durchsuchungsbefehl.“

„Selbst Richter Gaffney wird ihn nicht ausstellen?“, fragte Molly.

Jesse schüttelte den Kopf.

„Marty Reagan sagt, dass der neue Staatsanwalt übervorsichtig ist.“

„Er wird also gar nicht nachfragen“, sagte Molly.

„Genau.“

„Warum willst du dann trotzdem aufs Schiff?“

„Wissen ist Macht“, sagte Jesse.

„Selbst wenn du es nicht benutzen kannst?“

„Ich kann's vielleicht vor Gericht nicht nutzen“, sagte Jesse, „aber vielleicht stoße ich dabei auf etwas, das ich doch benutzen kann.“

„Es wäre hilfreich, wenn es einen konkreten Verdacht gäbe“, sagte Molly.

„In der Tat“, sagte Jesse.

„Umgekehrt wär's auch hilfreich, wenn wir wüssten, dass sie rein gar nichts am Stecken haben.“

„Auch das stimmt“, sagte Jesse.

„Weil du dich dann darauf konzentrieren könntest, woanders zu suchen.“

„Hmm."

„Nicht zu vergessen: Ein Besuch auf dem Boot wäre nicht rechtmäßig", sagte Molly.

„Nobody's perfect", sagte Jesse.

Molly nickte langsam.

„Du willst die schnelle Abkürzung nehmen, Jesse."

„Wer seinen Job gut machen will, muss das eben manchmal."

„Du tust etwas Ungesetzliches, um dem Recht zum Sieg zu verhelfen", sagte Molly. „Oder nicht?"

„Manchmal."

„Ich bin mir nicht sicher, ob Schwester Mary Agnes das gutheißen würde", sagte Molly.

„Ist Schwester Mary Agnes ein Cop?"

„Sie lehrte ‚Die Philosophie der christlichen Ethik' auf dem Schwestern-College, das ich besucht habe."

„Bei der täglichen Arbeit eines Cops sind die ewigen Wahrheiten nun mal nicht so schnell dingfest zu machen", sagte Jesse.

„Aber lauert da nicht auch eine Gefahr?", fragte Molly. „Du nimmst eine Abkürzung und stellst plötzlich fest, dass du nichts Positives bewirkt hast, sondern Schlechtes."

„Die Gefahr besteht immer", sagte Jesse.

„Aber du machst dir darüber keine Gedanken?"

„Doch, mache ich", sagte Jesse.

„Aber du lässt dich davon nicht abhalten?"

„Manchmal schon", sagte Jesse. „Ich vertraue einfach darauf, dass ich das Augenmaß nicht verliere."

„‚Hochmut kommt vor dem Fall', würde Schwester Mary Agnes dazu sagen."

„Manchmal", sagte Jesse, „ist der Hochmut aber auch der erste Schritt zu einer Verhaftung."

Molly lächelte ihn an.

„Nun ja", sagte sie, „wenn's denn unvermeidlich ist, dass jemand das Gesetz freizügig interpretiert, dann bist du mir noch am liebsten."

„Lieber als Mary Agnes?"

„Die Schwester beschäftigte sich nun mal bevorzugt mit Theorie", sagte Molly.

„Tun sie das nicht auch, wenn sie Sprechstunden zur Eheberatung geben?", fragte Jesse.

„Höre ich da etwa so was wie Anti-Katholizismus?"

„Mitnichten", sagte Jesse, „nur Anti-Ideologismus."

Molly lächelte wieder. „Du solltest zumindest daran denken, deine Spuren gut zu verwischen", sagte sie. „Nur für den Fall, dass du sie eines Tages wirklich vor Gericht zerren kannst. Du willst nichts ernten, was dir vom Baum der verbotenen Früchte in den Schoß fällt."

„Du besuchst noch immer diese Jura-Kurse", sagte Jesse. „Stimmt's?"

„Einen pro Semester", sagte Molly.

„Und – ist das so ähnlich wie ‚Die Philosophie der christlichen Ethik?'"

„In jedem Fall genauso theoretisch", sagte Molly.

„Aber zumindest auf die Realität zugeschnitten", sagte Jesse.

„Die Theorie muss halt von Leuten wie uns umgesetzt werden", sagte Molly.

„Eines Tages wirst du noch mal Staatsanwältin."

„Ich dachte eigentlich eher an Präsidentin", sagte Molly. „Also, wie willst du das Boot durchsuchen, ohne geschnappt zu werden?"

„Gott und die Welt gehen doch zum großen Muschelessen auf Stiles Island", sagte Jesse.

„Am zweiten Samstag der Rennwoche", sagte Molly.

„Was morgen wäre", sagte Jesse.

„Immer genau zur Halbzeit der Rennwoche."

„Gab es eigentlich mal eine Zeit, in der die Rennwoche wirklich nur eine Woche dauerte?"

„Vermute ich mal", sagte Molly, „aber als meine Mutter zur Schule ging, fingen sie schon damit an, vorne und hinten eine Woche dranzuhängen: zwei Wochen für die kleinen Boote, zwei Wochen für die großen – mit dem Muschelessen in der Mitte."

„Und trotzdem nennen sie's noch immer Rennwoche", sagte Jesse.

„Rennmonat klingt einfach nicht so gut", sagte Molly.

„So oder so – es ist nun mal das große gesellschaftliche Ereignis“, sagte Jesse. „Jeder geht hin.“

„Jeder, außer mir“, sagte Molly. „Ich werd dieses Jahr von drei bis elf im Büro sitzen und versuchen, die juristische Theorie mit der Realität in Einklang zu bringen.“

„Während ich draußen im Hafen sein werde, um meine Piratenfantasien auszuleben“, sagte Jesse.

„Mir läuft's schon eiskalt den Rücken hinunter“, sagte Molly.

24

Der Ausrichter des großen Muschelessens rückte mit seiner Crew bereits am Freitagnachmittag an. Ein Feuerplatz – rund 5 Meter lang und 60 Zentimeter tief – wurde ausgehoben und mit Kieselsteinen ausgelegt. Auf den Steinen wurde ein offenes Feuer entfacht, das die ganze Nacht durch mit Holzscheiten gespeist wurde. Am Morgen wurde auf die glühenden Steine eine Schicht Seetang gelegt – und darauf Muscheln, Hummer, Maiskolben, Kartoffeln und dicke, scharf gewürzte Würste. Der gleiche Vorgang wurde wiederholt und mit einer dritten Tang-Schicht abgeschlossen. Eine feuerfeste Plane, die über die Grube gezogen wurde, sorgte dafür, dass die Speisen durch die glühenden Steine und den verdunstenden Seetang gegart wurden.

Eine andere Gruppe hatte gleichzeitig ein riesiges Zelt aufgebaut, an dem die Wimpel des „Paradise Yacht Club“ flatterten. Hinter der improvisierten Bar lagerten Bierfässer in riesigen Eiskübeln. Um halb drei am Nachmittag war die Insel bereits überlaufen. Die Leute kamen mit eigenen Booten oder nutzten den kostenlosen Boot-Transfer, den der Jacht-Club eingerichtet hatte. Andere kamen im Auto über die Dammstraße und parkten, wo immer sie ein Plätzchen fanden. Eine vierköpfige Polizeitruppe versuchte zunächst den Verkehr zu regeln und später sicher die angetrunkenen Muschelesser.

Jesse stand neben Hardy Watkins auf der Barkasse des Hafenmeisters und lehnte sich mit dem Ellbogen gegen die niedrige Kajüte. Watkins hatte auf Leerlauf geschaltet und ließ das Boot in der Nähe des Hafenausgangs treiben. Durch sein Fernglas sah Jesse, dass Stiles Island nur noch aus gebräunten Schenkeln, weißen Shorts, ausgefallenen Hüten und langen Roben in allen nur erdenklichen Mustern und Farben bestand. Der Duft der gebackenen Muscheln wehte ihm in die Nase, schon gemischt mit dem weniger appetitlichen Geruch schalen Bieres.

Jesse richtete sein Fernglas zurück auf die „Lady Jane“. Eine Frau kletterte gerade von Bord und gesellte sich zu den anderen, die bereits im Beiboot saßen. Gut möglich, dass es Blondie Martin war.

Das Boot legte ab und tuckerte in einem weiten Bogen Richtung Stiles Island.

„Neun Leute", sagte Jesse. „Die Jacht müsste leer sein."

„Wäre wohl besser, wenn wir uns von der anderen Seite nähern", sagte Hardy.

„Sehe ich auch so."

Hardy gab vorsichtig Gas. Im Rücken der ankernden Jachten glitt die Barkasse unauffällig durch die flachen Wellen und steuerte die rückwärtige Seite der „Lady Jane" an. Hardy nahm das Gas wieder zurück und ließ die Barkasse neben der Jacht treiben.

„Machen Sie sich irgendwie vernehmlich, wenn sich jemand der Jacht nähern sollte", sagte Jesse. „Sollten wir geschnappt werden, werd ich ihnen eine Lüge auftischen – und Sie sollten diese Version bestätigen: dass ich nämlich nur an Bord ging, weil ich annahm, jemand sei auf dem Boot. Und dass ich gerade beim Verlassen des Bootes war, als ich feststellte, dass niemand an Bord war."

„Machen wir hier etwa linke Sachen?", fragte Hardy.

„Machen wir."

„Und ich hatte gehofft, etwas zum Wohle der Menschheit beitragen zu können."

Jesse konnte sich problemlos aufs Deck der „Lady Jane" schwingen. Er hörte die Musik, die von Stiles Island hinüberwehte, konnte auf dem Boot selbst aber keine Geräusche wahrnehmen.

„Hallo?“, rief Jesse.

Niemand antwortete.

Er trat auf die Kommandobrücke und blieb am Ruder stehen.

„Hallo?“

Keine Antwort. Er ging die breite Treppe aus Teakholz hinunter und wartete einen Moment, bevor er noch ein letztes Mal rief. Nichts rührte sich. Es war ein großes Boot, aber der vorhandene Platz war bis ins Detail verplant. Der Esstisch, die Sitzbänke, die Bar, die Kombüse, ein großer Flachbild-Fernseher – alles war perfekt integriert. Ein kleiner Gang, mit poliertem Holz getäfelt, führte vom Ende des Esszimmers zu den Kajüten. Jede hatte ein eingebautes Bett und eine Kommode, während das große Schlafzimmer, offensichtlich für den Besitzer reserviert, auch eine eigene Toilette hatte. Zwischen den eigentlichen Kajüten gab es noch weitere Schlafgelegenheiten. Jesse zählte mehr als neun – was aber natürlich auch vom Geschlecht und der Beziehung der Gäste untereinander abhing. Alles sah sauber, gemütlich, teuer und luxuriös aus. Der Tisch im Esszimmer war gedeckt: Kristallvasen mit Blumen inklusive. Jesse fragte sich, wie sich diese Idylle wohl aufrecht erhalten ließ, wenn sich das Boot mit 30 Knoten durch zwei Meter hohe Wellen pflügte. Der Gedanke gefiel ihm so sehr, dass er grinsen musste.

Die Jacht war definitiv menschenleer. Nachdem er sich einen Überblick verschafft hatte, nahm Jesse jeden Raum genauer unter die Lupe. Er begann mit dem großen Schlafzimmer. Es war nun einmal eine Tatsache, dass die meisten Menschen ihre privatesten Dinge im Schlafzimmer versteckten.

Die Kleider und Toilettenartikel sagten ihm, dass der Raum von einem Mann und einer Frau genutzt wurde. In einer Schublade, unter säuberlich gefalteten Polo-Hemden, sah er ein paar Sex-Spielzeuge. Eines war ein Vibrator, der auf dem Handrücken befestigt wurde und die Vibrationen auf die ganze Hand übertrug. Jesse erinnerte sich an seine Kindheit in Arizona, als sein Großvater ein ähnliches Gerät benutzte, um ihm die Kopfhaut zu massieren. In der untersten Schublade befand sich, zwischen erotischer Unterwäsche, ein Stapel mit Videobändern, die mit einem roten Gummiband zusammengehalten wurden. Jesse nahm das Gummiband ab. Die Videos waren mit einem Filzstift nummeriert, hatten aber keine weitere Beschriftung. Jesse schaute sich im Zimmer um. In einem Wandschrank befand sich ein Entertainment-Center, zu dem mit Sicherheit auch ein Videoplayer gehörte. Er studierte das Equipment. Offensichtlich wurde die Anlage von einem Computer gesteuert. Nach einer Weile schüttelte er den Kopf. Mit der Technologie stand er auf Kriegsfuß.

Wenn ich an dem Equipment rumfummle, werd ich's mit Sicherheit vermasseln und Darnell wird wissen, dass ich hier war.

Er ließ noch einmal seine Augen durch den Raum gleiten. Er sah nichts, was ihm auffiel. Er ging zum Kleiderschrank und öffnete ihn. Herren- und Damenkleidung waren säuberlich getrennt und ordentlich eingeräumt. Auf der obersten Ablage befanden sich ein paar Schirmmützen und ein weiterer Stapel mit Videos. Jesse schaute sie sich genauer an. Sie hatten keine Nummerierung und steckten noch ungeöffnet in der Zellophanhülle. Er ging die Treppe zur Kommandobrücke hoch und fand neben dem Steuerrad einen Bierkrug mit mehreren Filzstiften.

Er nahm einen Stift mit nach unten, griff sich aus dem Stapel der nummerierten Videos das Band mit der Nummer 5 heraus, entfernte die Zellophanhülle von einem der unbenutzten Videos, schrieb eine 5 darauf, schob es zwischen die markierten Videos und steckte das ursprüngliche Band mit der Nummer 5 in seine Tasche. Er legte den Rest der unbenutzten Videos ins Regal zurück und vergaß auch nicht, das Zellophanpapier in die Tasche zu stecken.

Hoffen wir, dass auf Video Nummer 5 nicht gerade die Konfirmation seines Sohnes zu sehen ist.

Er ging durch die anderen Kajüten und fand einiges, das seine Aufmerksamkeit erregte, aber nichts, was ihn wirklich neugierig machte. Er ging ins große Schlafzimmer zurück, setzte sich und schaute noch einmal auf das Entertainment-Center mit dem Videoplayer. Nicht auszuschließen, dass auf diesen Videos die Antworten auf all seine Fragen zu finden waren. Wie kompliziert konnte die Technik sein? Er studierte noch einmal die Anlage.

Okay, hier ist die Fernbedienung.

Er machte sich mit der Vielzahl der Knöpfe vertraut. Es gab Pfeile und Quadrate und Doppelbalken und Punkte. Er fand einen Knopf mit der Aufschrift ALL ON. Einen entsprechenden Knopf ALL OFF gab es nicht.

Okay, muss also der Knopf zum Ein- UND Ausschalten sein.

Er drückte ihn. Die Kontrolllämpchen der Anlage gingen an, der Bildschirm erhellte sich. Fast umgehend war ein Bild zu sehen. Jesse sah es sich genauer an. Es war offensichtlich der Blick in eine der kleineren Duschen. Er drückte den Knopf mit der Kanalsuche und sah nun ein Bett. Die Bettdecke kam ihm bekannt vor.

Herr im Himmel. Es sind alles Aufnahmen vom Inneren des Bootes. Der Schweinehund hat den ganzen Laden verkabelt!

Jesse stand auf und ging zur Kajüte mit dem vertrauten Oberbett. Er legte ein Kissen auf die Mitte des Bettes und ging zurück ins Schlafzimmer. Auf dem Bildschirm sah er nun das Bett mit dem Kissen. Jesse ging zurück, legte das Kissen an seinen Platz und schaute sich die Decke der Kajüte an. Es gab eine indirekte Beleuchtung, die in der Decke versenkt war. Jesse schaute sie sich genauer an, konnte aber nichts Ungewöhnliches feststellen. Er ging wieder ins Schlafzimmer und klickte durch alle Kanäle. Jede Dusche und jedes Bett, auch das im großen Schlafzimmer, konnten offensichtlich beobachtet werden. Jesse ging in eine der Kajüten, drehte die Dusche auf und ging zurück. Er konnte das Wasser hören.

Bild und Ton!

Er ging zurück und drehte die Dusche ab, ging wieder ins Schlafzimmer und drückte auf ALL ON. Der Bildschirm verdunkelte sich. Jesse pfiff durch die Zähne. Was war er doch für ein technologisches Genie.

Die Kameras müssen in die Lampen integriert sein. Die Tatsache, dass ich nichts entdecken kann, hat noch nichts zu bedeuten. Ich bin ja nicht mal fähig, den gottverdammten Videoplayer zu bedienen. Er legte die Fernbedienung wieder an den Platz, wo er sie gefunden hatte, und schaute sich noch einmal um. Alles sah genau so aus wie vorher.

Er ging zum Deck hoch und stieg über die Reling zur Barkasse hinüber. Hardy legte von der „Lady Jane“ ab und tuckerte hinter den ankernden Booten wieder unbemerkt zurück zum Kai.

25

Der Videoplayer in Jesses Büro war ein Wunderwerk der Anspruchslosigkeit. Man brauchte auf der Fernbedienung eigentlich nur PLAY oder STOP zu drücken – und schon ging alles wie von selbst. Jesse legte Video Nummer 5 ein und drückte auf PLAY.

Man sah eine rothaarige Frau mit schlanken Hüften und einem Busen, der vermutlich chirurgisch aufgemöbelt worden war. Sie war nackt und ging diversen Tätigkeiten nach: Mal stand sie unter der Dusche, rasierte die Beine oder wusch sich die Haare, mal trug sie Make-up auf oder zog sich an, mal trieb sie's im Bett mit Harrison Darnell und präsentierte dabei ein ganzes Arsenal einfallsreicher Positionen. Das Video war endlos und schien sich ständig zu wiederholen: Dusche, Sex, Anziehen, Sex, Dusche, Anziehen.

Jesse saß hinter seinem Schreibtisch und schaute unbewegt zu. Er kam sich wie ein alter Spanner vor, der allein in seinem Zimmer hockt und sich mit Pornos vergnügt. Der anfängliche Kitzel war bereits nach einer Minute verschwunden. Die Freuden des Voyeurismus, der Reiz einer neuen Entdeckung. Jesse konnte sich nicht erinnern, je eine rothaarige Frau nackt gesehen zu haben. Er konnte sich aber auch nicht erinnern, dermaßen gelangweilt gewesen zu sein. Die Szenen waren immer die gleichen. Das Video hatte zwar Ton, aber nichts, was seine Aufmerksamkeit hätte wecken können. Nur wenn's zum Sex mit Darnell kam, wurde es so laut, dass Jesse den Ton abstellte. Irgendwo in der Mitte des Videos wartete die Rothaarige plötzlich mit einer neuen Frisur auf: Aus den glatten, langen Haaren war eine lockige Kurzhaarfrisur geworden. Ansonsten aber duschte sie nur, zog ihre Kleider an oder hatte Sex mit Darnell.

Das Band war etwa eine Stunde lang. Die Langeweile war tödlich. Jesse musste sich geradezu zwingen, noch weiter hinzuschauen. Als es endlich zu Ende war, spulte er's zurück und saß eine Weile schweigend in seinem Büro. Blondie hatte vermutlich ihr eigenes Video. Zu dumm, dass Video Nummer 5 nicht Florence Horvath zeigte. Dann hätte er einen Anlass gehabt, dem Schweinehund auf die Pelle zu rücken. Jesse schüttelte den Kopf. Das waren alles nur Mutmaßungen. Nicht auszuschließen, dass sich Darnell und Florence Horvath überhaupt nicht kannten. Theoretisch konnte Florence Horvath auch von der Dammstraße ins Wasser gefallen und dort ganz banal ertrunken sein. Darnell hatte vielleicht nur gelogen, weil er nicht unnötig in einen Mordfall verwickelt werden wollte. Leute wie er waren dafür einfach zu beschäftigt – unter anderem mit dem Konsum von Nackt-Videos. Jesse saß am Schreibtisch und spielte mit dem gelben Notizblock vor ihm. Warum sollte Darnell Florence umbringen? Warum betrieb er einen derartigen Aufwand, um sich Nackt-Videos von Frauen anzuschauen, die er ohnehin ständig nackt sah? *Perverser Hund.*

Molly steckte ihren Kopf durch die Tür.

„Hast du grad mal Zeit für mich?“

„Klar“, sagte Jesse.

26

Molly führte Sam Holton in Jesses Büro, begleitet von Frau und Tochter.

„Du kennst Sam ja schon“, sagte Molly.

„Vom Softball“, sagte Jesse. „Mit dem Baseballschläger hui, mit der Beinarbeit pfui.“

„Hi, Jesse“, sagte Sam.

„Und das sind seine Frau Jackie und ihre Tochter Cathleen. Cathleen sagt, dass sie vergewaltigt wurde.“

„Tut mir leid“, sagte Jesse.

Cathleen nickte. Sie war groß und stabil gebaut, hatte dunkle Haare, große Brüste, lange Beine und sah so aus, als sei sie Mitte 20. Neben ihr wirkte die Mutter jedenfalls kleinwüchsig und schmal. Sie hatte eine blasse Hautfarbe, schmale Lippen und kleine Augen, die hinter ihrer Brille unnatürlich groß wirkten. Niemand sagte ein Wort.

„Sie behauptet, dass es an Bord einer Jacht namens ‚Lady Jane‘ passiert sei“, sagte Molly.

Herr im Himmel, ich danke dir!

„Erzähl mir davon", sagte Jesse.

„Ich hab ihr doch schon alles erzählt", sagte Cathleen.

„Aber mir nicht", sagte Jesse freundlich.

„Nun mach schon, Cathleen", sagte ihr Vater.

„Sam, es ist ihr peinlich", sagte Jackie. „Sie hat der Frau doch schon alles erzählt."

Jesse schaute zu Molly.

„DNA oder andere Spuren?", fragte er.

„Nicht aussagekräftig. Anzeichen von Penetration, aber kein Samen. Auch keine Anzeichen äußerer Gewaltanwendung."

„Wollen Sie etwa sagen, dass ich lüge?", sagte Cathleen.

„Nein, meine Liebe", sagte Molly. „Nicht aussagekräftig bedeutet nicht, dass Sie lügen."

„Er hat einen Gummi benutzt", sagte Cathleen. „Natürlich gab's keinen Samen."

„Wer war es?", fragte Jesse.

„Sie ist sich nicht sicher, glaubt aber, dass es der Bootseigentümer gewesen ist", sagte Molly.

Jesse nickte.

„Glauben Sie, dass Sie ihn bei einer Gegenüberstellung identifizieren könnten?", sagte er.

„Hundertprozentig", sagte Cathleen.

„Gut", sagte Jesse. „Wie sind Sie denn auf der Jacht gelandet?"

Cathleen schaute auf ihre Beine herunter und antwortete nicht.

„Sie hat im ‚Dory' ein Besatzungsmitglied kennengelernt", sagte Molly. „Er bot sich an, ihr die Jacht zu zeigen."

„Wie alt sind Sie, Cathleen?", fragte Jesse.

„17", sagte sie. „Im September werd ich 18."

„Was passierte, als Sie an Bord kamen?", fragte Jesse.

Cathleen reagierte verunsichert.

„Ich kann in Anwesenheit der beiden nicht über solche Sachen reden", sagte sie.

Sam schaute auf seine Hände, die er im Schoß gefaltet hatte. Er war ein stämmiger Bursche, der in der Stadt als Landschaftsgärtner tätig war. Im Laufe der Jahre hatte er einige Pfunde angesetzt, wirkte aber noch immer wie ein Mann, der sein Leben lang gearbeitet hatte. Jackie starrte die Anwesenden stumm an. Ihre ohnehin schon dünnen Lippen waren völlig verkniffen.

„Was ist mit mir?", fragte Jesse.

„Auf keinen Fall", sagte sie.

„Okay, dann eben Molly. Geh mit Cathleen zum Sitzungszimmer", sagte Jesse. „Sollte leer sein. Wenn jemand dumm rumhockt, dann wirf ihn einfach raus."

Molly nickte.

„Ich mag aber grundsätzlich nicht drüber sprechen", sagte Cathleen.

„Nun komm schon, meine Liebe", sagte Molly. „Mit mir spricht man über alles gern."

„Ich kann's gar nicht erwarten“, sagte Cathleen, stand aber ohne weiteren Widerstand auf und ging mit Molly hinaus.

„Sie hat nichts Schlimmes gemacht“, sagte Jackie. Sie hatte ihre schmalen Hände auf dem Schoß zusammengepresst.

„Davon bin ich überzeugt“, sagte Jesse.

„Sie hätte einfach nicht zur Jacht rausfahren sollen“, sagte Sam.

„Sie ist ein Teenager“, sagte Jackie, „und Teenager sind nun mal leichtsinnig.“

Sam nickte. Er hatte seinen Kopf gesenkt und schien seine fleischigen Hände zu studieren.

„Du musst irgendwas unternehmen, Jesse.“

Jesse nickte.

„Ich wollte eigentlich gar nicht herkommen. Ich wollte ein paar Jungs zusammentrommeln, zum Boot fahren und die Scheiße aus diesen Arschlöchern herausprügeln.“

„Was nur die zweitbeste Lösung gewesen wäre“, sagte Jesse.

„Ich muss einfach. Und wenn ich alleine rausfahre und das Boot in Einzelteile zerlege.“

„Das wird nicht nötig sein“, sagte Jesse.

„Sie ist ein gutes Mädchen“, sagte Jackie. „Vielleicht ein bisschen wild – wie die meisten Kinder in ihrem Alter. Aber im Kern ist sie ein gutes Mädchen.“

„Daran besteht kein Zweifel“, sagte Jesse.

„Sie hat auch einen festen Freund und wird im Herbst aufs College gehen."

„Sie wird über dieses Erlebnis hinwegkommen", sagte Jesse und tat so, als sei er felsenfest davon überzeugt.

„Und sie ist doch auch noch minderjährig", sagte Jackie.

„Nein, Jackie, minderjährig ist sie mit 17 nicht mehr", sagte Jesse. „In Massachusetts ist sie mit 16 Jahren juristisch einwilligungsfähig. Wenn der Geschlechtsverkehr nicht in gegenseitigem Einvernehmen stattfindet, sieht die Lage natürlich anders aus."

„Aber sie haben doch ein junges Mädchen schamlos ausgenutzt."

Jesse nickte. Alle schwiegen. Jesse war im Schweigen schon immer ein Meister. Schweigen war sein bester Freund.

„Wird der Vorfall an die Öffentlichkeit kommen?", fragte Sam.

„Hängt nicht zuletzt von dem Verdächtigen ab", sagte Jesse. „Wenn er nicht schlagzeilenträchtig ist und wir uns auf einen außergerichtlichen Vergleich einigen, muss niemand davon erfahren. Ich hab jedenfalls keine Ambitionen, über den Vorfall zu reden."

„Sie haben ihn ‚einen Verdächtigen' genannt", sagte Jackie. „Glauben Sie denn ernsthaft, dass Cathleen lügt?"

Jesse schüttelte den Kopf. „Das ist nur Polizei-Sprech, Jackie. Er bleibt solange ein Verdächtiger, bis das Urteil gesprochen wird."

„Aber wenn sie behauptet, vergewaltigt worden zu sein, dann wurde sie auch vergewaltigt."

Molly brachte Cathleen zurück.

„Ich hab eine umfassende Aussage", sagte Molly.

Jesse nickte.

„Gibt's sonst noch etwas, das Sie uns sagen möchten, Cathleen?"

„Nein."

„Okay", sagte Jesse, „wir werden dann in Kürze eine Gegenüberstellung anberaumen."

„Ich werd den Wichser schon erkennen", sagte Cathleen.

„Cathleen!", sagte Jackie.

„Nun, er ist nun mal ein Wichser."

Sam stand auf.

„Wenn der Typ ungestraft davonkommt", sagte er, „werd ich mich selbst um ihn kümmern."

Jesse stand auf und streckte die Hand aus.

„Wird nicht nötig sein, Sam. Wir haben die Sache im Griff."

Sie verabschiedeten sich und Molly zeigte ihnen den Weg zum Ausgang. Jesse hatte das Gefühl, als sei Cathleens Händedruck nicht gerade übermäßig resolut ausgefallen.

27

Als Molly wieder in sein Büro kam, schaute Jesse zum Fenster hinaus und studierte die Feuerlöschzüge, die gerade in der Einfahrt der Feuerwache gewaschen wurden. Er sah immer gerne zu, wenn der Wasserdruck die schmutzigen Schaumreste von der Karosserie fegte und die roten Trucks in der Morgensonne glänzten.

„Schöne Vergewaltigung", sagte Molly.

Jesse nickte. Die Feuerwehrleute hatten damit begonnen, die Chromteile eines Trucks zu polieren. Sie liebten ihre Löschzüge aus ganzem Herzen. *Als würden sie ihr Pferd striegeln, dachte Jesse. Wenn die alte Blechkiste leben würde, gäben sie ihr vermutlich sogar eine Möhre.*

„Dann lass uns mal die Aussage hören."

Molly holte das Kassettengerät mit Cathleens Aussage und spulte das Band ab.

„Sie zwangen mich zu einem Striptease", sagte Cathleen.

„Was genau waren die Umstände?", fragte Molly.

„Sie hatten eine Videokamera und sagten mir, dass sie mich nicht nach Hause bringen würden, sollte ich keinen Strip machen."

„Wer waren die Leute?", fragte Molly.

„Der Typ, der mich dann später vergewaltigte, ein paar andere Männer, aber auch Frauen. Alle zwangen sie mich, einen Striptease zu machen."

„Perfekt", sagte Jesse.

„Hör mal weiter zu", sagte Molly.

„Und dann nahm mich der Typ, dem das Boot gehörte, in sein Schlafzimmer, verschloss die Tür, warf mich aufs Bett und vergewaltigte mich. Er war wie ein Tier. Er stieß mich aufs Bett, sprang auf mich und steckte sein Ding rein."

„Aber er benutzte ein Kondom?", sagte Molly.

„Ja, klar."

„Und steckte es sich erst über, als er wie ein Tier auf Sie sprang?"

„Ja, direkt davor."

„War es noch in der Packung?", fragte Molly. *„Musste er's erst aus der Packung holen?"*

„Nein, er hatte ... er hatte es in seiner Tasche und streifte es gleich über."

Sie hörten sich die Aussage bis zum Ende an. Ja, sie hatte an Bord vielleicht einen Drink, aber wenn überhaupt, war's nur einer. Und selbst den hat sie nicht ausgetrunken. Was für ein Drink? Wodka. Pur? Ja. Wer brachte sie nach Hause? Der gleiche Typ, der sie in der Bar angesprochen und dann zum Boot gebracht hatte. Ob sie ihn wiedererkennen würde? Ja, natürlich.

Nachdem sie die ganze Aussage abgehört hatten, sagte Jesse: „Sie hatte sich im ‚Dory' schon einen gezwitschert, fuhr dann aus Jux zur Jacht, wo man sie prompt noch mehr abfüllte. Sie war vermutlich schon jenseits von Gut und Böse und machte einen Striptease. Der Besitzer bugsierte sie ins Schlafzimmer und hatte Sex mit ihr. Dann brachte man sie nach Hause. Vielleicht hat man sie nicht gerade respektvoll behandelt. Vielleicht hatte sie Ärger zu Hause, weil sie so spät kam und betrunken war. Vielleicht hatte sie Angst, das Video mit ihrem Striptease könne an die Öffentlichkeit kommen. Aber was immer es war – sie hat sich die Vergewaltigungs-Geschichte aus den Fingern gesogen."

Molly nickte.

„Ihre Mutter weiß ganz genau, dass sie nicht vergewaltigt wurde", sagte sie.

„Ja", sagte Jesse, „glaub ich auch."

„Ich vermute, dass Sam ihr glaubt. Ich hoffe nicht, dass er deswegen eine Dummheit macht."

„Er wird uns nicht in die Parade fahren", sagte Jesse. „Er sagt einfach das, was Väter in solchen Situationen zu sagen pflegen."

„Was willst du denn jetzt unternehmen?"

Jesse grinste.

„Wir wissen ja nicht, dass sie sich die ganze Geschichte ausgedacht hat", sagte er.

„Aber wir sind uns doch ziemlich sicher."

„Es ist nicht unsere Aufgabe, darüber zu entscheiden", sagte Jesse. „Das sollen Staatsanwälte oder Richter tun. Wir sind nur für die Ermittlungen zuständig."

„Aber wenn wir sie noch mal alleine aufs Revier

holen würden und mit ihr in Ruhe sprechen, würde sie vermutlich gestehen, dass sie gelogen hat."

„Was wir aber nicht tun werden", sagte Jesse.

„Und warum nicht?"

„Weil wir dann keinen Grund hätten, den vermeintlichen Tatort zu durchsuchen."

„Die ‚Lady Jane'?", fragte Molly.

„Wir könnten alle Videos konfiszieren, die uns in die Hände fallen."

Molly nickte langsam mit dem Kopf.

„Und da es sich um eine legale Durchsuchung handelt … Wenn uns dann Beweismaterial zum Mord an Florence Horvath in die Hände fallen sollte …"

„Manchmal sollte man sich stillschweigend beim Glück bedanken", sagte Jesse.

„Wobei man schon wissen sollte, wie man das Glück gewinnbringend einsetzt", sagte Molly.

„In der Tat", sagte Jesse, „das sollte man."

28

Kelly Cruz saß auf der Terrasse des höchsten Gebäudes südlich von New York und genoss den Ausblick auf Biscayne Bay. Das kubanische Hausmädchen brachte ihr einen Eistee mit einem Hauch Minze.

„Die Herrschaften werden gleich draußen sein",

sagte sie. Kelly Cruz nickte. Das Hausmädchen zog sich zurück.

Cruz beobachtete ein monströses weißes Kreuzfahrtschiff, das in Zeitlupe durch den Süden der Bay schipperte. Sie war noch nie auf einer Kreuzfahrt gewesen, hielt es aber auch für unwahrscheinlich, dass sie sich auf einem schwimmenden Hotel-Container wohlfühlen würde.

„Miss Cruz? Wie schön, Sie wiederzusehen."

Cruz stellte ihren Tee ab und stand auf.

„Mr. Plum", sagte sie, „Mrs. Plum."

Sie gaben sich die Hände.

„Setzen Sie sich doch bitte", sagte Mr. Plum.

Das kubanische Hausmädchen erschien wieder mit Eistee, diesmal für die Plums.

„Das ist im Moment alles, Magdalena", sagte Mrs. Plum. „Ich danke dir."

Bei ihrer ersten Begegnung hatte Kelly Cruz zunächst gedacht, Bruder und Schwester gegenüber zu sitzen. Mrs. Plum hatte volles silbernes Haar, das sie nach hinten zurückgekämmt hatte. Sie war gleichmäßig gebräunt, schlank und trug ein weißes Seidenhemd, weiße Leinenhose, eine überdimensionale Sonnenbrille und Sandalen. Ihre Fußnägel waren penibel manikürt. Anfang 60, schätzte Cruz. Mr. Plum sah wie seine Frau aus: silbernes Haar, nach hinten zurückgekämmt, perfekt gebräunt, dunkle Sonnenbrille, weißes Hemd, weiße Hose. Mr. Plum lächelte sie an.

„Habe ich Ihnen eigentlich schon beim letzten Mal gesagt, dass Sie für eine Polizistin erstaunlich attraktiv sind?", sagte er.

„Nichts als Tarnung", sagte Cruz.

Mr. Plum lächelte übers ganze Gesicht. Er nickte dazu so geistesabwesend mit dem Kopf, dass Cruz den Eindruck hatte, er habe ihren Scherz gar nicht verstanden.

„Haben Sie denn neue Erkenntnisse zum Tod von Florence?", fragte Mrs. Plum.

„Ich muss Ihnen noch ein paar Fragen stellen, kann Sie aber auch über neue Erkenntnisse informieren, die Sie dann bitte kommentieren sollten. Wobei ich gleich warnen muss: Nicht alle Neuigkeiten werden angenehm sein."

„Müssen Sie das denn wirklich?", sagte Mrs. Plum. „Glauben Sie nicht, dass wir schon genug unangenehme Nachrichten gehört haben?"

„Sie muss nun mal ihren Job machen, Mama", sagte Mr. Plum.

„Kennen Sie einen Mann namens Thomas Ralston?", fragte Cruz.

Mr. Plum schien in Gedanken versunken. „Nein", sagte er schließlich, „ich befürchte nicht."

„Mrs. Plum?", fragte Cruz.

„Er ist einer dieser Gigolos oder Zuhälter, mit denen sich Florence rumtrieb."

„Florence? Bist du sicher, Mama? Ich kann mich nicht erinnern."

„Du erinnerst dich auch nur an das, was dir gefällt“, sagte Mrs. Plum. „Und deine Mutter bin ich auch nicht.“

Mr. Plum schenkte seiner Frau ein entwaffnendes Lächeln.

„Was von beiden war er denn?“, fragte Cruz.

„Ich weiß es nicht. Er hatte Geld, er hatte eine Jacht – und das war für Florence schon Grund genug.“

„Womit hat er denn sein Geld gemacht?“

„Er hat sich wohlhabende Eltern ausgesucht“, sagte Mrs. Plum. „Oder Großeltern, um genau zu sein.“

Sie schaute flüchtig zu ihrem Gatten. Vielleicht ist ihm sein Reichtum ja auch in den Schoß gefallen, dachte Cruz. Mr. Plum strahlte wieder seine Frau an.

„Wie gut kannten Sie ihn?“

„Ich hab ihn ein, zwei Mal getroffen.“

„Sie kannten ihn also nicht besonders gut?“

„Schon eine flüchtige Bekanntschaft war mehr als ausreichend.“

„Er schien aber auch nicht gerade ein Lump zu sein, Mama“, sagte Mr. Plum.

„Ich dachte, Sie hätten ihn nicht gekannt“, sagte Cruz.

„Mama … Mrs. Plum hat meinem Gedächtnis auf die Sprünge geholfen“, sagte er.

Kelly Cruz nickte.

„Noch weitere Eindrücke?“, fragte sie.

„Ich?“, fragte Mr. Plum. „Nein. Wie gesagt: Er schien eigentlich ein netter Mann zu sein.“

„Wo haben Sie ihn kennengelernt?“

Mr. Plum schien überfordert. „Bei einer Party des Tennisclubs“, sagte Mrs. Plum. „Florence hatte eine ganze Menge schräger Leute im Schlepptau. Wir wussten vorher nicht mal, dass sie dort überhaupt aufkreuzen würde.“

„Wären Sie gegangen, wenn Sie's gewusst hätten?“

„Nein.“

„Wissen Sie, wo ich Mr. Ralston finden könnte?“

„Ich glaube, er lebt auf seinem Boot“, sagte Mrs. Plum.

„In Fort Lauderdale?“

„Dazu machte er keine Aussage.“

Kelly Cruz nickte. Sie wusste natürlich, dass Ralstons Boot zur Zeit in Paradise/Massachusetts ankerte.

„Wir haben ein Videoband gefunden, auf dem Florence Sex mit zwei Männern hat“, sagte sie.

Mrs. Plum schloss ihre Augen und ließ den Kopf auf die Brust fallen. Mr. Plums Gesichtsausdruck schien zu signalisieren, dass er die Neuigkeit nicht wirklich verdauen konnte. Keiner von ihnen sagte ein Wort.

„Nun“, sagte Mr. Plum schließlich mit einem

charmanten Lächeln, „Florence war nun mal kein Kind von Traurigkeit."

„Mrs. Plum?", fragte Cruz.

Mrs. Plum rührte sich nicht, sondern starrte nur unentwegt auf ihre Knie.

„Ich kann nicht mal behaupten, überrascht zu sein", sagte sie dann, starrte aber weiterhin auf ihre Knie.

„Können Sie sich vorstellen, welche Umstände sie dazu …?" Cruz unterbrach sich.

„…sie dazu verleitet haben, so etwas zu tun?", sagte Mrs. Plum. „Zu viel Geld, zu viel Freiheit, zu wenig Kontrolle … zu wenig Liebe."

„Aber Sie wissen nichts von einem, äh, kommerziellen Hintergrund, der vielleicht eine Rolle gespielt haben könnte?"

„Oh mein Gott, nein", sagte Mrs. Plum. „Nichts, was irgendwie nach Arbeit riechen würde. Sie machte so was vermutlich, weil es schockierend war oder abartig oder aus dem Rahmen fiel. Vielleicht machte es ihr ja sogar Spaß. Aber Arbeit – nein. An so etwas wie Geldverdienen hätte sie nie einen Gedanken verschwendet."

Mr. Plum schien das Interesse am Thema verloren zu haben.

„Dies ist keine berufliche Frage, Mrs. Plum, aber ich habe zwei Kinder und …"

„… und Sie können sich nicht vorstellen, sich innerlich von ihnen völlig loszusagen."

„Haben Sie Florence geliebt?“

„Ja, ich liebte sie. Und – so wahr mir Gott helfe – ich empfinde diese Liebe noch immer. Aber ich hatte keine andere Wahl. Ich habe zwei andere Töchter, die erheblich jünger sind. Ich konnte einfach nicht zulassen, dass sie die beiden genauso verdirbt, wie sie selbst verdorben worden ist.“

„Verdorben wodurch?“, fragte Cruz.

Mrs. Plum hatte die Augen noch immer geschlossen. „Aus den gleichen Gründen, die ich gerade genannt habe“, sagte sie leise.

„Zu viel Freiheit, zu wenig Liebe?“, sagte Cruz.

Mrs. Plum nickte. Mr. Plum schaute auf seine Uhr.

„Weißt du eigentlich, dass es schon nach fünf ist?“, sagte er.

Er griff zu einem kleinen silbernen Glöckchen und läutete. Das Hausmädchen erschien umgehend auf der Terrasse.

„Ich werd uns ein paar Drinks bestellen“, sagte er. „Was darf's denn für Sie sein, Miss Cruz?“

Kelly Cruz schüttelte den Kopf.

„Bin im Dienst“, sagte sie.

Mr. Plum nickte.

„Zweimal das Übliche, Magdalena“, sagte er. „Und sag Felix, dass er die flachen Gläser nehmen soll. Er weiß schon Bescheid.“

Magdalena nickte und ging.

Kelly Cruz holte tief Luft.

„Um noch einmal auf Ihre Zwillingstöchter zurückzukommen“, sagte sie. „Sie sind nicht in Europa.“

Mrs. Plum atmete so heftig, dass sich ihre Schultern erst hoben, um dann kraftlos nach unten zu sacken.

„Und sie sind auch nicht in der Emory-Universität eingeschrieben.“

Niemand sagte ein Wort. Aus Mrs. Plums geschlossenen Augen rollten die Tränen. Mr. Plum schien von der Information gänzlich überfordert zu sein und schaute hoffnungsvoll auf die Tür.

„Wussten Sie das schon, als ich beim letzten Mal mit Ihnen sprach?“, fragte Cruz.

Mrs. Plum nickte.

„Warum haben Sie dann gelogen?“

„Ich ... Ich wusste, dass sie die Uni verlassen hatten, wusste aber nicht, wo sie sich aufhielten.“

„Aber warum haben Sie gelogen?“

„Was ist das für eine Mutter, die nicht einmal weiß, wo sich ihre Kinder aufhalten?“

Das Hausmädchen kam und stellte einen Drink vor Mrs. Plum auf den Tisch. Mr. Plum nahm ihr sein Glas direkt aus der Hand und trank einen Schluck. Er lächelte und atmete hörbar durch. Mrs. Plum öffnete ihre verweinten Augen und schaute ihr Glas an, das in der tropischen Luft bereits zu kondensieren begann.

„Oh mein Gott“, sagte sie und griff zum Glas.

29

„Wie kann ich's mir erklären, dass ich bei einer so wichtigen Durchsuchung mitmachen darf?“, fragte Molly. „Weil sich auch Frauen an Bord befinden?“

„Frauen gibt's dort tatsächlich“, sagte Jesse.

Sie befanden sich auf dem Boot des Hafenmeisters und tuckerten Richtung „Lady Jane“.

„Normalerweise hättest du das doch alleine mit Suit durchgezogen.“

„Wenn Frauen anwesend sind, ist es immer hilfreich, einen weiblichen Cop zur Seite zu haben.“

„Dann bin ich wohl so was wie die Krankenschwester bei einer Untersuchung.“

„Ganz genau“, sagte Jesse.

„Wie kommt's bloß, dass ich nie mitkommen darf, wenn's mal richtig zur Sache geht?“

Jesse zuckte mit den Schultern.

„Wenn Carl Radborn im ‚Dory‘ mal wieder über die Stränge schlägt, können wir dich gerne vorschicken“, sagte er.

Molly grinste.

„Nun ja“, sagte sie, „Frauen tun's auch.“

Hardy brachte die Barkasse neben der Jacht in Position und wartete, bis die drei Cops an Bord gegangen waren.

„Wird 'ne Weile dauern, Hardy“, sagte Jesse. „Ich ruf dich auf dem Handy an.“

„Ich halt etwas Abstand und warte leewärts", sagte Hardy. „Lasst euch ruhig Zeit."

„Leewärts", wiederholte Suitcase.

„Es törnt mich echt an, wenn du wie ein echter Seebär redest", sagte Molly.

Als sie an Bord kamen, wartete Harrison Darnell persönlich auf sie. Seine Gäste saßen gerade beim Frühstück, während die Besatzung – der Kapitän ausgenommen – das Frühstück servierte. Es gab Bagels und Muffins, eine Auswahl an Käse und Obst, Kaffee und Orangensaft. Eine Flasche Champagner stand im Eiskübel. Blondie trank bereits eine Bloody Mary.

„Was ist denn jetzt schon wieder?", sagte Darnell.

Er trug Shorts, ein Hemd mit Blumenmotiven und Schuhe aus Segeltuch. Jesse reichte ihm den Durchsuchungsbefehl.

„Wir haben Hinweise darauf, dass an Bord ein Verbrechen begangen wurde", sagte er. „Dies ist die juristische Befugnis, das Boot durchsuchen zu können."

„Verbrechen?"

„Eine junge Frau behauptet, hier vergewaltigt worden zu sein."

„Vergewaltigt? Herrgott, Stone. Ich hab's nicht nötig, Frauen zu vergewaltigen."

„Darüber hinaus ist es Ihnen nicht erlaubt, den Hafen zu verlassen und Sie sind verpflichtet sich zu einer Gegenüberstellung im Revier einzufinden."

„Gegenüberstellung?“, sagte Darnell. „Wovon reden Sie überhaupt? Ich soll zu einer gottverdammten Gegenüberstellung?“

Jesse nickte mit demonstrativer Begeisterung.

„Ja“, sagte er, „so nennt man das bei uns.“

„Sie haben überhaupt keine Rechtshoheit hier“, sagte Darnell. „Wir befinden uns auf See.“

„Sie befinden sich im Hafen von Paradise, Mr. Darnell“, sagte Jesse. „Warum setzen Sie sich nicht einfach an den Tisch und trinken eine schöne Tasse Tee?“

„Ich will einen Anwalt.“

Jesse zuckte mit den Schultern.

„Rufen Sie einen an“, sagte Jesse. „Inspektor Crane und ich werden derweil das Boot durchsuchen, während Inspektor Simpson mit Ihnen an Deck bleiben wird.“

„Ich werd’s nicht erlauben“, sagte Darnell. „Das ist doch alles ein schlechter Scherz. Es gab hier kein Verbrechen. Fragen Sie doch die Anwesenden.“

Er postierte sich vor die Treppe.

„Sie werden hier nicht durchkommen.“

„Aber natürlich werden wir das, Mr. Darnell. Die Frage ist nur, ob auf die nette oder die harte Tour.“

„Wie sieht denn die harte Tour aus?“, fragte Blondie Martin, die von den Ereignissen offensichtlich fasziniert war. Mit weit aufgerissenen Augen schaute sie Jesse über die Brillenränder an.

„Nett wäre es jedenfalls, wenn sich Mr. Darnell jetzt zu Ihnen an den Tisch setzen würde", sagte Jesse. „Treten Sie aus dem Weg, Mr. Darnell."

Darnell schien wild entschlossen, bis zum Äußersten Widerstand zu leisten.

„Nein", sagte er, „Sie kommen hier nicht durch."

Jesse nahm die Handschellen von seinem Gürtel.

„Mr. Darnell, ich verhafte Sie hiermit wegen Widerstandes gegen die Staatsgewalt. Drehen Sie sich bitte zur Wand, die Hände nach oben."

Darnell war nahe der Hysterie.

„Nein und nochmals nein", schrie er.

Jesse griff nach Darnells rechtem Arm. Darnell versuchte sich loszureißen. Jesse drehte den Arm im Schultergelenk, doch Darnell holte mit der linken Faust aus. Jesse parierte den Schlag und nutzte Darnells Bewegung, um ihn um seine eigene Achse zu drehen und mit den Schultern gegen die Wand zu pressen. Die Handschelle schnappte an Darnells rechtem Handgelenk ein. Darnell fuchtelte mit dem linken Arm herum, doch Jesse packte ihn, bog ihn auf den Rücken und ließ die zweite Handschelle einrasten. Es passierte alles so schnell, dass Darnell überhaupt keine Möglichkeit hatte, sich auf ernsthaften Widerstand einzustellen.

„Ooooh", sagte Blondie nur.

Jesse trat einen Schritt zurück.

„Suit, setz ihn irgendwo hin und behalt ihn im Auge", sagte er.

„Mein lieber Chef-Dödel“, sagte Blondie, „Sie sind ja wirklich ganz schön fix.“

„Vielleicht ist Mr. Darnell einfach zu langsam“, sagte Jesse.

„Wenn Sie wieder mal Lust haben mit Ihren Handschellen zu spielen ...“, sagte Blondie und kicherte.

Jesse hörte, dass Molly ein seltsames Geräusch von sich gab.

„Aber zunächst schaun wir uns mal das Boot an“, sagte er.

Er ging mit Molly die Treppe hinunter.

„Hab ich Sie etwa kichern hören, Inspektor Crane?“, fragte Jesse.

„Nicht auszuschließen, Mister Chef-Dödel“, sagte Molly und konnte sich ein lautes Lachen nur mit Mühe verkneifen.

„Nun, solange es ein respektvolles Kichern war“, sagte Jesse.

„Absolut“, sagte Molly, „respektvoller geht's wirklich nicht.“

Sie zogen Handschuhe über und gingen mit ihrer Asservatentüte von Kabine zu Kabine. Jesse hatte es sich zur Gewohnheit gemacht, eine Durchsuchung immer zu zweit durchzuführen. Zwei Paar Augen, die ein Zimmer durchsuchten, liefen weniger Gefahr, ein wichtiges Indiz zu übersehen. Die Videobänder waren noch immer da, wo sie Jesse zurückgelassen hatte. Allerdings waren inzwischen zwei neue hinzugekommen. Jesse steckte alle Bänder ein, auch das unbespielte Video, das er bei seinem letzten Besuch in den Stapel geschmuggelt hatte. Es war die ideale Gelegenheit, die Spuren zu verwischen.

„Es gibt ein paar Rauschmittel hier“, sagte Molly. „Etwas Gras, etwas, das wie Koks aussieht – und auch ein paar Sachen, mit denen ich mich nicht auskenne.“

„Pack alles ein“, sagte Jesse.

„Willst du sie etwa wegen Drogenbesitzes festnageln?“

„Könnte sich noch als nützliches Druckmittel entpuppen“, sagte Jesse.

Im Nachttisch des großen Schlafzimmers fand Jesse eine Browning „Hi-Power“-Pistole und eine Handvoll Patronen. Er nahm die Waffe, ließ die Munition aber zurück. In der Unterkunft der Besatzung fand er auch ein Gewehr, ließ es aber ebenfalls zurück. Da die meisten Boote ein Gewehr an Bord hatten, versprach er sich nicht übermäßig viel von dem Fund. Eine Videokamera hingegen nahm er mit. In den meisten Kabinen fanden sie Erotik-Spielzeuge. Es gab mehrere Vibratoren, die überwiegend anatomisch korrekt waren. Molly nahm einen in die Hand und beäugte ihn von allen Seiten.

„Als ich unsere Pfarrschule besuchte“, sagte Molly, „durften wir nicht mal glänzende Lackschuhe tragen, weil man Angst hatte, jemand könne uns mit Hilfe der Spiegelung unter den Rock schauen."

„Darauf hatte ich auch immer meine Hoffnung gesetzt", sagte Jesse, „aber die Resultate waren ernüchternd."

„Zumindest hat es deine Neugier beflügelt", sagte Molly.

„Ich hoffe, du kannst der Versuchung widerstehen, dir das Ding einzustecken und heimlich nach Hause zu bringen", sagte Jesse.

Molly rollte mit den Augen und legte den Vibrator wieder zurück.

„Das gute Stück könnte sicher viele Geschichten erzählen", sagte Jesse.

„Was ist das denn für ein Teil?", fragte Molly.

„Ein Ballknebel", sagte Jesse, „und das sind die dazugehörigen Fesseln. Man kann sich diese Fetisch-Spielzeuge problemlos im Internet bestellen."

„Igitt", sagte Molly.

„Willst du etwa behaupten, dass du und deine bessere Hälfte nicht auf solche Sachen zurückgreifen?"

„Ich kann mir schon vorstellen, dass er mir manchmal gerne einen Knebel in den Mund stecken würde", sagte Molly. „Aber nicht beim Sex."

„Haben irisch-katholische Mädchen denn überhaupt Sex?", fragtes Jesse.

„Wenn wir erst einmal Gas geben, geben wir richtig Gas", sagte Molly.

Als sie alle Räumlichkeiten durchsucht hatten, war es bereits früher Nachmittag. Auf dem entsprechenden Formular listete Jesse alle konfiszierten Gegenstände auf und setzte seine Unterschrift darunter. Dann griff er zum Handy und rief Hardy an.

„Was haben Sie mitgenommen?“, fragte Darnell, als sie wieder aufs Deck kamen.

„Ein paar Sachen“, sagte Jesse. „Nimm ihm die Handschellen ab, Suit.“

Simpson tat, wie ihm befohlen. Jesse trennte die Kopie des Formulars vom Original ab und reichte sie Darnell.

„Sie können die Videobänder nicht mitnehmen. Das sind private Aufnahmen.“

„Wir werden Sie dann noch für die Gegenüberstellung brauchen“, sagte Jesse. „Und zwar alle, die sich an Bord befinden, die Besatzung inklusive. Wir werden einen Termin festsetzen und Sie dann informieren.“

„Diese Videos gehören mir nicht. Jemand hat sie an Bord zurückgelassen. Ich weiß nicht mal, was drauf zu sehen ist.“

„Wir werden sie uns anschauen und Sie dann in Kenntnis setzen. Und: Sollten Sie den Hafen verlassen wollen, wird die Küstenwache Ihr Boot beschlagnahmen.“

„Ich will einen Anwalt.“

„Klar doch. Wenn Sie einen gefunden haben,

richten Sie ihm aus, dass Sie im Verdacht stehen, eine brutale Vergewaltigung begangen zu haben. Genau genommen gilt das für alle Anwesenden."

„Die Videos gehören mir nicht", sagte Darnell.

„Ich wünsche Ihnen noch einen schönen Tag", sagte Jesse und wartete an der Reling, bis Molly aufs Boot des Hafenmeisters geklettert war.

„Kann die Küstenwache das Boot tatsächlich beschlagnahmen?", fragte Molly, als sie sich durch die ankernden Boote Richtung Kaimauer schlängelten.

„Keine Ahnung", sagte Jesse, „ich sollte mich diesbezüglich wohl mal schlaumachen."

30

Kelly Cruz saß an der Bar des „Boat Club", gleich am Jachthafen von Fort Lauderdale, und trank eine Cola Light. Der Barkeeper vor ihr war vielleicht 22 Jahre alt. Er hatte rote Haare, trug eine Sonnenbrille mit ovalen blauen Gläsern und ein weißes T-Shirt, auf dem in großen Lettern BIG RED stand. Um den Hals hatte er einen Halsreif.

„Warum interessieren Sie sich denn für Mr. Ralston?", fragte er.

„Darf ich Ihren Namen erfahren?", sagte Cruz.

„Brick", sagte der Barkeeper.

„Mein Name ist Kelly Cruz", sagte sie und zeigte ihm ihre Polizeimarke. „Erzählen Sie mir etwas über Mr. Ralston."

„Sie sind ein Cop?"

„Bin ich."

„Was hat er denn angestellt?"

„Wenn ich recht informiert bin, lebt er auf seinem Boot hier im Jachthafen", sagte Cruz.

„Ich weiß nicht, wo er lebt, aber er schaut hier regelmäßig rein."

„Haben Sie ihn in letzter Zeit mal gesehen?"

„Nein. Ich glaube, er ist mit seinem Boot Richtung Norden gesegelt – zu irgendeinem Bootsrennen."

„Erinnern Sie sich an alle Ihre Kunden?", fragte Cruz.

„Zumindest an die, die ein so gutes Trinkgeld geben wie Mr. Ralston. Aber er ist auch ein ausnehmend cooler Typ. Ohne chauvinistisch klingen zu wollen: Er kreuzt hier mit einigen Schnitten auf, dass es einem den Atem verschlägt. Echte Kracher."

„Echte Kracher?"

„Sie wissen schon", sagte Brick. „Super-Schnitten halt."

Die Bar war fast leer. Ein paar Leute saßen im Restaurant, das an zwei Seiten verglast war und den Schimmer des türkisblauen Meeres reflektierte. Draußen auf der Terrasse waren noch ein paar weitere Tische belegt. Eine Kellnerin mit Serviertablett machte gerade die Runde.

„Kennen Sie einige von ihnen?“

„Die Frauen, die Mr. Ralston umschwirren? Nur vom Hallo-Sagen.“

„Ist eine dieser Frauen heute hier?“

„Nein.“

„Hat Mr. Ralston denn so was wie eine feste Freundin?“

„Ach was“, sagte Brick. „Leute wie er haben keine feste Beziehung. Er baggert immer neue an. An einem Abend eine Blondine, am nächsten eine Brünette. Kein Klammern, kein Stress. Kein Hallo, kein Goodbye. Keine gebrochenen Herzen, kein Ärger. Einfach nur Krach-zack-bum.“

Brick grinste.

„Sie müssen Mr. Ralston wohl sehr bewundern“, sagte Cruz.

„Kann man wohl sagen. Er lebt das Leben, von dem ich nur träumen kann.“

Brick schob eine Schale mit Nüssen zu Cruz.

„Aber eines Tages werd ich's noch schaffen.“

„Jeder braucht einen Traum“, sagte Cruz.

„Möchten Sie noch eine Cola?“, fragte Brick. „Ein Scheibchen Limone? Sonst irgendwas?“

Cruz schüttelte den Kopf.

„Wissen Sie, womit Mr. Ralston sein Geld verdient?“

Brick grinste.

„Ich glaube, er macht einfach nur Krach-zack-bum“, sagte er.

„Waren Sie schon mal auf seinem Boot?"

„War ich", sagte Brick. „Hab einmal für ihn gearbeitet. Ich hab mich um die Bar gekümmert, als er mal eine Party geschmissen hat. Es war die Hölle – ein echter Knaller."

„Wilde Party?", fragte Cruz.

„Nun ja, ich will ja niemanden in die Bredouille bringen", sagte er.

„Ich bin nur an substanziellen Informationen interessiert", sagte Cruz. „Interessiert mich nicht, wenn dort mal ein bisschen Pulver geschnupft wurde."

„Pulver? Ja, gab's wohl auch. Und Schnaps. Und Gras. Klar doch. Aber der Knüller war der Sex: Jeder trieb's mit jedem – und alles wurde mit Videokameras gefilmt. Und … puh! Manchmal hatte ich regelrecht Schiss, meine Unschuld zu verlieren."

Er grinste übers ganze Gesicht.

„Kannten Sie denn die Leute auf dem Boot?", fragte Cruz.

„Nicht wirklich, nur so aus der Entfernung. Aber Courtney kennt welche."

„Courtney?", fragte Cruz.

„Die Kellnerin", sagte Brick. „Die da drüben. Ich weiß, dass sie mit einem von Ralstons Mädchen befreundet ist. Wollen Sie mit ihr sprechen?"

„Gerne", sagte Cruz.

„Hey Court", rief Brick. „Komm doch mal rüber und sprich mit der netten Dame hier."

Die Kellnerin kam zur Bar.

„Ich hab mit meinen Tischen alle Hände voll zu tun, du Idiot", sagte sie zu Brick.

„Dafür ist Totentanz an der Bar", sagte Brick. „Ich werd für dich einspringen, falls jemand einen Wunsch hat."

Courtney runzelte die Stirn. Ihr Gesicht war so glatt und nichtssagend, dass ihr Stirnrunzeln wie eine unnatürliche Entgleisung wirkte.

„War nicht persönlich gemeint, Ma'am. Wie kann ich Ihnen helfen?"

Cruz zeigte ihre Marke.

„Kelly Cruz", sagte sie.

„Zu Diensten, Mam", sagte Courtney.

„Nennen Sie mich Kelly. Ich möchte mit Ihnen nur etwas quatschen."

„Jawohl, Ma'am."

„Sie kennen Thomas Ralston?", fragte Cruz.

„Mr. Ralston?"

„Hmm."

„Jeder kennt ihn", sagte Courtney. „Er verkehrt oft hier."

„Und kennen Sie auch einige seiner, äh, Mädchen?"

„Seine Mädchen?"

„Ich hörte, dass sie mit einem seiner Mädchen befreundet sind."

Courtney legte ihre Stirn wieder in Falten und schaute zu Brick hinüber. Er grinste.

„Du weißt doch, Court – die mit den vielen Haaren“, sagte er. „Mandy.“

Cruz schaute Courtney an und wartete.

„Mandy“, sagte Courtney. „Klar, die kenn ich.“

„Und sie ist mit Thomas Ralston, äh, befreundet?“, fragte Cruz.

Courtney schaute zu den Tischen hinüber, die sie betreute. Niemand schien sie zu vermissen. Sie sah Brick an, doch der grinste nur und zuckte mit den Schultern.

„Sie geht manchmal mit ihm aus“, sagte sie nach einer Weile.

„Und Sie auch?“, fragte Cruz.

„Ich? Nein, um Himmels willen. Ich geh noch aufs College.“

„Hat Mr. Ralston mit College-Mädchen denn nichts am Hut?“

Courtney kämpfte wieder mit ihren Gesichtszügen. Cruz wartete.

„Nein … Ich weiß nicht“, sagte Courtney. „Ich meine damit nur, dass ich nicht sein Typ bin.“

„Was für einen Typ bevorzugt er denn?“

„Jedenfalls einen anderen als meinen“, sagte Courtney. „Er ist halt ein richtiger Lebemann, verstehen Sie? Ich mag lieber Jungs in meinem Alter. Er ist mir einfach … Es geht immer nur um Sex.“

Kelly nickte.

„Ich würde gerne einmal mit Mandy sprechen. Könnten Sie mir ihre Anschrift geben?“

„Ich möchte ihr keinen Ärger einhandeln“, sagte Courtney.

Cruz nickte.

„Ich brauch aber ihre Anschrift, Courtney.“

„Muss ich wirklich?“

„Ja, meine Liebe, Sie müssen.“

31

„Ich kann mir die Videos nicht in Mollys Anwesenheit anschauen“, sagte Suitcase Simpson.

„Wegen mir brauchst du keine Skrupel zu haben“, sagte Molly.

„Hab ich aber“, sagte Suit. „Es ist mir peinlich.“

„Niemand wird hier gezwungen“, sagte Jesse. „Wenn du sie dir doch noch anschauen möchtest, dann kannst du das später auch allein nachholen.“

Molly und Jesse schauten sich die Videos alleine an. Sie sahen erwartungsgemäß die hinlänglich bekannten Szenen: Sex, Duschen, Umziehen. Auf einem Band sah man eine angetrunkene Cathleen Holton, die sich an einem ebenso pomadigen wie peinlichen Striptease versuchte. Später sah man sie dann auch im Bett mit Darnell. Sie war offensichtlich voll bei der Sache, sogar ausgesprochen aktiv, konnte ihre Unerfahrenheit aber nicht verbergen.

„Oh mein Gott“, sagte Molly. „Das arme Mädchen.“

Jesse nickte. Die Videos zogen sich endlos in die Länge. Eine Frau nach der anderen – einige nicht älter als Cathleen Holton. Jesse zählte fünf andere Männer, die sich neben Darnell an dem Reigen beteiligten. Zwei von ihnen hatte er bereits an Bord der „Lady Jane" gesehen. Er fragte sich, ob den Männern bewusst war, dass sie beim Sex gefilmt wurden.

„Vom Badezimmer sieht man eigentlich sonst nie was", sagte Jesse.

„Nur die Dusche", sagte Molly.

„Hat wohl sonst keinen erotischen Wert", sagte Jesse.

„Sieht so aus."

Auf dem Bildschirm sahen sie gerade ein anderes junges Mädchen, das zu Darnell ins Bett stieg.

„Oh mein Gott", sagte Molly.

Jesse hielt das Bild an.

„Die kenn ich", sagte Molly.

„Ein Mädchen aus dem Ort?", fragte Jesse.

„Katie, Kate DeWolfe. Sie geht in die gleiche Klasse wie mein ältester Sohn."

„Was sie wie alt machen würde?"

„15 Jahre."

„Also minderjährig."

Molly nickte. Sie beide starrten auf das Standbild.

„Womit wir noch mehr gegen Darnell in der Hand hätten", sagte sie.

„Was aber noch immer kein Beweis dafür ist, dass er Florence Horvath umgebracht hat“, sagte Jesse.

„Zumindest beweist es, dass er ein Schwein ist“, sagte Molly.

„Das wussten wir auch schon vorher.“

„Was in Gottes Namen soll ich bloß ihrer Mutter erzählen?“, fragte Molly.

Jesse sagte nichts. Sie schauten noch für einen Moment auf das Standbild mit Katie DeWolfe, bis Jesse erneut auf PLAY drückte. Die Videos wollten einfach kein Ende nehmen. Irgendwann war auch Blondie Martin an der Reihe. Als sie am Ende des Tages mit allen Bändern durch waren, hatten sie noch immer keine Florence Horvath gesehen.

Sie saßen schweigend in Jesses Büro, nachdem das letzte Band zurückgespult war. Es gab nichts, was noch zu sagen war. Instinktiv vermieden sie es, einander anzusehen.

„Vielleicht werd ich mir Sex von nun an völlig verkneifen“, sagte Molly nach einer Weile.

„Ich weiß, was du meinst“, sagte Jesse.

„Wobei du sicher schon Schlimmeres gesehen hast“, sagte Molly.

„Hab ich.“

„Aber …?“

„Es ist einfach die unglaubliche Menge“, sagte Jesse.

„Ja“, sagte Molly, „die Frauen werden austauschbar. Es geht nur noch um einzelne Körperteile, um

Nippel und Schamhaare. Es ist die Abwesenheit von … die völlige Abwesenheit von …"

Molly hielt an und schüttelte den Kopf.

„… Menschlichkeit", sagte Jesse.

„Ja, es gibt keine menschliche Gefühlsregung mehr. Finden Männer denn so was aufregend?"

„Ich jedenfalls nicht", sagte Jesse.

„Nicht mal für eine Minute?"

„Vielleicht für zehn Sekunden", sagte Jesse. „Wobei es mehr Neugier als sonst was ist."

„Derartige Videos dürften einfach nicht existieren", sagte Molly. „Oder bin ich da zu prüde?"

„Wir *mussten* sie uns ja ansehen", sagte Jesse. „Andere Leute sind in ihrer Entscheidung frei."

„Dann meinst du also, sie sollten existieren?"

„Wenn du's nicht sehen magst, dann sieh's dir eben nicht an – das gilt jedenfalls für die meisten Leute."

„Ich würde aber noch einen Schritt weitergehen", sagte Molly. „Selbst Leuten, die so was sehen wollen, sollten solche Videos nicht zugänglich sein."

„Ist nicht gerade mein Spezialgebiet", sagte Jesse, „aber ich befürchte, dass Verbote das Problem nur noch verschlimmern."

„Zensur und dieser ganze Rattenschwanz", sagte Molly.

„Wobei ich nichts gegen Zensur habe", sagte Jesse. „Solange ich selbst der Zensor bin."

Molly lächelte.

„Ja. Ich weiß. Aber verflucht noch mal …“

„Es ist nun mal einvernehmlicher Sex zwischen zwei Erwachsenen.“

„Aber nicht in allen Fällen“, sagte Molly.

Jesse lächelte.

„Und da liegt der Hase im Pfeffer“, sagte er.

32

Kelly Cruz saß mit Mandy Morello vor einer Bäckerei in der Nähe des Marriott Marina Hotels. Cruz trank Kaffee, während Mandy eine Pepsi und ein Teilchen mit Vanillecreme bestellt hatte. Beim Kauen zog sie gleichzeitig an einer Zigarette.

„Ist Sex etwa inzwischen verboten?“, fragte sie.

„Nicht für Erwachsene, die das aus freien Stücken tun.“

„Und Nacktfotos?“

„Nicht für Erwachsene, die das aus freien Stücken tun.“

„Okay“, sagte Mandy, „was wollen Sie denn dann von mir wissen?“

„Sind Sex und Nacktfotos eine Voraussetzung, wenn man eins von Mr. Ralstons Mädchen sein will?“, fragte Cruz.

„Klar“, sagte Mandy.

Sie wischte sich die Vanillecreme von der Oberlippe.

„Erzählen Sie mir davon", sagte Cruz.

„Gibt Ihnen das einen Kick?", fragte Mandy. „Allein schon vom Hören?"

Kelly Cruz seufzte.

„Mandy", sagte sie, „ich bin auch kein Kind von Traurigkeit, aber gleichzeitig bin ich ein Cop, der einen Mordfall untersucht. An Ihrer Stelle würd ich mir spöttische Kommentare verkneifen, okay?"

„Holla", sagte Mandy, „ich hab's doch gar nicht so gemeint. So rede ich einfach."

„Gut", sagte Cruz, „dann reden wir mal über das Leben mit Thomas Ralston."

„Nun, was soll ich sagen? Er macht halt immer Party."

„Mit Ihnen?"

„Manchmal mit mir."

„Und manchmal mit anderen?"

„Klar."

„Immer nur mit einer Frau?", fragte Cruz.

Mandy rollte mit den Augen und lachte.

„Nicht immer", sagte sie.

„Sind andere Männer beteiligt?"

„Manchmal."

„Dann reden wir hier von ausgewachsenen Orgien, Mandy?"

„Manchmal."

„Aus freien Stücken?"

„Aus was? Klar, natürlich aus freien Stücken.

Weil's einfach Spaß macht. Wer darauf keinen Bock hat – prima, geht gar nicht erst hin."

„Was ist mit den Nacktaufnahmen?"

„Ach die." Mandy lachte und löschte ihre Zigarette im Rest der Vanille-Schnitte. „Tommy hat sein ganzes Boot verkabelt. Überall gibt's Kameras, die mit einem Videorecorder verbunden sind."

„Wissen die Anwesenden, dass sie gefilmt werden?", fragte Cruz.

Mandy zuckte mit den Schultern.

„Ich weiß es zumindest", sagte sie. „Er hat mir mal ein paar meiner Aufnahmen gezeigt."

„Und – stört Sie das nicht?"

„Um Gottes willen, nein. Ich fand's wirklich cool."

„Wie haben Sie Mr. Ralston kennengelernt?", fragte Cruz.

„Ich hing einfach rum. Ich mag Jachten und die Männer, denen sie gehören. Wenn man an den richtigen Jachthäfen rumhängt, lernt man 'ne Menge von beiden kennen."

„Und die anderen Frauen?", fragte Cruz.

Mandy lachte.

„Ich bin sicher nicht da, weil ich mich für andere Frauen interessiere."

„Haben Sie ein paar Namen?"

„Nein, ich kenn keine von ihnen. Es gibt ein Mädel, das Brittany heißt, eine andere heißt Janine, aber ihre Nachnamen kenn ich nicht."

„Männer?“

„Harry“, sagte Mandy mit einem breiten Grinsen, „und Mike und ein Typ namens Ace.“

„Auch keine Nachnamen?“, fragte Cruz.

„Es geht auf dem Boot nun mal locker zu“, sagte Mandy.

„Und Sie wissen, was Mr. Ralston mit all den Videoaufnahmen macht?“

„Ich vermute, er schaut sie sich an – wenn ihm mal langweilig wird.“

Kelly Cruz nickte.

„Wissen Sie, wo er sich gerade aufhält?“, fragte sie.

Mandy nahm den letzten Schluck aus dem Glas und ließ die restlichen Eiswürfel in ihren Mund gleiten. Sie kaute geistesabwesend auf ihnen herum, schüttelte dann aber den Kopf.

„Er muss irgendwo in der Nähe von Boston sein“, sagte sie und schluckte die Eisstückchen hinunter. „Irgendwie gibt's da wohl ein großes Rennen.“

„Wissen Sie, wann er zurückkommt?“, fragte Cruz.

Mandy schüttelte den Kopf.

„Kennen Sie jemanden mit dem Namen Florence Horvath?“, fragte Cruz.

„Es gab mal eine Florence, die eine Weile mit Tommy abhing.“

„Wissen Sie mehr von ihr?“

„Sie war Tommy wohl zu alt.“

„Sonst noch was?“

„Nein.“

„Wissen Sie, wo sie sich aufhält?“

„Nein.“

„Kennen Sie Leute, mit denen sie befreundet ist?“

„Nein.“

„Kennen Sie Corliss und Claudia Plum?“

„Zwillinge?“, fragte Mandy.

„Genau.“

„Corliss und Claudia, klar doch. Bin mir ziemlich sicher, dass sie mal auf dem Boot waren. Wie viele Zwillinge lernt man in seinem Leben schon kennen – vor allem, wenn sie so schräge Namen wie Claudia und Corliss haben? Igitt.“

„Haben sie auch mit Tommy Party gemacht?“

„Absolut. College-Früchtchen, Sie wissen schon.“

Kelly Cruz holte die drei Porträtfotos heraus, die ihr Jesse geschickt hatte.

„Irgendjemand Vertrautes?“, fragte sie.

Mandy schaute sich die Fotos genauer an.

„Kann sein, dass ich sie im Jachthafen mal gesehen habe, aber die Fotos sind nicht besonders aussagekräftig.“

„Ich weiß“, sagte Cruz.

Mandy schaute sie sich nochmal an.

„Ich kann’s wirklich nicht sagen. Alle Leute im Jachthafen sehen irgendwie gleich aus – braun gebrannt und blond, Jungs wie Mädchen. Schwer, sich da an ein Gesicht zu erinnern.“

Cruz nickte und steckte die Fotos wieder ein. Sie nahm eine Visitenkarte aus ihrer Tasche und reichte sie Mandy.

„Falls Ihnen noch irgendwas einfällt – rufen Sie mich an."

„Klar doch", sagte Mandy und steckte die Karte in ihren BH.

„Gibt Ihnen Tommy eigentlich Geld?", fragte Cruz.

„Er greift mir manchmal unter die Arme. Dem Herrgott sei Dank für sein goldenes, geiles Herz."

„Wie halten Sie sich denn über Wasser, wenn Tommy nicht zur Stelle ist?", fragte Cruz.

Mandy steckte sich eine neue Zigarette an.

„Ich hab noch andere Freunde", sagte sie.

33

„Inzwischen arbeite ich mir schon meinen kleinen Arsch ab, damit Sie Ihren Fall lösen", sagte Cruz am Telefon.

„Ich bin erleichtert zu erfahren, dass es ein kleiner ist", sagte Jesse.

„Und knackig obendrein", sagte Cruz.

„Wird ja immer besser", sagte Jesse. „Was haben Sie denn Neues erfahren?"

„Ich hab nochmal mit den Eltern des Opfers gesprochen. Der alte Herr ist schon jenseits von Gut und Böse: Alkohol, Verdrängung, Alzheimer – ich weiß nicht was. In seiner Welt trägt man nur eine rosa Brille und schlürft Cocktails."

„Und was ist mit der Mutter?"

„Sie ist im Bilde. Aber sie weiß nicht, wie sie damit umgehen soll, also tut sie so, als wüsste sie von nichts. Und trinkt auch noch einen Cocktail."

„Weiß sie auch, dass die Zwillinge nicht mehr zur Uni gehen?"

„Ja", sagte Cruz, „und irgendwie tut sie mir leid."

„Was weiß sie sonst noch?"

„Sie weiß, dass Florence mit Thomas Ralston befreundet war."

„Schon wieder der Hurensohn", sagte Jesse.

„Und die Zwillinge, Corliss und Claudia, waren mit Ralston auch ganz dicke."

„Haben Sie das auch von der Mutter erfahren?"

„Nein, ich hab noch ein bisschen rumgeschnüffelt", sagte Cruz. „Will schließlich befördert werden."

„Rumschnüffeln *und* ein kleiner, knackiger Arsch", sagte Jesse. „Sie sind ja ein echtes Goldstück."

„Kann man wohl sagen. Ralston führte jedenfalls ein sehr lebhaftes Sexleben. Möchten Sie Einzelheiten hören?"

„Ich bitte darum", sagte Jesse.

Cruz erzählte ihm alles, was sie in Erfahrung gebracht hatte. Jesse hörte schweigend zu. Als sie fertig war, berichtete er von seinem erneuten Besuch bei Harrison Darnell.

„Und Darnells Boot parkt gleich neben dem von Ralston?“, fragte Cruz.

„Nun, zumindest im gleichen Hafen“, sagte Jesse. „Und ich glaube, man sagt auch nicht *parken*. Wohl eher *ankern* oder *festmachen*.“

„Werd ich in meinem Notizbuch festhalten“, sagte Cruz. „Beiden war also Florence Horvath bekannt. Beide haben sexuelle Neigungen, die, äh, etwas aus dem Rahmen fallen. Und beide … *ankerten* im Hafen von Paradise, als Florence angeschwemmt wurde.“

„So sieht's aus“, sagte Jesse. „Sollten Sie da etwa einen Zusammenhang sehen?“

„Wenn ich Sie wäre, würd ich tatsächlich hellhörig werden“, sagte Cruz.

„Danke für den Tipp“, sagte Jesse.

„Gern geschehen“, sagte Cruz. „Aber eine Sache gibt's noch: Eins der Mädchen, mit denen ich sprach – vielleicht 21 oder 22 Jahre alt – erwähnte, dass Florence Horvath zu alt für Thomas Ralston gewesen sei.“

„Sie war 34“, sagte Jesse.

„Geschmäcker sind eben verschieden“, sagte Cruz. „Vielleicht hat Ralston sie ja an Darnell weitergereicht.“

„Darnell scheint beim Alter wohl etwas generösere Toleranzgrenzen zu haben“, sagte Jesse.

„Wie dem auch sei", sagte Cruz. „Ich werd jedenfalls weiter rumschnüffeln, wenn's mir mein regulärer Job erlaubt."

Als sie aufgelegt hatte, saß Jesse schweigend in seinem Büro und starrte ein Loch in die Luft. Die Labortechniker hatten bestätigt, dass alle Video-Bänder jüngeren Datums seien. Er fragte sich, wer die rothaarige Frau war. Auf Darnells Boot hatte er sie jedenfalls nicht gesehen. Andererseits gab es einige Damen, die er dort nicht gesehen hatte. Auch mit Katie DeWolfe musste er sprechen. Und mit ihrer Mutter. Er konnte den Vorfall nicht einfach unter den Teppich kehren. Sie war gerade erst 15. Und ihre Mutter musste wohl oder übel auch informiert werden. Von einem Vater hatte Molly nie gesprochen. *Manchmal, dachte er, sind es die Väter, die das größere Problem sind. Aber vielleicht kommt mir das auch nur so vor, weil ich selbst ein Mann bin.* Molly sollte in jedem Fall anwesend sein. Sie kannte die Mutter persönlich. Wenn er am Schreibtisch saß, nahm er seine Waffe gewöhnlich von der Hüfte und legte sie auf den Tisch. Es saß sich so einfach bequemer. Jetzt starrte er sie an, wie sie da auf dem Tisch lag. Es wäre alles einfacher, wenn er einfach die Leute abknallen könnte, die's verdient haben. *Aber wer würde darüber entscheiden? Ich natürlich. Und was würde passieren, wenn ich mit meinem Urteil falsch läge? Ah, die alte Quadratur des Kreises.*

Er stand auf und ging zum Eingang, wo Molly saß.

„Kannst du bitte veranlassen, dass Katie DeWolfe und ihre Eltern mal bei mir reinschauen?“, sagte er.

„Den Vater gibt's nicht“, sagte Molly. „Sind geschieden.“

Jesse nickte.

„Ich sollte wohl auch mit ihnen sprechen“, sagte Molly. „Ich kenne Katie und ich kenne auch ihre Mutter.“

Jesse nickte erneut.

„Du wirst mich sicher fragen, ob ich an dem Gespräch teilnehme“, sagte Molly. „Oder nicht?“

Jesse nickte noch immer.

Mollys Augen wanderten für einen Moment ziellos umher. Dann atmete sie einmal tief ein.

„Hast du einen bestimmten Termin im Auge?“, fragte sie.

„Wir sollten es so schnell wie möglich über die Bühne bringen“, sagte Jesse. „Wir können uns aber gerne nach ihnen richten. Ich werd mir dann schon die Zeit nehmen.“

Mollys Augen wanderten immer noch kreuz und quer durch den Raum. Jesse hörte, dass sie schwer atmete.

„Ich wünschte mir, du könntest das Gespräch alleine führen“, sagte sie.

„Sicher könnte ich das. Aber ich gehe mal davon

aus, dass sich die beiden wohler fühlen, wenn du dabei bist."

„Mit Sicherheit", sagte Molly.

Jesse nickte.

„Das wird kein Zuckerschlecken", sagte Molly.

„Hab ich dir auch nie versprochen."

34

Katie DeWolfe konnte ihre Panik nicht verheimlichen. Als sie in Jesses Büro kam, schluckte sie mehrfach und stakste so steif herein, als habe sie ein Lineal verschluckt. Sie war ihrer Mutter wie aus dem Gesicht geschnitten. Beide waren schlank, blond und schienen eine unterschwellige Sexualität auszustrahlen. Jesse konnte nie definieren, woher dieser Eindruck rührte, aber in den Fällen, in denen er sich vom Wahrheitsgehalt seiner Vermutung überzeugen konnte, hatte er stets richtig gelegen.

Molly hatte sie hereingebracht, sie Jesse vorgestellt, ihnen ihre Plätze vor dem Schreibtisch zugewiesen und sich dann selbst links neben Jesse gesetzt.

„Weißt du, warum wir dich eingeladen haben, Katie?", fragte Jesse.

Katie schüttelte den Kopf.

„Bist du sicher?", fragte Jesse.

„Ich hab absolut keine Ahnung."

Jesse nickte und holte einmal tief Luft.

„Okay“, sagte er, „ich mag nicht unnötig um den heißen Brei herumreden: In unserem Besitz ist ein Video, auf dem du Sex mit einem Mann namens Harrison Darnell hast.“

„Sie lügen“, sagte Katie. „Das kann ich nicht sein.“

„Nein, meine Liebe, das bist eindeutig du.“

„Katie?“ Mehr als dieses eine Wort konnte Mrs. DeWolfe offensichtlich nicht herauswürgen.

„Völlig ausgeschlossen“, sagte Katie.

„Ich kann dir das Video vorspielen“, sagte Jesse.

„Ich bin's jedenfalls nicht.“

Jesse nickte. Er griff zur Fernbedienung auf seinem Schreibtisch und drückte auf PLAY. Die Aufnahme begann mit einer Großaufnahme von Katies Gesicht. Sie schaute über die Schulter eines Mannes direkt in Richtung der Kamera, warf dann den Kopf in den Nacken und schloss die Augen. Ihre Mutter starrte fassungslos auf den Bildschirm. Die Kamera zoomte weg und man sah zwei nackte Körper beim Geschlechtsverkehr.

„Halten Sie's an“, sagte Mrs. DeWolfe, „In Gottes Namen: Halten Sie's an.“

Jesse drückte auf STOP.

„Sie ist doch gerade erst 15 Jahre alt“, sagte Mrs. DeWolfe.

„Ich weiß“, sagte Jesse.

Mrs. DeWolfe schaute Molly an.

„Um Himmels willen, Molly“, sagte sie, „was soll ich bloß tun?“

„Wenn Katie kooperiert, werden wir sicher eine Lösung finden“, sagte Molly.

„Kooperiert?“, fragte Katie. „Ich hab nichts verbrochen.“

„Nein“, sagte Jesse, „aber er.“

„Ich werde Harrison nicht verpfeifen“, sagte Katie. „Nie und nimmer.“

„Mein Gott, Katie“, sagte Mrs. DeWolfe.

„Nun tu nicht so scheinheilig. Du pimperst doch jede Woche mit einem neuen Mann, seit Daddy weg ist.“

„Das ist nicht wahr, Katie. Und selbst wenn es wahr wäre, bedeutet das noch nicht, dass du's auch tun solltest. Ich bin nun mal eine erwachsene Frau, verdammt nochmal.“

„Bin ich auch“, sagte Katie.

Sie drückte ihre Brust nach vorne, so dass sich ihr kleiner Busen gegen das Oberteil abdrückte.

„Du hast ja das Video gesehen.“

Ihre Mutter schlug ihr mit der Hand ins Gesicht. Katie schlug zurück, doch ihre Mutter griff ihre Handgelenke. Obwohl sie noch auf ihren Stühlen saßen, entwickelte sich ein kleiner Kampf. Jesse lehnte seinen Kopf gegen die Lehne seines Drehstuhls und schloss für einen Moment die Augen.

„Molly“, sagte er.

Aber Molly war bereits aufgesprungen, um die beiden Frauen zu trennen. Jesse öffnete die Augen.

„Wer sitzt vorne am Eingang?“, fragte er.

„Arthur“, sagte Molly.

Jesse griff zum Telefon und rief ihn an.

„Arthur, komm doch mal gerade rein.“

Ein paar Sekunden später stand Arthur Angstrom bereits in der Tür.

„Nimm Mrs. DeWolfe bitte mit nach vorne“, sagte Jesse. „Setz sie auf einen Stuhl und stell sicher, dass sie da bleibt, bis ich rufe.“

„Okay, Jesse.“

„Mich kriegt hier keiner weg“, sagte Mrs. DeWolfe.

„Natürlich werden wir das“, sagte Jesse. „Auf die nette Tour – oder auf die weniger nette?“

Sie blieb noch einen Moment hocken, doch Jesse spürte, dass ihr nicht nach Konfrontation zu Mute war.

„Ich warte gleich da vorne auf dich“, sagte sie beim Aufstehen zu ihrer Tochter.

Arthur nahm sie beim Arm und führte sie heraus. Molly schloss die Tür. Jesse lehnte sich zurück und schaute Katie an. Trotzig erwiderte sie seinen Blick.

„Und jetzt?“, sagte sie.

Jesse lächelte.

„Da sind wir also“, sagte er.

„Sie tun ja gerade so, als hätten Sie noch nie Sex gehabt."

„Ich vermelde mit Stolz, dass ich bereits Sex hatte und dies auch weiterhin zu haben gedenke", sagte Jesse.

„Während ich dafür wohl noch zu jung bin?"

„Könnte sein", sagte Jesse.

„Hatten Sie etwa noch keinen Sex in meinem Alter?"

„Nein." Jesse grinste. „Obwohl ich mich mächtig abgestrampelt habe."

„Alle Kids in meinem Alter haben Sex", sagte sie.

„Aber wahrscheinlich die wenigsten mit einem Mann, der 40 Jahre älter ist als du. Und auch nicht unbedingt vor einer Video-Kamera."

„Hat Sie's angetörnt?"

Sie schaute ihn mit ihren großen Augen provozierend an. Jesse schaute zurück. *Groß, blau, unschuldig und nicht sonderlich helle,* dachte er.

„Du warst etwa die 25. Frau, die ich mir anschauen musste", sagte er. „Der Zeitpunkt, wo ich vielleicht noch angetörnt worden wäre, war schon lange vorbei."

„Was passiert denn jetzt? Wollen Sie mich verhaften?"

„Um ganz ehrlich zu sein, Katie: Ich weiß nicht recht, was ich mit dir anstellen soll. Vielleicht sollten wir uns einfach mal zivilisiert unterhalten.

Ich werd mir verkneifen, den Cop raushängen zu lassen, während du nicht auf Lolita machst. Und dann schauen wir mal, wo wir am Ende unserer Unterhaltung stehen."

Sie runzelte die Stirn und versuchte wohl, das überraschende Angebot einzuordnen.

„Sind Sie verheiratet?"

„Geschieden", sagte Jesse.

„Haben Sie eine Freundin?"

Jesse lächelte. „Wie's der Zufall will, lebe ich mit meiner Exfrau zusammen."

„Ganz schön *schrill.*"

Jesse lächelte noch immer.

„In der Tat", sagte er. „Ganz schön schrill."

„Warum lassen Sie sich scheiden, um dann wieder zusammenzuleben?"

„Muss wohl etwas mit Liebe zu tun haben", sagte Jesse.

„Lieben Sie sie?"

„Ich denke schon, dass wir uns beide lieben", sagte Jesse.

„Warum haben Sie sich denn scheiden lassen?"

„Ist 'ne lange Geschichte", sagte Jesse. „In Kurzform: Wir hatten Probleme, die wir nicht lösen konnten."

„Und inzwischen können Sie's?"

„Sieht so aus."

„Werden Sie wieder heiraten?"

„Weiß ich noch nicht."

„Sie ließen sich vor fünf Jahren scheiden", sagte Katie.

„Deine Eltern?"

„Ja", sagte Katie. „Ist mir aber auch egal."

Jesse nickte.

„Und erzählen Sie mir nicht den Scheiß von wegen zerrüttetes Elternhaus und so'n Quark", sagte Katie.

„Werd's mir verkneifen."

„Ich war halt schon immer ein wildes Kind", sagte sie.

„Was deiner Mutter schlaflose Nächte bereitet haben muss", sagte Jesse.

„Sie hatte doch nur Schiss, dass ich schwanger werde – genau so, wie's ihr passiert ist."

„Was der Grund war, warum sie deinen Vater geheiratet hat?"

„Ja, und das Resultat war ich."

„Kümmert sich dein Vater um dich?"

„Er lebt in Louisville/Kentucky", sagte sie.

„Was bedeutet, dass du ihn nicht allzu oft siehst."

„Kann man so sagen. Er heiratete wieder und hat ein Kind."

„Während deine Mutter gern mal eine Affäre hat", sagte Jesse.

„Sie ist verrückt nach Jungs", sagte Katie. „Genau wie ich."

„Wobei's bei dir ja auch mal ältere Männer sein dürfen."

„Sie meinen Harrison? Ja, und ich hab ihm sogar noch Sachen beigebracht. Er sagte, er könne nicht glauben, wie toll ich im Bett sei. Er hat eine Riesen-Jacht und Geld wie Heu. Meine Mutter ist wahrscheinlich nur neidisch. Sie kriegt immer nur die Loser ab."

„Wie hast du denn Harrison kennengelernt?", fragte Jesse.

„Genaugenommen hab ich erst Tommy kennengelernt, der mir dann Harrison vorgestellt hat."

„Tommy?"

„Tommy Ralston. Er hat auch 'ne Jacht, die ‚Sea Cloud'."

„Und wie hast du Tommy kennengelernt?", fragte Jesse.

„Durch Cathleen Holton. Sie brachte gleich einen ganzen Haufen Mädchen auf Tommys Boot. Sie sagte, es wäre unsere große Chance, mal ein paar wirklich coole Jungs kennenzulernen."

„Hat sie denn selbst ein Boot?"

„Nein, Tommy ließ uns abholen."

„Wie viele wart ihr?"

„Entschuldigung?"

„Zu wie vielen seid ihr auf die Jacht gefahren?"

„Ich, Cathleen, Beth, Nancy und Brittany – fünf Mädchen insgesamt."

„Alle in deinem Alter?"

„Ich war die jüngste", sagte Katie. „Ich hing schon immer lieber mit älteren Kindern ab."

Jesse nickte.

„Erzähl mir davon, was auf der Jacht passierte."

„Es war wirklich abgefahren. Vier Männer waren da und ein paar ältere Frauen. Wir hatten Drinks, rauchten Gras – und dann meinten die Jungs, es gehöre zum Einführungs-Ritual, dass wir alle mit ihnen ein Nümmerchen schieben."

„Hatte niemand damit Probleme?"

„Nur Nancy. Sie fing an zu heulen. Ihr sei übel, sagte sie. Sie wolle nach Hause."

„Und – verließ sie das Boot?"

„Sie sagten, dass jemand sie mit dem Beiboot absetzen würde, aber erst müsse sie einen Striptease machen."

„Tat sie's?"

„Erst wollte sie nicht, aber als man ihr sagte, dass man sie anderenfalls nicht an Land bringen würde, tat sie's dann doch. War aber voll peinlich."

„Und dann fuhr sie nach Hause?"

„Ja, einer der Matrosen setzte sie im Beiboot über."

„Und der Rest von euch machte Party?"

„Und wie!"

„Was war mit den älteren Frauen?"

„Erst schauten sie zu, dann machten sie mit."

„Klingt ja wirklich wie 'ne geile Sause", sagte Jesse.

„War's wirklich. Und dann sagte mir Tommy, ich sei so gut im Bett, dass er mich einem guten Freund vorstellen wolle. Ob ich morgen noch mal vorbeikommen wolle? Klar, sagte ich, und am nächsten Abend brachte mich das Beiboot zu Harrisons Jacht. Aber diesmal nur mich."

Jesse schwieg. Katie schaute ihn an, als erwartete sie eine Reaktion von ihm. *Herr im Himmel, sie möchte wohl auch noch Beifall von mir.* Er atmete einmal tief durch.

„Die meisten Leute machen meist das, was sie tun müssen", sagte er. „Und vielleicht musst du das ja tun. Aber es ist nicht gerade ein intelligenter Weg, sein Leben zu leben."

„Und warum nicht?"

„Kurzgesagt", sagte Jesse. „Du wirst als Person nicht wichtiger, nur weil eine Menge Leute mit dir vögeln wollen."

„Ich will mich überhaupt nicht wichtig machen", sagte sie. „Ich will nur meinen Spaß."

„In jedem Fall brauch ich noch die Namen der anderen Mädchen", sagte Jesse.

„Werden Sie ihnen verraten, dass Sie die Information von mir haben?"

Jesse blickte Molly an, die bisher keinen Ton von sich gegeben hatte. Sie zuckte mit den Schultern, schüttelte dann aber den Kopf.

„Um ganz ehrlich zu sein, Katie, hab ich nicht die leiseste Ahnung, was ich mit dir anfangen soll", sagte Jesse. „Aber die Namen schreib ich mir sicherheitshalber trotzdem mal auf."

35

Vor dem Schlafengehen pflegte Jenn stets ihre Zähne zu putzen. Jesse lag im Bett, den Kopf auf die verschränkten Hände gestützt, und schaute ihr durch die offene Badezimmertür zu. Sie trug beim Schlafen eins seiner bequemen T-Shirts – ganz so, wie sie es früher immer getan hatte. Als sie sich nach vorne beugte, um ihren Mund auszuspülen, streckte sie ihren Po heraus. Sie schaltete das Licht aus und kam zu Jesse ins Bett.

„Hast du dich wieder aufgegeilt?“, fragte sie.

„Ich hab nur deinen Hintern bewundert.“

„Er ist wirklich süß, oder nicht?“

„Dann hast du also nichts dagegen, wenn dein Hintern bewundert wird?“, fragte Jesse.

„Ich hab nichts gegen Bewunderung, gegen Aufgeilen aber auch nichts.“

„Bei mir war’s Bewunderung“, sagte Jesse.

Jenn drehte ihren Kopf und gab ihm einen flüchtigen Kuss.

„Erzähl mir, was du alles heute erlebt hast“, sagte sie.

Jesse spürte, dass das nicht ganz ernst gemeint war. Sie hatte immer ihren Spaß daran, sich über die Rituale trauter Zweisamkeit lustig zu machen.

„Jeder Tag, der abends mit dir im Bett endet, ist ein guter Tag“, antwortete er.

„Du kleiner Charmebolzen“, sagte sie.

„Ich wär froh, wenn ich den Fall mit der Wasserleiche endlich abschließen könnte", sagte er, „aber stattdessen ist aus dem Fall eine gottverdammte Kloake geworden."

„Ist das noch immer der Fall mit den Porno-Videos?"

„Ja, aber er ist nur noch schlimmer geworden."

„Willst du drüber sprechen?"

„Ja", sagte Jesse, „das ist sogar einer der Punkte, die ich wirklich vermisste, als wir uns trennten."

„Mit mir zu sprechen?"

„Ich könnte ständig mit dir sprechen."

„Dann leg mal los", sagte Jenn.

Sie hatten die Balkontür offen gelassen und konnten die Geräusche aus dem Hafen hören. Jesse lag auf dem Rücken und schaute beim Sprechen zur nackten, nicht gerade fantasieanregenden Decke hoch, während sich Jenn auf die Seite gedreht hatte und ihm zuhörte. Durch die offene Tür drang das Tuckern eines Motorboots. Die Wellen, die unablässig gegen den Damm im Süden des Hafens klatschten, waren dagegen so selbstverständlich geworden, dass man sie gar nicht mehr bewusst wahrnahm. Jenn kannte schon Teile des Falles, nicht zuletzt die Geschichte mit Darnell und den Sex-Videos. Jesse brachte sie auf den Stand der Dinge, rekapitulierte Kelly Cruz' Ermittlungen in Florida und erwähnte auch die Begegnung mit Katie DeWolfe.

„Dann organisieren die Schweine also sogar ihren Nachschub“, sagte Jenn.

„Und tauschen die Mädchen untereinander aus.“

„Und ihre Videos wahrscheinlich auch – oder glaubst du nicht?“

„Um sich damit aufzugeilen“, sagte Jesse.

„Davon kann man ausgehen“, sagte Jenn. „Aber welche Funktion haben die älteren Frauen an Bord? Hast du sie kennengelernt? Was für ein Spiel spielen die denn?“

„Vielleicht helfen sie ja dabei, den Mädchen die Scheu zu nehmen. Wobei Katie auch erwähnte, dass sie bei den Orgien voll einsteigen.“

„Das heißt also, dass du beide Männer wegen Vergewaltigung Minderjähriger festnageln kannst.“

„Das kann ich jederzeit“, sagte Jesse. „Ich will sie aber wegen Mord.“

„Beide?“

„Wer immer sie umgebracht hat. Wer immer dabei geholfen hat und wer immer davon gewusst hat.“

„Und was ist, wenn's keiner von beiden war?“, fragte Jenn.

„Einer von ihnen war's. Vielleicht auch beide.“

„Bist du dir sicher?“

„Ganz sicher.“

Sie lag noch immer auf der Seite und sah ihn an. Er lag auf dem Rücken und schaute zur Decke.

„Wenn ich mir deinen Hintern anschaue“, sagte

er nach einer Weile, „und dabei denke, dass es ein ausnehmend hübscher Hintern ist ..."

„Dann nennt man das Bewundern", sagte Jenn.

„Und wenn ich mir nun vorstelle, dass ich deinen Hintern mit beiden Händen packe, während wir gerade leidenschaftlichen Sex haben?"

„Das nennt man Aufgeilen."

„Ist das Eine besser als das Andere?", fragte Jesse.

„Jesse, die Beschäftigung mit diesem Sex-Fall treibt dich noch in den Wahnsinn", sagte Jenn.

„Glaubst du wirklich?"

Jenn atmete tief durch.

„Ich bin nun mal deine Sparringspartnerin im Bett", sagte sie. „Es ist völlig normal, dass du mich gerne anschaust, dich an mir aufgeilst und in Fahrt kommst."

„In die Pötte kommst?"

„Ja, in die Pötte kommst. Oder erwarte ich da zu viel von meinem kleinen Hamlet?"

Jesse grinste sie an.

„Heraus die Klinge! Rostig ist sie geworden unterdes. Es wird Zeit, dass ich Beschäftigung ihr bringe!"

„Das war aber nicht Hamlet", sagte Jenn.

„Aber Jose Ferrer in irgendeinem Film, den ich gesehen habe."

„Du meinst ‚Cyrano de Bergerac'."

„Fast so was wie Hamlet", sagte Jesse und drückte seine Lippen auf ihren Mund.

36

„Danke, dass Sie gekommen sind, Mr. Ralston", sagte Jesse.

Ralstons Kopf war kahl geschoren. Er war braun gebrannt und einen Hauch größer als Jesse. 1,80 Meter vielleicht. Und er war einer der übergewichtigen Männer, die ihr Fett als Muskeln zu verkaufen suchten. Sein weißes Hemd, mit Schulterklappen verziert, war bis zur Brust geöffnet und konnte die Wampe nicht verbergen. Zwischen den grauen Brusthaaren baumelte ein goldenes Kreuz an einer dicken Kette. Selbst in Jesses Büro hatte er seine futuristische Sonnenbrille nicht abgelegt.

„Worum geht's denn, Chief?", fragte er.

„Reine Routinesache", sagte Jesse. „Wir ermitteln in einem Mordfall. Eine Frau aus Fort Lauderdale mit dem Namen Florence Horvath."

„Noch nie gehört", sagte Ralston.

„Nun, das beantwortet schon die erste Frage", sagte Jesse. „Wir haben die Vermutung, dass sie von einer der Jachten stammte, die zur Rennwoche gekommen sind."

Ralston zuckte mit den Schultern.

„Und da Ihre Jacht nun mal in Fort Lauderdale registriert ist …"

„Klar", sagte Ralston, „absolut nachvollziehbar. Warum glauben Sie denn, dass sie von einer Jacht gefallen ist?"

„Ich hab nicht gesagt, dass sie gefallen ist."

„Wie auch immer. Haben Sie irgendwelche Anhaltspunkte?"

Jesse zog die drei Porträtfotos aus dem Horvath-Video heraus.

„Kennen Sie einen der drei?", fragte er.

Ralston studierte die Fotos für einen Moment, schüttelte den Kopf und reichte sie Jesse zurück.

„Völlig unbekannt", sagte er.

Er holte ein ledernes Zigarren-Etui aus seiner Brusttasche heraus.

„Wie wär's mit 'ner Zigarre, Chief?", sagte er. „Ich würd's vor Gericht natürlich abstreiten, aber es sind wirklich echte kubanische."

„Nein danke", sagte Jesse.

Ralston zuckte mit den Schultern und fischte eine Zigarre aus dem Etui.

„Laut Gemeinde-Ordnung darf in öffentlichen Einrichtungen nicht geraucht werden", sagte Jesse.

Ralston zögerte, schüttelte den Kopf und steckte das Etui wieder weg.

„Nicht zu fassen", sagte er.

„Kennen Sie vielleicht jemanden mit dem Namen Katie DeWolfe?"

Jesse konnte geradezu spüren, wie es in Ralstons Kopf klickte. Er schien einen Moment nachzudenken, schüttelte dann aber den Kopf.

„Nein", sagte er. „Kenn ich nicht. Warum fragen Sie?"

„Kennen Sie Harrison Darnell?“

„Darnell? Ja, natürlich. Wobei ich ihn auch nur flüchtig kenne. Die Jacht-Szene ist nun mal eine überschaubare Welt. Ich glaube, dass er der Besitzer der ‚Lady Jane‘ ist.“

„Die auch aus Fort Lauderdale kommt“, sagte Jesse.

„Richtig, stimmt. Das ist ja auch der Grund, warum Sie fragen – die Fort Lauderdale-Connection.“

„Könnte es sein, dass er Florence Horvath kannte?“, fragte Jesse.

„Das entzieht sich meiner Kenntnis, Chief …?“ Ralston schaute auf das Namensschild, das auf Jesses Schreibtisch stand. „Jesse Stone?“

Jesse nickte.

„Ich bin beim besten Willen nicht informiert, was Harrison Darnell weiß oder womit er sich gerade beschäftigt.“

„Womit könnte er sich denn möglicherweise beschäftigen?“, fragte Jesse.

„Ich hab doch gerade gesagt, dass ich das nicht weiß“, sagte Ralston. „Ich versuche wirklich, kooperativ zu sein, Chief, aber Sie suchen wohl die Konfrontation.“

Jesse nickte.

„Kennen Sie jemand namens Cathleen Holton?“, fragte er.

„Nein.“

„Was ist mit Corliss und Claudia Plum?“

„Nein. Wer zum Teufel sind all diese Leute?“

„Mandy Morello?“

„Herrgott nochmal, Chief. Was läuft hier eigentlich ab? Glauben Sie etwa, dass ich Dreck am Stecken habe?“

„Nein“, sagte Jesse, „ich klapper nur meine Liste ab.“

„Nun, ohne Ihnen zu nahe treten zu wollen: Ihre Liste nervt. Kann ich gehen?“

„Aber natürlich“, sagte Jesse. „Und nochmals vielen Dank, dass Sie vorbeigeschaut haben.“

37

Das Management des Jachthafens residierte gleich in der Nähe des „Boat Club“. Kelly Cruz saß dem Geschäftsführer gegenüber, der erwartungsgemäß braun gebrannt und wettergegerbt war. Er trug Shorts und ein Polo-Shirt, das ihn als Mitarbeiter des Jachthafens auswies. Wie Cruz bemerkte, befand sich auf seiner linken Wade ein kleines Tattoo. Sie mochte Tätowierungen, wenn sie denn dezent und geschmackvoll waren.

„Wow“, sagte der Manager, „für einen Cop sehen Sie aber verdammt gut aus.“

„Ich sehe sogar für eine Frau verdammt gut aus“, sagte Cruz. „Mein Name ist Kelly Cruz.“

„Bob“, sagte der Manager.

„Bob, haben Sie hier im Hafen reservierte Anlegeplätze?“

„Klar doch“, sagte der Manager. „Anderenfalls gäbe es nur Gerangel, wenn ein paar Boote gleichzeitig einlaufen.“

„Dann haben Sie also Unterlagen, aus denen die Reservierungen hervorgehen?“, fragte Kelly.

„Natürlich.“

Der Manager hatte kurzes schwarzes Haar, muskulöse Arme und benutzte offensichtlich ein Aftershave, das Cruz als sehr angenehm empfand.

„Darf ich einen Blick drauf werfen?“

„Kein Problem“, sagte der Manager. „Kommen Sie mal rum. Wir haben alle Unterlagen im Computer gespeichert.“

Cruz stellte sich neben ihn, während er nach der entsprechenden Datei suchte.

„Interessieren Sie sich für einen speziellen Eigner?“, fragte er.

„Thomas Ralston.“

Der Manager scrollte mit der Maus nach unten.

„Hier haben wir ihn schon. Besitzer der ‚Sea Cloud‘. Nummer 10A.“

„Was ist mit Harrison Darnell?“

Der Manager scrollte erneut.

„Müsste eigentlich 8A oder 12A sein. Ich erinnere mich … genau, 12A. Ich erinnere mich, dass sie Wert darauf legten, zwei Anlegeplätze nebeneinander zu bekommen.“

„Haben sie sich gemeinsam registrieren lassen?“

„Registrieren nennen wir das hier nicht, Kelly. Aber ja: Sie kamen vor einem, anderthalb Jahren und wollten Plätze weit draußen haben, aber direkt nebeneinander.“

„Kennen Sie vielleicht einen der beiden Herrschaften, Bob?“

„Nein, ich sah sie nur, als sie den Vertrag unterschrieben.“

„Wissen Sie denn, warum sie unbedingt nebeneinander liegen wollten?“

„Keine Ahnung.“

„Haben Sie eine Vermutung?“

„Um zusammen Party zu machen, denk ich mal. Zwei Boote sind besser als eins.“

„Doppelt hält in den meisten Fällen besser“, sagte Cruz.

„Völlig richtig, Inspektor Kelly Cruz.“

„Kelly ist mein Vorname.“

Bob grinste sie an.

„Hab mir schon gedacht, dass Sie keine irischen Wurzeln haben“, sagte er.

Cruz lächelte.

„Haben Sie vielleicht mal irgendwas Interessantes über die beiden Herren aufgeschnappt?“, fragte sie.

„Nicht die Bohne.“

„Kennen Sie jemand mit Namen Florence Horvath?“

„Auch nicht."

„Corliss oder Claudia Plum?"

„Nein, auch wenn die Namen einsame Klasse sind. Ich hab auch mal eine Frage, Kelly Cruz: Verabreden Sie sich eigentlich manchmal auch mit Leuten, die Sie verhört haben?"

„Wenn ich einen Babysitter auftreiben kann."

„Kinder?"

„Ja."

„Ehemann?"

„Nein."

„Passt doch", sagte Bob.

„Tut es", sagte Cruz und gab ihm ihre Visitenkarte.

38

Healy nahm seinen Hut ab und legte ihn auf die Ecke von Jesses Schreibtisch.

„Bin gerade auf dem Weg in den Feierabend", sagte er.

„Glückwunsch."

„Was bedeutet, dass ich nicht mehr im Dienst bin."

„Oh, wie konnte ich das nur vergessen", sagte Jesse.

Er stand auf, ging zum Aktenschrank und holte eine Flasche „Bushmill's Black Label" heraus. Er füllte ein Wasserglas bis fast zur Hälfte und reichte es Healy.

„Und Sie können mir noch immer keine Gesellschaft leisten?“, fragte Healy.

„Sind jetzt fast elf Monate“, sagte Jesse. „Noch nicht. Vielleicht aber auch nie.“

„Man muss das Leben nehmen, wie's kommt“, sagte Healy.

Er trank einen Schluck, legte den Kopf in den Nacken und schloss die Augen.

„Sie müssen ja nicht gleich einen Orgasmus kriegen“, sagte Jesse.

„Tut mir leid“, sagte Healy. „Aber können Sie sich noch an das Gefühl erinnern, wenn man abends das erste Glas zur Brust nahm?“

„Ich erinnere mich nur zu gut“, sagte Jesse. „Probleme habe ich eigentlich nur, wenn ich mich an das fünfte oder sechste Glas erinnern soll.“

„Den nächsten Schluck werd ich ganz leidenschaftslos zu mir nehmen“, sagte Healy.

„Ich weiß es zu schätzen.“

„Also“, sagte Healy, „Sie hatten gefragt, ob ich mal reinschauen könne.“

„Erinnern Sie sich noch an die Wasserleiche?“, fragte Jesse.

„Horvath“, sagte Healy. „Hatte schon lange im Wasser gelegen.“

„Ich bring Sie mal auf den neuesten Stand der Dinge“, sagte Jesse.

Healy nickte, griff zu seinem irischen Whiskey und lehnte sich zurück.

Als Jesse seine Ausführungen beendet hatte, ließ sich Healy die Situation für einen Moment durch den Kopf gehen. „Sie können die beiden natürlich jederzeit für Vergewaltigung Minderjähriger vor Gericht bringen", sagte er schließlich.

„Ich weiß."

„Aber wenn Sie das tun, haben Sie's mit einem Heer von Anwälten zu tun. Was bedeutet, dass Sie kein Wort mehr aus ihnen herausbekommen."

„Seh ich auch so."

„Sie wegen Vergewaltigung anzuklagen, um auf diesem Umweg ein Mordgeständnis zu bekommen, scheint mir ein wenig vielversprechender Weg."

„Ziemlich aussichtslos", sagte Jesse.

„Was bedeutet, dass Sie die beiden vorläufig einfach schmoren lassen."

Jesse nickte.

„Wofür brauchen Sie mich dann?"

„Ich möchte sie nicht aus den Augen verlieren."

„Sie haben Angst, dass sie sich aus dem Staub machen?"

„Sie wissen, dass ich sie auf dem Kieker habe", sagte Jesse. „Und sie haben Geld. Wenn sie sich unserer Zuständigkeit entziehen, wird es mir schwerfallen, sie wieder zurückzuholen."

„Vielleicht hätten Sie ihnen nicht signalisieren sollen, dass Sie an ihnen interessiert sind?"

„Vielleicht. Aber letztlich hab ich keine andere Wahl, als so lange zu schnüffeln, zu baggern und zu pieksen, bis einer von ihnen vielleicht die Nerven verliert."

Healy nickte. „Da sie keines Verbrechens beschuldigt sind, können sie sich frei bewegen."

„Andererseits könnten sie wegen Vergewaltigung jederzeit angeklagt werden."

„Dann sollen wir also ein Auge auf sie werfen und sie wegen Vergewaltigung festnehmen, sobald sie Paradise verlassen wollen?"

„Genau."

„Und ihnen dann sagen, dass sie natürlich das Recht auf einen Anwalt haben."

„Scheint mir mehr Sinn zu machen, als sie einfach laufen zu lassen", sagte Jesse. „Und ich hab nicht genug Manpower, um ihre Abreise zu verhindern."

„Wir könnten am Flughafen aushelfen", sagte Healy. „Und bei den potenziellen Bahnhöfen auch."

„Was ich wirklich bräuchte, ist die Unterstützung der Küstenwache. Dummerweise haben sie momentan ohnehin alle Hände voll zu tun."

„Ich denke doch, dass ich da ein Wort für Sie einlegen kann. Und wenn nicht, könnte ich wahrscheinlich auch eins unserer Boote loseisen. Sie wollen also mit einem Boot den Hafenausgang patrouillieren?"

„Das als Polizeiboot deutlich gekennzeichnet ist", sagte Jesse.

„Brauchen Sie's schnell?"

„Sofort", sagte Jesse.

Healy trank einen Schluck Whiskey.

„Schnell", sagte er.

Sie schwiegen für eine Weile.

„Glauben Sie, dass wir es bislang nur mit der Spitze des Eisbergs zu tun haben?", fragte Healy schließlich.

„Könnte ein ganzes Sex-Syndikat sein", sagte Jesse. „Darnell und Ralston rücken mit ein paar Frauen an und rekrutieren dann neue, meist ganz junge Mädchen. Florence war vielleicht nur einer der Lockvögel."

„Und aus dieser Konstellation entwickelte sich ein Vorfall, der Horvath das Leben kostete?"

„Genau."

„Und Darnell ist der Täter?"

„Ja."

„Wie passt dann Ralston ins Bild?"

„Weiß ich nicht. Vielleicht überhaupt nicht. Vielleicht ist er einfach ein Perversling, den wir nur wegen Vergewaltigung Minderjähriger festsetzen können."

„Könnte aber natürlich auch Ralston gewesen sein", sagte Healy.

„Nicht auszuschließen. Wir wissen ja, dass sie sich gegenseitig die Frauen zugespielt haben. Cruz in Fort Lauderdale hat herausgefunden, dass ihre Boote dort gleich nebeneinander liegen – am äußersten Rand des Jachthafens."

„Dann sind sie dort wohl der gleichen Beschäftigung nachgegangen", sagte Healy.

„Könnte man annehmen."

„Wie sehen denn nun Ihre nächsten Schritte aus?"

„Außer der Vergewaltigung hab ich ja nichts – wobei nicht mal klar ist, ob wir Ralston dafür belangen können. Darnell haben wir mit dem Video in der Tasche, aber das Mädchen wird vielleicht nicht gegen Ralston aussagen und ein Video gibt's leider nicht."

„Bauen Sie weiter Druck auf", sagte Healy. „Ich hab nicht den Eindruck, als seien die beiden Jungs aus hartem Holz geschnitzt."

„Da könnten Sie Recht haben", sagte Jesse.

„Und sie haben inzwischen schon an diversen Orten ihr Unwesen getrieben. Irgendwann wird einer eine Dummheit begehen und einknicken. Und wenn er nicht selbst der Täter war, wird er den anderen ans Messer liefern."

„Oder eins der Mädchen wird auspacken und gegen sie aussagen."

Healy nickte. Sie schwiegen wieder. Es war ein warmer Abend im Spätsommer. Draußen war es noch hell, doch im Westen ging die Sonne langsam unter. Healy nippte an seinem Whiskey. *Wäre nicht übel, wenn ich jetzt auch hier mit einem Glas sitzen könnte, dachte Jesse. Vielleicht kommt ja irgendwann einmal dieser Tag. Vielleicht aber auch nie.*

„Sie leben wieder mit Ihrer Exfrau zusammen?", fragte Healy.

„Wir wollen's nochmal zusammen versuchen."

„Und, funktioniert's?"

„So weit, so gut", sagte Jesse.

„Gut", sagte Healy und nahm noch ein Schlückchen.

„Sie sind auch verheiratet?", sagte Jesse.

„Schon lange. Zeitweise sind wir uns an die Gurgel gegangen, aber wir haben durchgehalten. Zum Glück."

Jesse nickte.

„Für Cops ist die Ehe immer eine Herausforderung", sagte Healy. „Ich kenn 'ne Menge, die nicht damit klargekommen sind."

„Was in meinem Fall sicher nicht das Problem war", sagte Jesse.

„Scheidungen sind so oft eine schmutzige Angelegenheit. Sie hassen sich gegenseitig, streiten um die Kinder oder das Geld oder alles Mögliche, das sich gerade anbietet."

„Ich kenn solche Ehen nur zu gut", sagte Jesse.

„Aber einige der Scheidungen tun einem wirklich weh. Sie liebten sich, sie verstanden sich – aber irgendwie kriegten sie's nicht auf die Reihe."

„Ein hartes Brot", sagte Jesse.

„Vielleicht das härteste, das es gibt", sagte Healy.

„Leute wie wir tragen das Herz nicht gerade auf der Zunge. Vielleicht sind wir alle ein wenig verschlossen."

Healy trank noch einen Schluck und wartete, bis sich die Wirkung des Alkohols entfaltete.

„Und die einzigen Leute, mit denen wir uns austauschen können, sind die Frauen, die wir geheiratet haben", sagte er.

„Ich weiß", sagte Jesse.

„Und dann geht die Ehe in die Brüche und mehr denn je brauchst du jemanden, mit dem du sprechen kannst. Aber sie war die Einzige, mit der du sprechen konntest. Kein Wunder, dass dann viele Jungs zur Flasche Wodka greifen."

„Immerhin gibt's für solche Fälle ja noch den Psychiater", sagte Jesse.

„Die meisten Cops haben mit den Seelenklempnern nichts am Hut."

„Ich schon", sagte Jesse.

„Vielleicht ist das ja der Grund, warum Ihre Frau wieder zurück ist."

39

Jenns Umkleideraum befand sich am Ende des Trailers, gleich hinter dem Produktionsbüro.

„Wie es sich für einen zünftigen Filmstar gehört", sagte Jesse.

Er hatte sich auf eine kleine Sitzbank gehockt, während Jenn das spezielle Make-up entfernte, das für die Fernsehkameras benötigt wurde.

„Wir haben auch ein richtig amtliches Budget", sagte Jenn. „Das ist hier nicht ‚Channel Three', sondern ‚Allied Broadcasting', die noch fünf andere Stationen in den großen Märkten des Landes besitzen – New York, Chicago, Los Angeles. Das wird praktisch landesweit ausgestrahlt."

Jenn stand in dem winzigen Badezimmer, wusch sich ihr Gesicht sorgfältig ab, kam heraus, trocknete es mit einem Handtuch ab und begann dann, ihr eigenes Make-up aufzulegen.

„Warum lässt du das andere Make-up nicht einfach drauf?", fragte Jesse.

Jenn schaute ihn im Spiegel an.

„Männer können schon dumme Fragen stellen", sagte sie.

„Hab ja nur gefragt", sagte Jesse.

Jenn lehnte sich nach vorne und arbeitete an ihrem Gesicht.

„Wenn ich hiermit fertig bin, werd ich dir was Hochinteressantes zeigen", sagte sie. „Du weißt, was eine B-Roll ist?"

„Klar, Hintergund-Material, das gewöhnlich von einer zweiten Unit aufgenommen wird – nur der Regisseur und der Kameramann, die zusätzliches Material produzieren."

„Zweite Unit", sagte Jenn. „Ich hatte schon vergessen, dass du jahrelang in Los Angeles gelebt hast."

„Jedes Kind in L.A. weiß doch, was eine zweite Unit ist. Ich hingegen kann sogar das Wort *mise-en-scène* aussprechen."

„Aber kannst du es auch erklären?"

„Fehlanzeige", sagte Jesse. „Ich hatte L.A. schon verlassen, als das auf dem Lehrplan stand."

Jenn trug ihren Lippenstift auf, trat einen Schritt zurück und schaute sich im Spiegel an. Sie ging noch einmal nah an den Spiegel heran und überprüfte die Details. Dann einen Schritt zurück, um aus mittlerer Distanz einen letzten Blick auf das Kunstwerk zu werfen. Sie drehte sich zu Jesse um.

„Jetzt schau dir das mal an", sagte sie.

Sie schob eine Kassette in das eingebaute Videogerät und drückte auf PLAY. Es war offensichtlich Rohmaterial, das an Bord mehrerer Jachten aufgenommen war. Dialoge gab es nicht. Jesse schaute aufmerksam zu.

„Ich hatte die Möglichkeit, mir Auszüge der B-Roll anzuschauen", sagte Jenn. „Marty ist einfach toll. Sie möchte zu allem mein Feedback hören. Und ich stolperte dabei über etwas, das dich eigentlich interessieren sollte."

„Willst du mir nicht verraten, was mich erwartet?", fragte Jesse.

„Wirst du schon sehen."

Jesse schaute stumm zu. Das Material war noch

nicht geschnitten und sprang deshalb abrupt von einer Szene zur nächsten.

„Holla", sagte Jesse plötzlich.

Jenn stoppte das Band, ließ es zurücklaufen und spielte die Szene erneut ab.

„Holla", sagte Jesse noch einmal.

„Hast du ihn erkannt?", fragte Jenn.

„Der Mann aus Florence Horvaths Sex-Video", sagte Jesse.

„Ein Teil des Dreier-Sandwiches", sagte Jenn. „Ich glaube, er war der Mann obendrauf."

„Und du hast ihn erkannt", sagte Jesse.

„Hab ich."

„Du musst dir das Video aufmerksamer angeschaut haben, als ich vermutet hatte", sagte Jesse.

„Ich bin von Natur aus wachsam", sagte Jenn. „Du hast ihn aber schließlich auch erkannt."

„Von mir erwartet man's schließlich", sagte Jesse. „War das so was wie ein Test?"

Jenn lächelte. „Sieht wohl so aus. Lieber wär's mir ja auch gewesen, wenn du's übersehen hättest – und ich dich dann mit der Nase drauf gestoßen hätte."

„Puh", sagte Jesse, „ein Glück, dass ich bestanden habe."

„Letztlich", sagte Jenn nach einer kleinen Pause, „bin ich das ja auch."

„Das muss Liebe sein", sagte Jesse.

„Sieht ganz so aus."

„Weißt du, wo das Band aufgenommen wurde?“, fragte Jesse.

„Alles ist detailliert erfasst“, sagte Jenn. „Wenn wir das Material schneiden, müssen wir ja irgendeinen Anhaltspunkt haben.“

„Wie clever“, sagte Jesse. „Und um welches Boot handelt es sich?“

„Die ‚Sea Cloud‘“, sagte Jenn. „Gestern aufgenommen. Der Eigentümer ist Thomas Ralston.“

„Gestern also“, sagte Jesse.

Jenn nickte.

„Alle Aufnahmen bekommen automatisch einen Zeitstempel“, sagte sie.

„Der Rammler ist also noch immer hier“, sagte Jesse.

Jenn zuckte mit den Schultern.

„Ich brauch ’ne Kopie von dem Band“, sagte Jesse.

„Nimm’s mit“, sagte Jenn. „Ich hatte schon eine Kopie für dich anfertigen lassen.“

„Mein lieber Mann“, sagte Jesse. „Vielleicht solltest du hier der Polizeichef werden.“

„Kommt nicht in die Tüte“, sagte Jenn. „Ich werd deswegen doch nicht das Showgeschäft sausen lassen.“

40

Sein Name war Eric Jurgen. Suitcase Simpson und Arthur Angstrom waren zur „Sea Cloud“ gefahren, um ihn aufs Revier zu bringen.

„Danke, dass Sie gekommen sind, Mr. Jurgen“, sagte Jesse.

„Ich versuche immer, den Anweisungen der Polizei zu folgen“, sagte Jurgen.

Ein ausländischer Akzent war unüberhörbar.

„Sind Sie im Ausland geboren, Mr. Jurgen?“, fragte Jesse.

„Ich bin Österreicher“, sagte Jurgen. „Ist das ein Problem?“

„Sie sind Besatzungsmitglied der ‚Sea Cloud‘?“

„Ja, Sir.“

„Kennen Sie Florence Horvath?“

Jurgen lächelte. „Florence“, sagte er. „Ja. Es tut mir unendlich leid, dass sie gestorben ist.“

„Woher kannten Sie sie?“

„Sie war mit Mr. Darnell, als ich auf der ‚Lady Jane‘ arbeitete.“

„Was heißt *mit* Mr. Darnell?“

„Na, Sie wissen schon – seine Freundin.“

„Hatte Mr. Darnell nicht mehrere Freundinnen?“

Jurgen lächelte wieder.

„Ja, Sir, viele sogar“, sagte Jurgen. „Aber sie war so etwas wie die Erste unter vielen.“

„Ich habe die Kopie eines Videos, das Sie und

einen anderen Mann beim Sex mit Florence Horvath zeigt."

„Oh", sagte Jurgen. „Oh mein Gott. Das Video ist also bei Ihnen gelandet."

„In der Tat."

„Hab ich etwa etwas Ungesetzliches getan?", fragte Jurgen.

„Nein", sagte Jesse, „aber ich würde mich gerne mit Ihnen über die Hintergründe dieses Videos unterhalten."

„Ich … Ich weiß nicht, was ich Ihnen sagen soll", sagte Jurgen. „Ich habe so etwas noch nie gemacht."

„Sex vor der Kamera?"

„Nein, das auch nicht", sagte Jurgen. „Aber ich habe auch noch nie eine Frau geteilt. Es war alles sehr peinlich."

„Wer ist der andere Mann?"

„Mein Bruder."

„Er heißt ebenfalls Jurgen?"

„Ja, Konrad."

„Wie ist das Video entstanden?"

„Florence wollte es machen."

„Warum?"

„Keine Ahnung. Sie lebte auf dem Boot, wir waren die Crew. Alle anderen waren an Land."

„War Darnell anwesend?"

„Um Gottes willen, nein. Ich könnte das niemals in Anwesenheit eines anderen Mannes machen."

„Mit Ausnahme Ihres Bruders."

„Das ist etwas anderes", sagte Jurgen.

„Wo hatten Sie zu diesem Zeitpunkt festgemacht?"

„Fort Lauderdale."

„Wer nahm das Video auf?"

„Ihre Schwestern."

„Florence Horvaths Schwestern?"

„Ja."

„Corliss und Claudia Plum?"

„Ich glaube schon. Ich kann mich nicht genau an die Namen erinnern, aber sie kommen mir in jedem Fall bekannt vor."

„Und es war Florences Idee?"

„Die ganze Geschichte", sagte Jurgen. „Sie sprach mich und meinen Bruder an. Es war uns peinlich, aber immerhin sind wir Brüder. Mit einem Fremden hätte ich das nie machen können."

„Und was ist mit den Plum-Schwestern?"

„Wir kannten sie nicht. Sie waren auch nicht, äh, aktiv beteiligt – wenn Sie verstehen, was ich meine. Zudem waren es ja auch Mädchen. Ich könnte mir nicht vorstellen, dass mich ein Mann dabei beobachtet."

Sie schwiegen für eine Weile. Jurgen saß aufmerksam auf seinem Stuhl und erwartete die nächste Frage.

„Hat die Ferkelei denn überhaupt jemandem Spaß gemacht?", sagte Jesse.

„Nun, es war … anders“, sagte Jurgen. „Wenn ein Matrose auf einer dieser Jachten anheuert, kann er über mangelnden Sex eigentlich nie klagen. Nach einer Weile gehört es fast schon zur Routine. Dieses Mal aber war …“

Er rotierte mit seiner rechten Hand, als suche er nach dem passenden Wort.

„Es war ungewöhnlich“, sagte er.

„Und was war mit Florence?“

„Ich glaube, sie hat es gemocht“, sagte Jurgen. „Allerdings war sie sehr mit der Video-Aufnahme beschäftigt.“

„Und Sie haben mitgemacht, weil Florence Sie gefragt hat?“

„Ja, ich mochte Florence. Mein Bruder Kon und ich mochten sie beide.“

„Hat sie Ihnen Geld dafür gegeben?“

„Nein, Sir, auf keinen Fall, Sir. Sie hat uns absolut nichts gegeben.“

„Ich wollte Ihnen auch nicht zu nahe treten“, sagte Jesse. „Haben Sie eine Vermutung, wie sie gestorben ist?“

„Nein, Sir.“

„Wo hält sich Ihr Bruder auf?“

„In der Karibik, Sir. Auf dem Boot von Mr. Damon.“

„Woher kommt Mr. Damon?“

„Das Boot ist in Miami registriert. Ich weiß aber nicht, ob Mr. Damon da auch lebt.“

„Vorname?“

„Von Mr. Damon? Weiß ich nicht, Sir.“

„Und wo leben Sie, wenn Sie nicht auf einem Boot arbeiten?“

„Miami, Sir. Kon und ich haben dort ein Apartment.“

Jesse schob ihm einen Notizblock rüber.

„Schreiben Sie mir Ihre Adresse auf“, sagte er.

Jurgen tat, wie ihm beauftragt. Jesse zog den Notizblock zurück und schaute auf die Adresse.

„Geben Sie mir Ihren Führerschein“, sagte Jesse.

Jurgen holte ihn heraus – und Jesse verglich die Anschrift. Es war die gleiche. Jesse gab ihm den Führerschein zurück und grinste Jurgen an.

„Bin nun mal von Natur aus argwöhnisch“, sagte Jesse.

„Kein Problem, Sir. Ich weiß, dass Sie auch nur Ihren Job machen müssen.“

Jesse nickte.

„Ich wäre Ihnen dankbar, wenn Sie unser Gespräch nicht an die große Glocke hängen würden“, sagte er.

„Aber die Leute auf dem Boot werden mich fragen, Sir.“

„Sagen Sie ihnen, dass es reine Routine war. Dass ich Sie nur gefragt habe, ob Sie an Bord irgendwas Ungewöhnliches bemerkt hätten.“

„Aber Sir …“

Jesse hob die Hand.

„Sagen Sie einfach, dass Sie meine Frage verneint hätten."

Jurgen lächelte.

„Wenn Sie das so wünschen, Sir."

41

Jesse hatte sich mit Rita Fiore auf einen Drink in Boston verabredet. Sie saßen im „Seaport"-Hotel und genossen den Blick auf den Hafen.

„Danke, dass die elenden Tunnelarbeiten dich nicht abgeschreckt haben", sagte sie. „Aber ich war fast den ganzen Tag im Gericht und brauchte sofort einen doppelten Martini."

„Gern geschehen", sagte Jesse.

„Du trinkst Coke?"

„Ja."

„Auf Entzug?"

„Seit elf Monaten", sagte Jesse.

„Autsch", sagte Rita.

Sie nippte an ihrem Martini.

„Das war um die Zeit, als ich dich zum letzten Mal gesehen habe", sagte sie.

„Kurz danach hab ich aufgehört."

„Hab ich dich derart in Panik versetzt, dass du umgehend nüchtern wurdest?"

Jesse grinste.

„Es gab da wohl noch andere Gründe", sagte er.

„Ja, hab's nicht vergessen. Die endlose Saga mit der Exfrau."

„Könnte einer der Gründe gewesen sein."

„Was ist aus euch beiden denn inzwischen geworden?"

Jesse hielt seine überkreuzten Finger hoch.

„Im Moment leben wir wieder zusammen."

„Oha, wie schön für dich", sagte Rita.

„Nun lass mal gut sein", sagte Jesse. „Du und ich hatten doch keine gemeinsame Zukunft."

„Das war vielleicht *deine* Sicht der Dinge", sagte Rita.

„Deine nicht?"

„Damals schien es zumindest eine Überlegung wert", sagte Rita.

Jesse sagte nichts. Rita trug ihre feuerroten Haare inzwischen lang. Sie saß seitwärts auf dem Barhocker und hatte ihre Beine so weit übereinander geschlagen, dass der kurze Rock noch weiter nach oben rutschte. Jesse schaute sie für einen Moment bewundernd an. Rita beobachtete ihn und zog vielsagend ihre Augenbrauen in die Höhe.

„Du bist immer eine Überlegung wert", sagte Jesse. „Zu jeder Zeit."

„Aber keine Frau für die Ewigkeit", sagte Rita.

Jesse lächelte und antwortete nicht. Rita hob ihr leeres Glas und winkte dem Barkeeper. Sie drehte sich wieder zu Jesse um und sah ihn mit einem strahlenden Lächeln an.

„Also“, sagte sie, „du bist anscheinend nicht hier, um mir einen Antrag zu machen.“

„Vor einer Weile hatte ich mal zwei Schwestern zu dir geschickt“, sagte Jesse.

„Die Plum-Zwillinge“, sagte Rita.

„Hat sich daraus irgendwas ergeben?“

„Hey, du glaubst doch nicht etwa, ich würde meine Vertraulichkeitspflicht über Bord werfen, nur weil du mir mal die Kleider vom Leib gerissen hast?“

„Ich hatte tatsächlich die Hoffnung“, sagte Jesse.

„Da sie meine Dienste aber nie in Anspruch nahmen, habe ich auch keine Verpflichtungen. Sie wollten meine Hilfe, um den Mord an ihrer Schwester aufzuklären.“

Jesse nickte.

„Ich schickte sie zu einem Privatdetektiv, den ich ganz gut kenne. Aber der Auftrag kam dann nie zustande.“

„Haben sie sich nicht mal mit ihm getroffen?“

„Doch“, sagte Rita, „aber sie wollten mit der Sprache einfach nicht raus. Und als er konkrete Fragen stellte, waren sie so nebulös, dass er sie kurzerhand vor die Tür setzte.“

„Was haben sie dir denn erzählt?“

„Sie hatten wohl den Eindruck, dass du ein Provinztrottel seist – und nicht so ein dynamischer Überflieger wie … ich zum Beispiel.“

„Sonst noch was?“

„Ich hatte den Eindruck, als sei ihre gemeinsame Intelligenz in etwa so groß wie die einer Schlammpfütze."

Jesse nickte.

„Sie erzählten mir, dass sie hier im ‚Four Seasons' abgestiegen seien", sagte er.

„Das sagten sie mir auch."

„Schade, dass sie deinen Privatdetektiv nicht engagiert haben."

„Er hätte dir ohnehin kein Wörtchen erzählt. Der Mann ist eine harte Nuss."

„Der perfekte Mann für dich", sagte Jesse.

Rita schüttelte nachdenklich den Kopf.

„Keine Chance", sagte sie. „Er hat sich in eine Psychiaterin verguckt."

„Wie praktisch, den Psychiater gleich im Haus zu haben", sagte Jesse.

„Würde zumindest die Anfahrt erheblich verkürzen", sagte Rita. „Was für ein Interesse hast du denn an den Plum-Zwillingen?"

„Sie sind vielleicht weniger unschuldig, als sie den Eindruck erwecken."

„Was sie aber nicht intelligenter macht."

„Weiß Gott nicht", sagte Jesse.

„Erzähl mir was", sagte Rita.

Jesse nahm einen Schluck von seiner Coke.

„Die ganze Geschichte?", fragte er.

„Je länger du sprichst, um so schneller erliegst du vielleicht meinem Charme", sagte Rita.

„Vor allem, wenn du mich mit Coca-Cola außer Gefecht setzt“, sagte Jesse.

„Dann trink doch noch eine“, sagte Rita.

Beide mussten sie grinsen. Jesse erzählte ihr alles, was er über den Tod von Florence Horvath wusste. Beim Sprechen bemerkte er, dass Ritas sexuelle Avancen in den Hintergrund traten, je länger sie ihm zuhörte.

„Wow“, sagte sie nur, als Jesse ans Ende gekommen war.

„In der Tat“, sagte Jesse.

„Ich war Staatsanwältin und Verteidigerin“, sagte Rita, „ich bin mein ganzes erwachsenes Leben auf beiden Seiten des Kriminalrechts tätig gewesen …“

Jesse nickte.

„… und nebenbei hab ich wahrscheinlich mit mehr Männern geschlafen, als du je verhaftet hast …“

„Wobei ich durchaus ein rühriger Cop bin.“

„… aber trotzdem bin ich sprachlos.“

„Ja“, sagte Jesse. „Da tun sich Abgründe auf.“

„Es ist einfach ekelerregend“, sagte Rita.

„Wobei ja nur einige Aspekte überhaupt strafbar sind“, sagte Jesse.

„Aber immer noch genug“, sagte Rita. „Das sind keine Leute, die von der Gesellschaft mit Füßen getreten wurden. Sie wuchsen nicht ohne Eltern in einem gottverdammten Ghetto auf. Sie sind nicht Opfer von Rassismus, Armut oder sozialen Benachteiligungen. Diese Leute haben keine Entschuldigung, der Abschaum der Gesellschaft zu sein."

„Wie wahr", sagte Jesse.

„Es treibt mich zur Weißglut", sagte Rita, „obwohl ich mit dem Fall überhaupt nichts zu tun habe."

„Ich weiß", sagte Jesse.

„Treibt es dich denn nicht auch auf die Palme? Diese Fixierung auf Sex ohne menschliche Regung? Diese Ausbeutung blutjunger Mädchen? Diese …" Rita ruderte mit den Händen. „Diese absolute Gefühlskälte, mit der sich diese Fick-Roboter durch die Betten vögeln?"

„Ich hab durchaus meine persönlichen Probleme damit", sagte Jesse, „versuche aber, Gefühle und Arbeit auseinanderzuhalten."

Rita lehnte sich auf ihrem Barhocker zurück, schaute Jesse nachdenklich an und nickte langsam.

„Du hast aber auch nicht zwei Martinis auf leeren Magen getrunken", sagte sie.

„Leider nein."

42

Jesse saß mit den Plum-Schwestern auf einer Bank im Public Garden – in unmittelbarer Nähe sowohl ihres Hotels als auch des Bootsstegs, an dem Bostons berühmte Schwanen-Boote anlegten.

„Der perfekte Ort", sagte Jesse. „Mitten in der Stadt."

„Was wäre das für ein Trip, wenn man was einwerfen und dann mit einem dieser Boote rumfahren würde.", sagte Corliss.

„Am besten nachts", sagte Claudia.

„Sie waren es, die das Video von Ihrer Schwester und den beiden Männern aufnahmen", sagte Jesse.

„Waaas?", sagte Corliss.

„Sie haben den Dreier mit Ihrer Schwester gefilmt."

„Haben wir nicht", sagte Claudia.

„Bestimmt nicht", sagte Corliss.

„Und ob", sagte Jesse. „Eric hat es mir schon erzählt und Kon wird es mit Sicherheit bestätigen."

„Woher kennen Sie denn Eric?", fragte Corliss.

„Ich bin der Polizeichef", sagte Jesse. „Ich weiß alles."

„Und Sie kennen auch Konrad?", fragte Claudia.

Jesse lächelte.

„Also, was hat's damit auf sich?", fragte Jesse.

Beide fingen an zu kichern. Jesse konnte sich zwar keinen Reim darauf machen, aber vielleicht war das ja eine Eigenheit der Plum-Familie: im Zweifelsfall immer erst kichern. Er wartete. Sie schauten sich gegenseitig an.

„Flo", sagte Corliss. „Flo war es, die uns darum bat."

„Auf Darnells Boot“, sagte Jesse.

„Oh, das wissen Sie also auch schon“, sagte Claudia.

Jesse nickte. Niemand sprach ein Wort. Die Schwanen-Boote, mit Kindern und Erwachsenen zogen voll besetzt langsam ihre Kreise auf dem kleinen See.

„Flo wollte es nun mal so“, sagte Corliss.

Sie schienen einen angeborenen Rhythmus zu haben, immer abwechselnd zu antworten.

„Warum?“, fragte Jesse.

Die beiden Mädchen schauten sich an. „Sie wollte Harry zeigen, was eine Harke ist“, sagte Claudia.

„Harry?“

„Harrison“, sagte Corliss.

„Darnell“, sagte Jesse.

Beide nickten.

„Und warum?“

„Weil er ihr den Laufpass gegeben hatte“, sagte Claudia.

„Sie war seine Freundin?“, fragte Jesse.

Beide lachten.

„Sie sind schon ein lustiger Kerl“, sagte Corliss.

„Wie sah ihre Beziehung denn aus?“, fragte Jesse.

„Sie war die Frau, die er sich warmhielt“, sagte Claudia.

„Und die anderen Frauen?“

„Waren sein Unterhaltungsprogramm“, sagte Corliss.

„So wie Fischen, Bridge oder Tontaubenschießen“, sagte Claudia.

„Und Florence hatte damit keine Probleme?“

„Nicht, solange sie ihre Position behielt“, sagte Corliss.

„Und die war?“, fragte Jesse.

„Erste Haremsdame“, sagte Claudia.

Beide kicherten sie wieder.

„Aber dann machte Darnell Schluss?“, sagte Jesse.

„Er schickte sie in die Wüste“, sagte Corliss, „und holte sich Blondie Martin.“

„Und Florence nahm das Video auf, um ihn eifersüchtig zu machen“, sagte Jesse.

„Weil sie mit ihm nie einen Dreier machen wollte“, sagte Claudia.

„Harrison hatte sie immer gedrängt, mit ihm und Tommy Ralston ins Bett zu gehen“, sagte Corliss.

„Aber sie weigerte sich?“

„Genau. Aber als er ihr dann den Laufpass gab …“

„Machte sie's mit zwei ehemaligen Besatzungsmitgliedern und schickte ihm das Video.“

„Um ihn eifersüchtig zu machen?“

„Ja.“

„Hat's funktioniert?“

„Immerhin ließ er sie nach Boston einfliegen“, sagte Corliss.

„Wir haben aber keine Flugbuchung unter ihrem Namen feststellen können“, sagte Jesse.

„Er ließ sie von seinem Piloten im Privatjet abholen."

„Wann war das?"

„Anfang Juni", sagte Corliss.

„Sie erzählte uns, dass Darnell früh zur Rennwoche gesegelt sei und dass sie ihn dort treffen würde."

„Wie heißt der Pilot?", fragte Jesse.

Die Schwestern schauten sich an und zuckten mit den Schultern.

„Larry", sagte Corliss.

„Nachname?"

Beide schüttelten den Kopf.

„Wir kennen ihn nur als Larry", sagte Claudia.

Sie schauten für eine Weile schweigend den Schwanen-Booten zu. Ein paar Eichhörnchen flitzten zwischen den zahlreichen Tauben hindurch – immer in der Hoffnung, vom Boot aus eine Erdnuss zu bekommen.

„Warum habt ihr mir das denn nicht alles schon früher erzählt?", fragte Jesse.

Die Schwestern zuckten mit den Schultern.

„Wir dachten wohl, dass Sie stinkig sein würden", sagte Corliss.

„Stinkig?"

„Nun ja, weil wir heimlich aufs Boot gegangen waren, um dort das Video zu machen. Und weil wir Angst hatten, dass Sie vielleicht Willis und Betsy davon erzählen würden", sagte Claudia.

„Euren Eltern?"
„Ja."
„Warum nehmt ihr darauf überhaupt noch Rücksicht?", fragte Jesse.
„Nun ja, sie kontrollieren noch immer Teile unseres Treuhand-Fonds."
„Ich verstehe", sagte Jesse. „Aber aus welchem Grund kamt ihr nach Paradise? Warum wolltet ihr mich sprechen?"
„Wir mochten Flo. Und es tat uns leid, was mit ihr passiert ist."
„Und bei der Gelegenheit wolltet ihr auch gleich abchecken, wie viel ich bereits wusste", sagte Jesse. „Weil ihr Angst hattet, die ganze Geschichte würde ans Tageslicht kommen."
„Wir wollten wissen, ob jemand für Flos Tod verantwortlich war", sagte Claudia. „Wir wollten bei der Suche helfen."
„Also habt ihr hier euer Hauptquartier bezogen", sagte Jesse und schaute zum „Four Seasons" hinüber, „um der Wahrheit zum Sieg zu verhelfen."
„Wir haben aber auch viel Spaß hier", sagte Corliss. „Haben Sie's eigentlich schon mal mit einer Frau und einem anderen Mann gemacht?"
„Nein."
„Wir finden zwei Frauen mit einem Mann eigentlich auch besser", sagte Claudia und drückte ihren Busen gegen Jesses Schulter.
Es hatte mit den Ermittlungen natürlich nicht

das Geringste zu tun, aber Jesse konnte nicht anders, als ihnen die Frage zu stellen – so unprofessionell sie auch sein mochte.

„Habt ihr jemals einen Gedanken an so was wie Liebe verschwendet?", fragte Jesse.

Die Zwillinge starrten ihn für eine Weile entgeistert an. Und fingen dann an zu kichern.

43

Kelly Cruz und Larry Barnes lehnten gegen den Kofferraum ihres Wagens und schauten den Privatjets zu, die am Fort Lauderdale Executive Airport starteten und landeten.

„Dann flogen Sie also Florence Horvath nach Boston", sagte Cruz. „Im Juni."

„Ja, ich erinner mich. Es war im letzten Monat."

„Den man gemeinhin Juni nennt", sagte Cruz.

Barnes grinste sie an. Er hatte einen dichten schwarzen Schnurrbart, längere Haare, eine Pilotenbrille und ein kurzärmliges weißes Hemd. Gleich über seiner beeindruckenden silbernen Armbanduhr trug er ein kleines Tattoo mit den Worten BAD NEWS.

„Erzählen Sie mir von dem Flug", sagte Cruz.

„Mr. Darnell rief an und sagte, ich solle sie hochfliegen. Sie würde sich mit mir in Verbindung setzen, um den Termin abzusprechen."

„Macht Darnell das oft?“

Barnes’ Gesichtsausdruck veränderte sich nicht, doch irgendwie hatte Cruz den Eindruck, als sei er von der Frage amüsiert.

„Oft“, sagte er.

„Mit verschiedenen Frauen?“

„Oft“, sagte Barnes.

„Gab es irgendwelche besonderen Vorkommnisse?“

„Statt Krug-Champagner wünschte sie diesmal Cristal auf Eis.“

„Was für ein Typ war Florence Horvath?“, fragte Cruz.

Barnes schaute sie an. Die Frage schien bei ihm offensichtlich Heiterkeit auszulösen.

„Wie viel von unserem Gespräch ist für die Nachwelt bestimmt?“, fragte er.

„Nur die faktischen Fragen: Wer flog sie? Wann? In wessen Auftrag? Ihre persönlichen Meinungen bleiben unser Geheimnis.“

Barnes nickte.

„Sie war so wie etwa 200 andere Flittchen, die ich geflogen habe: blond und beschränkt. Klar war sie sexy. Einmal fragte sie mich, ob ich’s schon mal in 10 000 Meter Höhe getrieben habe.“

Cruz nickte.

„Und Sie haben sie in Boston abgesetzt?“, sagte sie.

„Im Terminal für die Privatflüge. Trug ihr noch

die Koffer heraus. Sie war schon reichlich angeschickert. Übergab sie dem Limo-Fahrer. Ließ das Flugzeug wieder auftanken und flog zurück."

„Wissen Sie, welche Limo-Firma es war?"

Barnes schüttelte den Kopf.

„Nein, nur ein Fahrer, der ein Schild hochhielt."

„Und Sie flogen auch nicht wieder zurück, um sie abzuholen?", fragte Cruz.

„Nein. Das passiert auch nur selten. Meistens fliegen die Damen nur eine Strecke. Ich bring sie an einen Ort und von dort aus segeln sie dann mit Mr. Darnell zurück."

„Kennen Sie einen Thomas Ralston?"

„Dickerer Typ, der sich für Casanova hält?"

„Weiß ich nicht", sagte Cruz. „Hab ihn nie gesehen. Ich helfe nur der Polizei in Massachusetts."

„Worum geht's denn überhaupt?", fragte Barnes.

Kelly Cruz lächelte.

„Sie kennen also Thomas Ralston?"

„Klar, ich glaub schon. Mr. Ralston. Er fliegt oft mit Mr. Darnell zusammen."

„Wohin?"

„Gewöhnlich in Hafenstädte. Die Crew segelt das Boot irgendwohin und Darnell stößt dann dazu. Ich vermute mal, Ralston hat ein ähnliches Arrangement, hab aber nie gefragt."

„Haben Sie einen von beiden nach Boston geflogen?", fragte Cruz.

„Dieses Jahr nicht."

„Pflegen sonst noch Leute mit ihnen zu fliegen?"

„Nur der übliche Schwarm blonder Sexbomben", sagte Barnes. „Sie bechern kräftig und ziehen auch gerne mal am Joint."

„Sex?"

Er zuckte mit den Schultern.

„Ich bin nun mal vorne in der Kanzel", sagte er. „Aber ja, auch Sex gibt's nicht zu knapp."

„Wie können Sie das wissen?"

Barnes verzog keine Miene, machte aber wieder den Eindruck, als sei er von der Frage hochgradig amüsiert.

„Ah", sagte er, „es gibt immer verräterische Spuren."

„Ich danke Ihnen", sagte Cruz und klappte ihr Notizbuch zu.

„Wonach buddeln die Jungs in Massachusetts denn überhaupt?", fragte Barnes.

Cruz nahm eine Visitenkarte aus ihrer Tasche und reichte sie ihm.

„Florence Horvath starb dort unter ungeklärten Umständen", sagte sie. „Rufen Sie mich an, falls Ihnen noch was Interessantes einfallen sollte."

Barnes nahm die Karte.

„Glauben sie, dass Darnell sie ermordet hat?"

„Ich weiß nicht, was der letzte Stand der Ermittlungen in Massachusetts ist", sagte Cruz. „Ich arbeite nur in ihrem Auftrag."

„Wie's der Zufall will, kommt mir gerade was in

den Sinn, das Sie vielleicht interessieren könnte", sagte Barnes.

„Aber wohl doch nicht in 10 000 Metern Höhe", sagte Cruz.

„Natürlich nicht", sagte Barnes. „Wer sollte denn sonst das Flugzeug fliegen?"

44

Jesse und Molly saßen am Konferenztisch im Mannschaftsraum. In den vier Zellen auf dem Gang wurde lauthals gegrölt und schräg gesungen.

„Hört, hört", sagte Jesse.

„Betrunken und verhaltensauffällig", sagte Molly. „Wir haben sie auf der Front Street aufgegabelt."

„Heute?"

„Hmm."

Jesse schaute auf seine Uhr.

„Es ist gerade mal zehn Uhr", sagte er.

„Die Jungs lassen eben nichts anbrennen", sagte Molly.

Jesse nickte. Molly hatte ein großes gelbes Notizheft mit blauen Linien vor sich liegen.

„Okay", sagte Jesse, „das ist der Stand der Dinge: Wir wissen, dass Florence Horvath noch am Leben war, als sie in der ersten Juni-Woche nach Paradise kam. Falls nötig, könnten wir den genauen Tag sicher noch herausfinden."

Molly machte sich eine Notiz. Jesse stand auf, lief im Mannschaftsraum auf und ab und blieb schließlich am Fenster stehen, um auf den Fuhrpark der Stadtwerke zu blicken.

„Und wir wissen, dass ihre Leiche zu Beginn der Rennwoche an Land geschwemmt wurde."

„Am 12. Juli", sagte Molly.

„Die Gerichtsmediziner sagen, dass sie mindestens zwei Wochen im Wasser war, vielleicht aber auch länger. Sie lebte noch, als sie ins Wasser fiel. Die genaue Todesursache bleibt unbekannt, da die Leiche bereits ziemlich zerfleddert war."

„Musst du unbedingt das Wort *zerfleddert* benutzen?"

Jesse drehte sich um und ging wieder durchs Mannschaftszimmer. „Wir wissen, dass sie auf den Wunsch von Darnell nach Paradise kam, ebenso auf seine Kosten. Wir wissen, dass sie Thomas Ralston kannte. Wir wissen, dass Ralston und Darnell befreundet sind – und zwar enger, als es die beiden zugeben möchten. Beide leugneten, bestimmte Personen in ihrem Bekanntenkreis zu kennen. Wir wissen, dass Florence das Sex-Video mit zwei Matrosen machte, die auf Darnells Boot gearbeitet hatten. Wir wissen, dass ihre Zwillings-Schwestern das Video aufnahmen. Sie behaupten, Florence habe Darnell eifersüchtig machen wollen, nachdem er Florence verstoßen und Blondie Martin auf ihren Thron gesetzt hatte. Schließlich wissen wir aus dem Logbuch der Hafenmeisterei, dass sowohl Darnell als auch Ralston mit ihren Booten Anfang Juni hier festgemacht hatten."

Jesse drehte sich wieder um und ging zum Fenster zurück.

„Wo ist denn das Video geblieben?", fragte Molly.

Jesse hielt an.

„Das Video?"

„Sie muss es ihm doch geschickt haben", sagte Molly. „Wo ist es abgeblieben?"

„Er hat's zerstört", sagte Jesse. „Er wollte belastendes Material aus dem Weg räumen und ahnte nicht, dass noch Kopien davon kursierten. Wir wissen auch, dass Ralston und Darnell so etwas wie ein HighTech-Sex-System aufgebaut haben. Und wir wissen, dass sie örtliche – und blutjunge – Kandidatinnen rekrutierten."

„Wobei sie das sicher nicht nur in Paradise getan haben", sagte Molly.

„Vermutlich nicht. Wir sollten Healy fragen, ob er uns in diesem Punkt helfen kann."

Jesse schaute noch immer zum Fuhrpark der Stadtwerke hinüber. Auf der einen Seite des Geländes standen in Reih und Glied die Schaufeln, die im Winter vor die Räumfahrzeuge montiert wurden. Sie sahen aus wie die metallischen Überreste eines vorsintflutlichen Monsters, das in der heißen Sommersonne auf sein Skelett zusammengeschrumpft war.

„Wir wissen, dass sowohl Darnell als auch Ralston wegen Vergewaltigung Minderjähriger zur Rechenschaft gezogen werden können. Und wir sind uns ziemlich sicher, dass sie verurteilt werden. Bei Darnell ganz sicher, weil wir das Video haben. Ralston auch, falls das Mädchen vor Gericht bei ihrer Aussage bleibt."

„Aber all das beweist noch immer nicht, dass einer oder beide Florence Horvath ermordet haben", sagte Molly.

„Leider wahr", sagte Jesse.

Er drehte sich wieder und begann seinen Marsch durchs Zimmer.

„Genaugenommen können wir nicht mal beweisen, dass sie ermordet wurde", sagte Molly.

„Sie wurde ermordet – und Darnell war daran beteiligt", sagte Jesse.

„Und Ralston?"

„Ja", sagte Jesse.

„Er auch?"

„Ja."

„Du bist dir so sicher", sagte Molly.

„Ich kenne die Typen", sagte Jesse. „Ich weiß, wie sie ticken. Darnell und Ralston haben sie umgebracht."

„Zusammen?"

„Weiß ich nicht."

„Aber trotzdem weißt du, dass sie's taten?"

„Ja", sagte Jesse.

Er stand neben Molly. Sie schaute zu ihm hoch.

„Intuition?“, fragte sie.

„Ich bin schon lange ein Cop“, sagte Jesse.

„Aber es muss noch etwas anderes geben, das dich so sicher macht.“

Molly hatte sich in ihrem Stuhl gedreht und schaute ihn nun frontal an.

„Vielleicht bin ich ja ein bisschen so wie sie“, sagte Jesse.

„Einen Teufel bist du“, sagte Molly.

Jesse zuckte mit den Schultern.

„Ich mein das wirklich“, sagte Molly. „Du hast mit diesem Abschaum auch nicht das Geringste gemein.“

„Abschaum“, sagte Jesse. „Für ein irisch-katholisches Mädchen drückst du dich ganz schön rustikal aus.“

„Abschaum“, sagte Molly, „alle miteinander. Die Männer, die Frauen, die vermeintlichen Opfer. Alle zusammen. Wenn ich nur über sie rede, bekomm ich gleich das Gefühl, mich unter die Dusche stellen zu müssen.“

„Wir wissen jedenfalls mehr über sie, als man sich nur wünschen kann“, sagte Jesse. „Und so laufen Ermittlungen in Mordfällen manchmal: Man sammelt Belastungsmaterial über Belastungsmaterial und stößt dabei auf Dinge, die dich zum Kotzen bringen. Aber das Meiste davon hilft dir nicht, deinen Fall zu lösen.“

„Wie willst du dann diesen lösen?"

„Nach der guten alten Methode: weiter fragen, weiter Druck ausüben. Versuchen, ihnen Angst einzujagen. Vielleicht verliert irgendjemand die Nerven. Vielleicht lässt sich irgendjemand zu einer Kurzschlusshandlung hinreißen."

„Dürfte dir aber schwerfallen, mit einer Vergewaltigungsklage einen Verdächtigen zum Mordgeständnis zu bewegen", sagte Molly.

„Die Chancen würden steigen, wenn man sich entschließt, einen der beiden laufen zu lassen", sagte Jesse.

„Willst du das denn?"

„Nein", sagte Jesse.

„Die Aussagen eines Komplizen kommen bei Gericht nicht gut an", sagte Molly.

Jesse hatte sich auf die Ecke des Konferenztisches gesetzt.

„Ist auch egal", sagte er. „Ich werd sie mir schon beide schnappen."

Sie waren still. Molly kritzelte einen stirnrunzelnden Smiley auf ihren gelben Notizblock. Jesse saß auf der Tischplatte und ließ seine Beine baumeln.

„Alles okay mit dir und Jenn?", fragte Molly.

„Ja."

„Das Zusammenleben klappt?"

„Bislang ja."

„Mein Gott, bist du übervorsichtig", sagte Molly.

„Ich hab Angst, dass ich's wieder tun könnte", sagte Jesse.

„Was tun?"

„Was immer es war, vor dem sie beim letzten Mal Reißaus genommen hat."

„Vielleicht war es ja etwas, das sie getan hat", sagte Molly.

„Natürlich ist mir bewusst, dass sie sich auch nicht korrekt verhalten hat – ihre Affären und solche Sachen. Aber was habe ich getan, das sie zum Ausbrechen veranlasst hat?"

„Vielleicht gar nichts", sagte Molly. „Vielleicht war's ja ihr Fehler."

Jesse schüttelte den Kopf.

„Denn wenn's ihr Fehler war, kannst du sowieso nix machen", sagte Molly. „Nur wenn's dein Fehler ist, kannst du überhaupt reagieren."

Jesse schaute wieder zum Fenster hinaus.

„Ich danke dir, Molly", sagte er nach einer Weile.

Und Molly ging.

45

„Wenn ich nicht weiterkomme, nehm ich mir noch mal meine Notizen zur Brust", sagte Healy.

„Alle?", fragte Jesse.

„Ich fang vorne an und kämpf mich bis zur letzten Seite durch."

Es war ein Sonntag. Sie saßen auf Jesses Balkon mit Blick über den Hafen. Healy hatte eine Dose Bier in der Hand, Jesse trank Cola. Jenn war im Produktionsbüro, um neues Videomaterial zu sichten. Vor ihren Füßen hatte es sich ein älterer, übergewichtiger Corgi bequem gemacht. Er lag auf der Seite, hatte die Augen geschlossen und die Schnauze gen Meer gerichtet. Jesse hatte ihm einen Suppenteller mit frischem Wasser auf den Boden gestellt. Es war ein weißer Porzellanteller mit blauem Rand.

„Ich weiß", sagte Jesse.

„Aber Sie drücken sich davor", sagte Healy.

„Tu ich nicht."

„Ich helf Ihnen dabei", sagte Healy. „Ein zweites Paar Ohren kann nie schaden."

„An einem Sonntag?"

„Warum nicht?"

„Wir werden den ganzen Tag brauchen."

„Kein Problem", sagte Healy.

„Hängt bei Ihnen etwa der Haussegen schief?", fragte Jesse.

„Der jüngere Bruder meiner Frau ist zu Besuch. Mit Gattin und kleinen Kindern."

„Und Sie sind nicht gerade zum Kindergärtner prädestiniert?"

„Weder ich noch meine Frau", sagte Healy. „Aber es ist nun mal ihr Bruder."

„Und der Hund?"

„Buck ist von ihnen komplett genervt", sagte Healy. „Wenn er einen Anlass hat, beißt er zu."

„Dann ging es bei Ihrem Besuch also gar nicht so sehr darum, mir unter die Arme zu greifen?"

„Um ehrlich zu sein", sagte Healy, „hatte es damit überhaupt nichts zu tun. Warum holen Sie nicht Ihr Notizbuch?"

Jesse ging ins Schlafzimmer, holte sein Notizbuch heraus und ging zurück.

„Wollen Sie noch ein Bier?", fragte er.

„Nein, bin noch bedient", sagte Healy.

Jesse beneidete immer die Zeitgenossen, die sich an ein Getränk klammern konnten. Er hatte seine Coke längst hinuntergespült.

„Okay", sagte er, „sie wird also im Hafen angeschwemmt …"

Und sie kämpften sich durch das gesamte Material, durch Berge von Fakten und Befragungen, und hakten einen Tag nach dem anderen ab.

„Diese Cruz-Tante scheint gar nicht übel zu sein", sagte Healy einmal zwischendurch.

Jesse nickte.

„Die Leute legen sich normalerweise nicht so ins Zeug, um den Fall anderer Cops aufklären zu helfen."

„Ich glaube, sie hat sich in den Fall richtig verbissen", sagte Jesse. „Unglaublich, mit wie vielen Leuten sie schon gesprochen hat."

Healy nickte.

„Manchmal hat man halt Glück", sagte er.

Jesse fuhr mit seinen Notizen fort.

„Ich ging heimlich an Bord, als alle zum großen Muschelessen gefahren waren", sagte Jesse.

„Mit einem Durchsuchungsbefehl", sagte Healy.

Jesse grinste, sagte aber nichts.

„Okay", sagte Healy, „ohne Durchsuchungsbefehl also. Ich weiß davon nichts und hätte mir die Frage auch sparen können."

„In der Tat", sagte Jesse.

Er machte weiter, Healy hörte zu. Einmal stand Buck auf, schleppte sich zum Suppenteller mit dem blauen Rand und trank geräuschvoll Wasser. Dann ging er zu seinem alten Platz zurück, drehte sich zwei Mal um die eigene Achse und nahm wieder die gleiche Position ein – die Schnauze zum Meer gerichtet.

„Die Zwillinge erzählten ihren Eltern, dass sie in Europa seien", sagte Jesse. „Tatsächlich aber hingen sie in Sag Harbor mit einem Typen namens Carlos Coca ab."

„Haben Sie das mal überprüft?", fragte Healy.

„Nein."

„Könnte eine Spur sein", sagte Healy.

„Und hier ist noch gleich eine andere", sagte Jesse. „Sie sagten, dass sie vom Tod ihrer Schwester durch eine Freundin namens Kimmy Young erfahren hätten."

„Die Sie auch noch nicht überprüft haben?"

„Nein“, sagte Jesse.

„Kann passieren“, sagte Healy.

„Sollte aber nicht“, sagte Jesse.

Healy zuckte mit den Schultern.

„Wo ist diese Kimmy Young zu Hause?“

„Keine Ahnung“, sagte Jesse, „Vermutlich Süd-Florida.“

„Ich wette, Kelly Cruz könnte sie auftreiben“, sagte Healy.

Jesse nickte. Er widmete sich wieder seinen Notizen. Es war später Nachmittag, als sie endlich mit ihrer Arbeit durch waren. Jesse hatte vier Cokes getrunken, während Healy noch nicht mal sein erstes Bier ausgetrunken hatte.

„Trinken Sie nicht gerne?“, fragte Jesse, als er nach der Dose griff und feststellte, dass sie noch immer nicht leer war.

„Durchaus“, sagte Healy, „aber ich bevorzuge die kleinen Mengen.“

„Kaum zu glauben“, sagte Jesse.

„Hab es nie gemocht, sternhagelvoll zu sein“, sagte Healy.

Jesse nickte. Jenn betrat die Wohnung und kam auf den Balkon hinaus. Buck hob seinen Kopf, schaute sie prüfend an und streckte dann wieder alle Viere von sich. Jesse bemerkte, dass Jenn einen Blick auf Healys Bierdose warf und dann instinktiv zu ihm schaute. Wie immer trank er nur Cola.

„Captain Healy“, sagte Jenn mit einem strahlenden Lächeln. „Wie schön, Sie wiederzusehen.“

Jenns Outfit lief unter dem, was sie als Wochenend-Kleidung verstand: gelbe Joggingschuhe mit grünen Schnürsenkeln, grüne Cargo-Hosen mit gelbem Nietengürtel, ein gelbes Hemdchen mit grüner Halskette und grünen Ohrringen.

„Ganz meinerseits“, sagte Healy. „Vor allem freue ich mich, Sie an diesem Ort wiederzutreffen.“

„Ja, ich weiß“, sagte Jenn.

Jenn ging neben dem Hund in die Hocke. Ihre Hose straffte sich über ihrem Po. Buck öffnete seine schwarzen Augen und machte mit dem Stummelschwanz eine kaum bemerkbare Bewegung.

„War das ein Wedeln?“, fragte Jenn.

„War es.“

Wie heißt er denn?“

„Buck.“

„Darf ich ihn streicheln?“, fragte sie.

„Natürlich“, sagte Healy. „Er beißt nur Kinder.“

„Woraus man ihm ja keinen Vorwurf machen kann, oder?“

„Nicht die Bohne“, sagte Healy. „Ich würd sie ja selbst beißen, wenn ich nicht Angst um meine Rente hätte.“

46

Kelly Cruz saß mit Mrs. Plum auf der Terrasse des Tennis-Clubs, während Mr. Plum als Teil eines Herrendoppels den Schläger schwang. Cruz trank einen eisgekühlten Tee, Mrs. Plum Gin und Tonic.

„Ihr Gatte spielt ausgezeichnet“, sagte Cruz.

„Ja“, sagte sie, „im Doppel.“

„Ist er als Einzelspieler nicht so gut?“, fragte Cruz.

„Nein, er kann mit dem Stress des Mann-gegen-Mann-Spiels einfach nicht umgehen. Selbst deutlich schwächere Spieler können ihn problemlos besiegen. Es passiert nur selten, dass er überhaupt noch ein Einzel spielt.“

„Er ist wohl von Natur aus eher ein Team-Player“, sagte Cruz, um die Konversation am Laufen zu halten.

Mrs. Plum äußerte sich nicht.

„Es tut mir wirklich leid, dass ich Sie noch einmal belästigen muss“, sagte Cruz.

Mrs. Plum trank von ihrem Gin und zuckte mit den Schultern.

„Es ist nicht gerade so, dass wir von einem wichtigen Termin zum nächsten hetzen“, sagte sie.

Cruz lächelte. Mrs. Plum tat ihr irgendwie leid.

„Kennen Sie jemanden, der Kimmy Young heißt?“

„Kimmy Young“, sagte Mrs. Plum und nahm noch einen Schluck. „Kimmy Young. Ja, natürlich.

Sie ging mit unseren Zwillingen auf die Schule. Sie kam häufiger mal zu Besuch: Pyjama-Partys, CDs, Cookies – Sie wissen ja, wie Teenager sind. Ihre Mutter war die frühere Miss Oklahoma. Heiratete Randy Young von ‚Young Financial Services'. Er war im Lauf der Jahre wirklich ungemein erfolgreich."

„Wissen Sie, wo ich Kimmy finden könnte?"

„Die Youngs zogen nach Sarasota um, so weit ich weiß. Sie empfanden das Leben in Miami wohl als etwas zu hektisch."

Kelly Cruz warf einen Blick auf die jungen, in perfektem Weiß gekleideten Tennisspieler, die die Terrasse bevölkerten. Mrs. Plum hatte ihren Blick bemerkt.

„Nicht gerade unser Jahrgang", sagte sie. „Ich befürchte, wir sind schon etwas gesetzter geworden."

„Gingen die Mädchen auf eine Privatschule?"

„Natürlich."

„Welche?"

„Vandersea", sagte Mrs. Plum. „Die Vandersea-Schule."

„Hier in Miami?"

„Ja."

Cruz machte sich kurz Notizen. Mrs. Plum winkte einen Kellner heran und bestellte einen weiteren Gin.

„Warum fragen Sie nach Kimmy?"

„Ihr Name tauchte bei den Ermittlungen in Massachusetts auf", sagte Cruz.

„Kimmy war ein liebes Mädchen", sagte Mrs. Plum und verfolgte, wie ihr Mann gerade einen Aufschlag servierte. „Sehr helle."

Mr. Plum hatte einen platzierten Aufschlag, doch Cruz bemerkte, dass er danach nicht weiter nachsetzte. Vielleicht war es ja Taktik. Sie verstand von Tennis nicht allzu viel.

„Kennen Sie jemanden mit Namen Carlos Coca?", fragte Cruz, während sie noch schrieb.

„Um Himmels willen – nein", sagte Mrs. Plum.

Cruz nickte und schrieb weiter. Wäre ja auch ein Wunder, wenn Pflaumen plötzlich auf Coca-Sträuchen wachsen würden.

„Es muss aufregend sein, eine, äh, Polizistin zu sein", sagte Mrs. Plum.

„Die Aufregung hält sich in Grenzen", sagte Cruz. „Ich stelle vorwiegend Fragen und mache Notizen."

„Aber der Beruf muss Ihnen doch Befriedigung geben. Verbrechen aufzuklären – das ist doch sehr wichtig."

Cruz steckte ihr Notizbuch in die Handtasche, gleich neben ihren Revolver.

„Tut es auch", sagte sie. „Das Problem ist nur, dass es immer einen neuen Fall gibt, mit dem man sich dann dringend beschäftigen muss."

„Unser Gespräch ist jedenfalls der wichtigste Termin, den ich heute habe", sagte Mrs. Plum.

Kelly Cruz reagierte nicht.

„All das Geld … Geld schlägt Ihnen auf den Magen, wissen Sie. Nach einer Weile hat man keine andere Aufgabe mehr, als gut auszusehen und sich zu betrinken."

Cruz stand auf und streckte ihre Hand aus.

„Ich danke Ihnen jedenfalls ganz herzlich", sagte sie.

Mrs. Plum schüttelte ihre Hand, lächelte abwesend und schaute sich nach dem Kellner um.

47

Jesse saß im Büro und telefonierte mit Carlos Coca in Sag Harbor.

„Wie war noch mal Ihr Name?", fragte Coca.

„Jesse Stone. Ich bin der Polizeichef in Paradise/Massachusetts."

„Und warum sollte ich mit Ihnen sprechen wollen?"

„Weil ich sonst ein paar bärbeißige Cops aus New York auf den Weg schicke und Sie aus dem Swimmingpool zerren lasse."

„Ich bin aber gar nicht im Pool."

„War auch nur bildlich gemeint", sagte Jesse. „Erzählen Sie mir was über Corliss und Claudia Plum."

Am anderen Ende der Leitung war es still. Jesse wartete.

„Dumm und dümmer“, sagte Coca nach einer Weile. „Ja, die beiden waren mal kurz hier.“

„Wann?“

„Im Frühsommer. Muss das Memorial-Day-Wochenende gewesen sein. War nicht übel, auch wenn wir nicht gerade Party-Wetter hatten.“

„Wie lange blieben sie?“

„Zu lang“, sagte Coca. „Nach drei Tagen warf ich sie raus.“

„Warum?“

„Weil sie nicht reinpassten“, sagte Coca.

„Wie darf ich mir das vorstellen?“

„Sie sind völlig ausgeklinkt, kapiert? Mittags waren sie schon besoffen. Stolzierten oben ohne herum. Und ich hab ’ne Menge arrivierter Leute. Verdammt, ich hab den obersten Boss eines Bauträger-Konzerns zu Gast. Riesen-Firma. International. Er sitzt mit seiner Frau draußen am Pool und hat vor dem Lunch noch einen Drink. Und da kommt eine von ihnen – weiß der Teufel, welche von beiden –, natürlich oben ohne und unten nur einen Tanga, und setzt sich auf seinen Schoß. Trinkt aus seinem Glas. Nicht zu fassen.“

„Hat sie nicht gefroren?“

„Wer? Miss Knackarsch? Keine Ahnung. Warum?“

„Weil Sie doch sagten, es sei kühl gewesen.“

„Teufel auch“, sagte Coca. „Ich bin mir nicht mal mehr sicher, welches Wochenende es war. An allen

Wochenenden ist bei mir die Hölle los. Aber ich bin mir ziemlich sicher, dass niemand im Pool war."

„Dann war die barbusige Parade also nichts als Show?"

„Natürlich, für diese zwei Arschlöcher war alles nur Show. Herrgott nochmal, einige meiner wichtigsten Gäste verpissten sich nur wegen ihnen."

„Wie haben Sie die beiden kennengelernt?", fragte Jesse.

„Durch ihre Schwester."

„Florence?"

„Ja. Das ist wirklich ein süßes Ding. Sie war sogar noch wilder als die Zwillinge, hatte aber gleichzeitig auch Stil. Sie hat nie meine Gäste provoziert. Und sie wusste auch, wann sie mit dem Alk aufhören musste."

„Sie brachte ihre Schwestern auf Ihre Partys?"

„Nicht in diesem Jahr, aber ja – früher kamen sie zusammen. Jesus, sie waren noch minderjährig, als sie zum ersten Mal bei mir aufkreuzten. Die Lolita-Twins."

„Kamen Sie problemlos miteinander klar?"

„Klar. Es war Florence, die sie mit der Szene bekannt machte. Es war fast so, als würde sie die beiden einreiten."

„Ich vermute mal, dass Sex auf Ihren Partys großgeschrieben wird?"

„Hey", sagte Coca, „wollen Sie vielleicht gleich auch in meinem Privatleben rumschnüffeln?"

„Von mir aus können Ihre Gäste gerne auch einen Getränkeautomaten pimpern“, sagte Jesse. „Mich interessiert nur mein Fall. Alles, was Sie mir sonst erzählen, bleibt unter uns.“

„Nun ja, klar. Eine große Wochenend-Party ohne Sex gibt's nun mal nicht. Warum auch? Und ich vermute, dass Flo ihre Schwestern aus diesem Grund auch mitgebracht hat. Sie sollten hier ihre ersten Schritte machen – in einer sicheren Umgebung.“

„Sichere Umgebung?“, fragte Jesse.

„Durchaus. Es sind immer coole Leute auf meinen Partys. Für junge Mädchen ist es der ideale Ort, um – nun ja – erwachsen zu werden.“

„Selbst wenn sie minderjährig sind?“

„Nicht bei mir“, sagte Coca. „Zugegeben: Diese Jungs haben ein Herz für blutjunge Mädchen. Wobei die beiden auch nicht gerade Jungfrauen waren.“

„Haben Sie vielleicht eine Idee, wer sie entjungfert hat?“

„Keine Ahnung“, sagte Coca, „aber Flo erzählte mir, dass sie jedenfalls keine Jungfrauen mehr seien.“

„Wissen Sie, wohin sie fuhren, nachdem sie bei Ihnen rausgeflogen waren?“, fragte Jesse.

„Nee. Sie packten ihre Sachen und mein Fahrer fuhr sie in die Stadt.“

„Wohin genau?“

„Er sagte, er habe sie beim ‚Peninsula Hotel' rausgelassen."

„Und all das passierte Anfang Juni?"

„Ja, irgendwann in der ersten Juni-Woche."

„Und seitdem haben Sie nichts mehr von ihnen gehört?"

„Nein. Worum geht's hier überhaupt? Haben sie was angestellt?"

„Nur Routine-Fragen, Mr. Coca. Ihre Namen tauchten bei einer Ermittlung auf."

„Ist Flo auch involviert?"

„Indirekt."

„Nun, Flo hat definitiv mehr Klasse, aber durchgeknallt sind sie alle. Nach dem, was Flo mir erzählte, muss wohl die ganze Familie gaga sein."

„Die ganze Familie?"

„Hat Flo mir jedenfalls immer erzählt."

„Können Sie sich an Details erinnern?"

„Nein, nur dass sie meschugge seien. Das ganze Geld habe sie ruiniert."

„Hat sie damit auch ihre Eltern gemeint?"

„Hat sie so nicht gesagt, aber alle schienen ihre Probleme mit dem Vater zu haben."

„Und wieso?"

„Hören Sie mal – bin ich vielleicht der Telefon-Seelsorger? Sie haben immer nur viel von ihm geredet – Daddy hier, Daddy da. Als ob er in ihrem Leben eine wichtige Rolle spiele."

„Was Eltern ja gewöhnlich tun", sagte Jesse.

„Ja, hab ich auch schon mal läuten hören."

„Fällt Ihnen nicht mehr ein, was sie über Daddy gesagt haben?"

„Wenn Sie diesen verdammten Zwillingen zu lange zuhören, kriegen Sie doch einen Hirnschlag", sagte Coca. „Verstehen Sie, was ich meine? Ich musste mich schon zusammenreißen, um sie komplett zu ignorieren. Die meiste Zeit kichern sie nur dumm rum."

„Sie können sich also nicht an ein Beispiel erinnern?"

„Was zum Teufel hab ich Ihnen denn gerade lang und breit verklickert?"

„Dass Sie sich an kein Beispiel erinnern können", sagte Jesse. „Mr. Coca, ich danke Ihnen für Ihre Zeit. Vielleicht ruf ich Sie in ein paar Tagen nochmal an – nur für den Fall, dass Ihnen noch was einfällt."

„Was wir nicht hoffen wollen."

Nachdem er den Hörer aufgelegt hatte, drehte sich Jesse geistesabwesend auf seinem Stuhl hin und her. Schließlich drehte er sich kurz entschlossen zum Schreibtisch zurück, griff erneut zum Telefon und rief Kelly Cruz an.

48

Kelly Cruz saß im kleinen Wohnzimmer von Kimmy Youngs Apartment in Coconut Grove.

„Wie haben Sie mich überhaupt gefunden?“, fragte Kimmy.

„Über die Organisation der ehemaligen Schüler von Vandersea“, sagte Cruz.

„Mein Gott“, sagte Kimmy. „Die verlieren wirklich nie deine Spur. Die CIA sollte sich ihre Dienste zu Nutzen machen.“

Cruz lächelte.

„Lassen Sie mich erklären, warum ich hier bin“, sagte sie.

„Bitte, Mam.“

„Mein Name ist Kelly Cruz, aber ich hoffe, dass Sie mich Kelly nennen.“

„Kimmy.“

„Prima“, sagte Cruz. „Haben wir das schon mal aus dem Weg geräumt.“

Kimmy war blond – wie konnte es anders sein. *Außer mir scheinen hier alle blond zu sein.* Sie hatte ein aufgeschlossenes Wesen und war hübsch, wenn auch übergewichtig.

„Sie kennen Corliss und Claudia Plum“, sagte Cruz.

„Ich ging mit ihnen zur Schule.“

„Und Sie waren es, die die beiden über den Tod ihrer Schwester informierten?“

„Flo?“

„Florence Horvath.“

„Sie ist tot?“, fragte Kimmy.

„In der Tat.“

„Mein Gott“, sagte Kimmy.

„Ich entnehme dem, dass Sie es nicht waren, die die Zwillinge darüber informierten?“

„Um Himmels willen – nein.“

„Wie haben sie denn davon erfahren?“

„Ich weiß es nicht. Ich hab sie seit Jahren nicht mehr gesehen.“

„Wirklich?“

„Seit Jahren nicht. Beim letzten Mal war ich vielleicht 15 Jahre alt.“

„Und wie alt sind Sie jetzt?“

„Im August werd ich 21.“

„Und Sie gehen aufs College?“

„University of Miami. Noch ein Jahr.“

„Ihre Familie lebt in Sarasota.“

„Ja, und bevor wir umzogen, hab ich die Plums zum letzten Mal gesehen.“

„Das war also in welchem Jahr?“

„Äh … es war das letzte Schuljahr auf Vandersea. Ich war damals 17.“

„Dann haben Sie die beiden also nicht mehr gesehen, seit Sie 17 sind“, sagte Cruz.

„Nein.“

„Aber Sie sagten doch gerade, Sie seien beim letzten Mal 15 gewesen.“

„Nun, ich hatte sie schon vorher etwas aus den Augen verloren."

„Nach dem, was ich gehört habe, waren Sie aber gut mit ihnen befreundet"

„Nicht wirklich."

„Ich hörte, dass Sie bei den Plums oft übernachtet haben. Das machen doch eigentlich nur Freunde."

„Ich war aber nur ein paar Mal bei ihnen."

„Als Sie 15 waren?"

„Genau."

Im Zimmer schien es gespenstisch still. Kimmy vermied jeden Augenkontakt. Ihre entwaffnende Offenheit war wie weggewischt. Cruz spürte, dass sie innerlich zugemacht hatte. Irgendetwas in ihrem Kopf schien eingerastet zu sein und blockierte nun jede weitere Kommunikation.

„Was passierte, als Sie 15 waren?", fragte Cruz.

Kimmy schaute auf den Boden und schüttelte den Kopf.

„Irgendetwas muss passiert sein", sagte Cruz.

Kimmy schüttelte noch immer den Kopf, doch Cruz ließ sich nicht irritieren. Sie wusste, dass sie ihren Finger in eine offene Wunde gelegt hatte.

„Florence Horvath starb unter mysteriösen Umständen", sagte sie. „In einer kleinen Stadt in der Nähe von Boston. Ich helfe bei den Ermittlungen."

Kimmy schaute noch immer zu Boden und schüttelte den Kopf.

„Vor meinem Besuch sprach ich mit dem dortigen Polizeichef. Er meinte, ich solle ein besonderes Augenmerk auf alles richten, was irgendwie mit Mr. Plum zu tun hat."

Kimmy hörte auf, ihren Kopf zu schütteln. Sie zog ihre Schultern hoch, als wolle sie ihren Hals vor einem Angreifer schützen. Cruz war schon früher Fällen missbrauchter Kinder begegnet. Auch wenn sie die Symptome nicht definieren konnte, wusste sie doch instinktiv, dass auch in diesem Fall Sex eine Rolle gespielt haben musste.

„Ist irgendetwas passiert, an dem Mr. Plum beteiligt war?"

Kimmy stand auf, lief zum Bad und schloss die Tür. Cruz hörte, wie sich der Schlüssel drehte. Sie wartete. Nichts rührte sich. Nach einer Weile ging sie zur Tür.

„Kimmy?", rief sie.

„Gehen Sie weg."

„Kann ich nicht machen, Kimmy."

„Ich werd nicht rauskommen", rief Kimmy.

„Früher oder später werden Sie's müssen", sagte Cruz.

„Aber ich werde darüber nicht sprechen."

„Sie müssen", sagte Cruz. „Wollen Sie Ihr ganzes Leben hinter einer verschlossenen Tür verbringen?"

Cruz wartete. Kimmy reagierte nicht mehr. Die Tür ließ sich nicht öffnen.

„Kimmy?“, rief Cruz. „Ist alles okay mit Ihnen?“

Schweigen.

„Kimmy, ich muss sicherstellen, dass mit Ihnen alles okay ist. Deshalb wäre es das Beste, wenn Sie die Tür öffnen und mit mir sprechen.“

Schweigen.

„Ich mache mir Sorgen um Ihre Gesundheit, Kimmy“, sagte Cruz. „Entweder Sie kommen raus oder ich muss die Tür eintreten. Ich bin ein Cop, ich weiß, wie man das macht.“

Schweigen.

Cruz trat zwei Schritte zurück und rammte ihren Stiefel gegen die Stelle gleich neben dem Schloss. Sie hörte, wie der Türrahmen splitterte. Die Tür öffnete sich und Cruz ging hinein. Kimmy war nicht zu sehen. Sie zog den Duschvorhang zur Seite. Kimmy saß in der Badewanne, hatte die Beine an die Brust gezogen und drückte ihr Gesicht gegen die Knie.

„Nun kommen Sie, Kimmy“, sagte Cruz, „Stehen Sie auf.“

Kimmy bewegte sich nicht. Cruz beugte sich nach vorne, schob ihre Hände unter Kimmys Achselhöhlen und versuchte sie hochzuheben.

„Hoch mit Ihnen“, sagte sie.

Kelly war so schwer wie ein Sandsack.

Cruz legte ihre Finger auf Kimmys Halsader. Der Puls war okay, die Atmung normal. Es gab keine Anzeichen, dass sie versucht hatte, sich etwas anzutun. Sie rührte sich einfach nicht. Kelly versuchte es noch einmal, musste aber passen.

„Scheiße“, sagte sie.

Sie ging ins Wohnzimmer, griff zum Handy und forderte Hilfe an.

49

„Kimmy Young hat mit den Plum-Schwestern nie über Florence Horvaths Tod gesprochen“, sagte Cruz am Telefon.

„Von wem haben sie's denn erfahren?“, fragte Jesse.

„Weiß ich nicht“, sagte Cruz, „aber dafür bin ich auf was Anderes gestoßen.“

„Okay.“

„Kimmy und die Zwillinge waren einmal dick befreundet. Kimmy übernachtete bei ihnen, sie hörten zusammen Musik und sprachen über Jungs.“

„Hmm.“

„Als ich nachbohren wollte, flippte sie völlig aus. Ich musste den Notarzt rufen. Wir brachten sie ins Krankenhaus, wo die Ärzte sie soweit ruhigstellten, dass ich mit ihr reden konnte.“

Jesse hatte bereits ein ungutes Gefühl.

„Unter dem Einfluss des Beruhigungsmittels konnte sie reden. Sie erzählte, dass, als sie einmal bei den Plums übernachtete, Mr. Plum die Zwillinge missbraucht habe und sich dann über sie hergemacht habe."

„Scheiße", sagte Jesse.

„Das war auch mein erster Gedanke."

„Hat sie sich über Einzelheiten ausgelassen?"

„Ja."

Jesse wartete. Er konnte hören, dass Cruz tief atmete.

„Ich hasse es", sagte Cruz.

„Könnte mir auch ein appetitlicheres Thema vorstellen", sagte Jesse.

„Sie lagen alle auf dem Bett im Schlafzimmer und schauten sich Fotoalben an, als er im Bademantel hereinkam, die Tür verschloss, sich aufs Bett setzte und anfing, Kimmy zu streicheln. Er streifte den Bademantel ab und zeigte sich in seiner vollen Pracht. Offensichtlich war Kimmy völlig paralysiert."

„Wie alt war sie?", fragte Jesse.

„15 Jahre", sagte Cruz. „Und er erzählte, dass er seinen Töchtern immer einen Gute-Nacht-Kuss gebe und dass er das auch mit ihr machen wolle, weil sie ja nun mal ihr Gast sei. Daraufhin gab er seinen Töchtern einen Zungenkuss und dann auch ihr. Sie fing an zu heulen. Er griff unter ihr Kleid, und als sie sich wehrte und ihre Beine zusammenpresste, sagte er ihr, er werde ihr mal zeigen, wie unkompliziert das alles sei und machte sich über die Zwillinge her."

„Berührungen?“, fragte Jesse.

„Ficken“, sagte Cruz. „Sie wollte weglaufen, sagt sie, aber da sie am anderen Ende der Stadt wohnten, ging es nicht ohne ein Auto. Und die Zwillinge redeten auf sie ein, sie solle sich nicht wie ein Baby anstellen, also …“

„Tat sie es“, sagte Jesse.

„Genau.“

„Vor den Augen seiner Töchter.“

„Und als er sich erleichtert hatte, stand er auf, dankte ihr höflich und ging hinaus. Sie lief ins Badezimmer, nahm eine Dusche, zog sich an und rief ihren Vater an: Ob er sie abholen könne, weil sie sich mit den Zwillingen in die Haare gekriegt haben.“

„Und wie reagierten die Zwillinge?“, fragte Jesse.

„Kimmy sagt, dass dadurch alles nur noch schlimmer wurde. Die Zwillinge hätten alles ganz locker gesehen: *Na und, hat er dich eben gevögelt. Uns vögelt er doch auch.*“

„Hat sie jemandem davon erzählt?“, fragte Jesse.

„Nein.“

„Weiß sie, ob Florence auch missbraucht wurde?“

„Weiß sie nicht.“

„Aber es ist wahrscheinlich“, sagte Jesse.

„Sehr sogar“, sagte Cruz.

„Was geschieht jetzt mit ihr?“

„Sie bleibt die Nacht im Krankenhaus und

spricht morgen mit einem Psychiater. Dann wird entschieden."

„Werden ihre Eltern informiert?"

„Sie will nicht, dass sie etwas erfahren."

„Vielleicht sollten sie es aber trotzdem erfahren."

„Dieser Teil des Falles fällt in meinen Zuständigkeitsbereich, Jesse", sagte Cruz.

„Und Sie werden ihrem Wunsch folgen."

„Werd ich."

Jesse blieb stumm.

„Ich bleib weiter am Ball und halt Sie auf dem Laufenden", sagte Cruz. „Aber ich werde dieses Mädchen schützen, soweit es in meiner Macht steht."

„Sie machen genau das Richtige", sagte Jesse.

„Danke."

Wieder waren sie beide stumm.

„Irgendetwas stimmt nicht mit diesem Mann", sagte Cruz.

„Mr. Plum?"

„Ja. Sie haben ihn ja bislang nicht kennengelernt. Er ist einfach weg vom Fenster. Man denkt sich, es sei vielleicht Alzheimer, aber er pflegt durchaus seine sozialen Kontakte. Er spielt Tennis. Ich kann jedenfalls keine Demenzerscheinungen an ihm feststellen. Er säuft wie ein Loch – was sie allerdings auch tut."

„Mrs. Plum?"

„Ja."

„Glauben Sie, dass sie über alles im Bilde ist?"

„Ja."

„Aber sie weiß nicht, wie sie damit umgehen soll?"

„Das ist meine Vermutung", sagte Cruz. „Neulich erwähnte sie mir gegenüber, dass sie von ihrem Reichtum ruiniert worden seien. *Ruiniert,* sagte sie."

„Geld kann Leute nicht ruinieren", sagte Jesse. „Das tun sie schon selbst. Geld hilft nur dabei, die Konsequenzen des moralischen Ruins offenkundiger zu machen."

„Ich hatte nie Geld", sagte Cruz.

„Ich auch nicht, aber ich habe gesehen, was es anrichten kann."

Das Knistern der Leitung lag bleischwer in der Luft, als sie für eine Weile ihren Gedanken nachhingen.

„Bleiben Sie am Ball", sagte Jesse.

„Werd ich", sagte Cruz.

„Und ich dachte, es könnte nicht mehr schlimmer werden", sagte Jesse.

„Und schon ist's passiert."

„Und wie", sagte Jesse.

50

„Ihr Problem besteht darin, panische Angst zu haben", sagte Dix.

„Wovor?
„Vor Ihrer Beziehung. Sie haben sich einmal die Finger verbrannt und sind nun misstrauisch."
„Gebranntes Kind", sagte Jesse.
„Wovor haben Sie in Ihrer Beziehung am meisten Angst?"
„Dass ich wieder Scheiße baue und sie verliere."
Dix lächelte.
„Und was passiert, wenn sie es ist, die Scheiße baut?"
Jesse runzelte die Stirn.
„Molly sagte mir fast wörtlich das Gleiche", sagte er. „Sogar ganz ohne Honorar."
„Was hat Molly denn gesagt?"
„Dass unsere Trennung vielleicht Jenns Fehler war."
Dix nickte.
„War's so?", fragte er.
„Ich denke, dass für das Ende einer Beziehung immer beide verantwortlich sind."
„Klingt gut", sagte Dix, „aber glauben Sie das wirklich? Im Inneren Ihres Herzens?"
„Nein. Ich bin mir ziemlich sicher, sie mit meinem Verhalten vergrault zu haben."
Dix nickte, lehnte sich zurück und starrte für einen Moment die Decke an. Dann schaute er wieder zu Jesse hinüber.
„Sie nehmen die gesamte Verantwortung auf Ihre Schultern", sagte Dix. „Nehmen wir mal an,

es geht in Ihrer Beziehung was schief: Wenn es Ihr Fehler ist, können Sie hoffen, den Fehler in Zukunft zu vermeiden. Ist es aber ihr Fehler – komplett oder zumindest zum Teil –, können Sie es nicht verhindern. Sie sind also – komplett oder zum Teil – davon abhängig, ob Ihre Partnerin den Fehler nicht mehr begeht."

Jesse sagte für eine Weile nichts. Dix wartete. Jesse nickte zustimmend mit dem Kopf. Dix hatte Recht.

„Es geht um Kontrolle", sagte er.

„So könnte man es auch formulieren."

„Und Vertrauen."

„Wenn Sie denn sicher sind, dass das Vertrauen gerechtfertigt ist", sagte Dix.

„Und wie erklärt sich meine Neigung, alles sexualisieren zu wollen?", fragte Jesse. „Ist das auch Teil des Kontrollbedürfnisses?"

Dix seufzte.

„Ich glaube, dass Sie da einem Popanz auf den Leim gegangen sind", sagte er. „Sie klammern sich daran, weil es Ihr Verantwortungsgefühl nun mal so verlangt. Wenn Sie sich dieser Tatsache bewusst sind und nicht jeden Aspekt Ihrer Beziehung gewaltsam sexualisieren, werden Sie Ihre Frau auch nicht verlieren."

„Warum komme ich denn immer wieder auf das Thema zurück?"

„Ich glaube, dass Sie mit ihren früheren Seitensprüngen entspannter leben könnten, wenn Sie Ihre Partnerin nicht nur auf den Aspekt des Sex' reduzieren würden. Es würde Ihrem inneren Gleichgewicht sicher guttun. Andererseits glaube ich nicht, dass sich hier der wahre Grund für Ihre frühere Trennung finden lässt. Was Sie mir beschreiben, ist es eigentlich nichts anderes als eine gesunde Libido."

„Glauben Sie wirklich?"

„Klar", sagte Dix, „und Ihre Verunsicherung wird durch Ihre aktuellen Ermittlungen nur noch verstärkt. Denn da geht es ja auch um Kontrolle und die lieblose Reduzierung auf ein sexuelles Objekt."

„Was auch erklären würde, warum mir der Fall so an die Nieren geht."

„Gut möglich", sagte Dix.

„Also, wie kriegen wir die Kuh denn nun vom Eis?"

„Sie fangen einfach an, Ihr Verhalten zu ändern", sagte Dix.

„Einfach so?"

„Klar, einfach so. Glauben Sie etwa, das wäre Voodoo? Wenn Sie ein selbstzerstörerisches Verhalten an den Tag legen, werden Sie früher oder später an den Punkt kommen, wo Sie dieses Verhalten ändern."

„Und welche Rolle spielen Sie dabei?", fragte Jesse.

„Ich helfe Ihnen, an diesen Punkt zu kommen."
„Und – bin ich schon da?"
„Aber natürlich", sagte Dix. „Sie sind doch ein harter Hund. Sie können entscheiden, was für Sie notwendig ist. Entweder Sie vertrauen Jenn oder Sie akzeptieren die Tatsache, dass Sie dazu unfähig sind. Und dann sehen wir weiter."
Jesse nickte.
„Dann haben Sie also die ganze Zeit nichts anderes getan, als mich auf diesen Punkt vorzubereiten", sagte er.
Dix lächelte ihn an.
„Vorbereitung ist alles", sagte er.

51

Zwei uniformierte Polizisten der Bundespolizei – ein Mann und eine Frau – führten die Plum-Zwillinge in Jesses Büro. Molly trat als Letzte ein.
„Der Captain sagte uns, dass Sie uns weitere Instruktionen geben würden", sagte der Mann.
„Wie ist Ihr Name?", fragte Jesse die Frau.
„Maura Quinlin."
„Maura, bleiben Sie bitte hier. Ihr Kollege kann schon gehen."
„Ich warte im Streifenwagen", sagte ihr Partner.
Er ging hinaus.
„Bitte", sagte Jesse, „setzen Sie sich."

Die Geschwister nahmen Platz. Molly schloss die Tür und setzte sich mit Maura Quinlin gleich hinter die beiden.

„Ich bedanke mich fürs Erscheinen“, sagte Jesse.

„Es war eigentlich sogar ganz cool“, sagte Corliss.

„Mit dem Streifenwagen fahren und so“, sagte Claudia.

Jesse nickte.

„Und der Typ von der Bundespolizei ist rattenscharf“, sagte Corliss.

„Ein heißer Hund?“, fragte Jesse.

„Absolut“, sagte Claudia.

„Wobei Leute in Ihrem Alter ihn wohl eher als gestandenes Mannsbild bezeichnen würden“, sagte Corliss.

Jesse nickte und schaute die beiden an. Wie schon zuvor, schien Corliss auch diesmal die Wortführerin zu sein. Erst wenn sie etwas sagte, machte auch Claudia den Mund auf. Er zeigte mit dem Finger auf Corliss.

„Maura“, sagte er, „würden Sie bitte Corliss mit in den Mannschaftsraum nehmen und dort auf uns warten.“

„*Waaas?*“, sagte Corliss.

„Ich habe was Wichtiges mit Ihrer Schwester zu besprechen“, sagte Jesse.

„Aber wir bleiben doch immer zusammen“, sagte Corliss.

„Es wird nicht lange dauern", sagte Jesse. „Maura?"

Quinlin nahm Corliss am rechten Arm und half ihr hoch.

„Wir sind doch immer zusammen", sagte Claudia.

„Diesmal aber nicht", sagte Jesse.

Er nickte Quinlin zu, die Corliss behutsam um ihre eigene Achse drehte und aus dem Büro führte. Molly stand auf und schloss hinter ihnen die Tür. Jesse schaute Claudia an, sagte aber nichts. Claudia schaute ihn mit einem entwaffnenden Lächeln an.

„Wir sind nun mal Zwillinge", sagte sie, „wir mögen es nicht, getrennt zu werden."

Jesse schaute sie noch immer wortlos an.

„Hat Ihr Vater Sie sexuell belästigt?", fragte er.

Claudia starrte ihn an. „*Waaas?*"

„Ob Ihr Vater Sie einmal sexuell belästigt hat?"

Claudia schaute sich um, als würde Corliss aus heiterem Himmel aufkreuzen und ihr die Antwort abnehmen. Jesse wartete. Claudia schaute ihn wieder an und öffnete den Mund, sagte aber nichts. Jesse wartete. Claudia schaute über ihre Schulter zu Molly. Molly lächelte, sagte aber nichts.

„Das ist ja ganz furchtbar", sagte Claudia schließlich.

„In der Tat", sagte Jesse. „Hat er sich einzeln oder zusammen an Ihnen vergriffen?"

Claudia schüttelte den Kopf.

„Hat er Sie alle drei belästigt?“

„Drei?“

„Florence, Sie und Corliss.“

„Hören Sie auf, mir solche Fragen zu stellen.“

Sie fing an zu weinen. Jesse saß ruhig auf seinem Stuhl und beobachtete sie. Molly starrte auf ihre Hände, die sie im Schoß gefaltet hatte. Nach einer Weile holte Jesse eine Kleenex-Schachtel aus der Schublade heraus und stellte sie auf die Ecke des Schreibtischs, wo Claudia sie erreichen konnte.

„Lassen Sie mich konkretisieren, was ich mit *belästigen* meine“, sagte Jesse. „Nicht dass es später Missverständnisse gibt.“

Claudia nahm ein Kleenex und trocknete sich die Augen.

„Hat er Sie intim berührt? Hat er Verkehr mit Ihnen gehabt?“

Claudia lehnte sich nach vorne, legte die Hände über die Ohren und begann zu jammern. Jesse beobachtete sie wortlos.

„In Gottes Namen, Jesse“, sagte Molly, „lass das arme Kind doch in Frieden.“

„Ich brauche Antworten“, sagte Jesse.

„Nun, es gibt auch noch andere Vorgehensweisen“, sagte Molly. „Wenn du nicht aufhörst, sie noch weiter zu traumatisieren, werd ich im Gemeinderat eine Beschwerde gegen dich einreichen.“

Jesse gab einen grunzenden Laut von sich. Er stand wortlos auf und ging aus dem Büro. Als er die Tür hinter sich schloss, sah er, wie Molly den Arm um Claudias Schulter legte. Jesse grinste still vor sich hin und ging zum Mannschaftsraum.

Corliss und Maura Quinlin saßen schweigend am großen Tisch. Er setzte sich auf den Platz gegenüber von Corliss.

„Nun", sagte er, „die Wahrheit ist raus."

„Was für eine Wahrheit?"

„Die Wahrheit, dass Ihr Vater Sie sexuell missbraucht hat."

„Oh ... mein ... Gott", sagte Corliss.

52

„Die Geschichte mit dem Gemeinderat war begnadet", sagte Jesse.

„Dachte ich mir doch", sagte Molly. „Ich war der gute Cop, während du wie ein Monster rüberkamst."

„Und wie ein Angsthase", sagte Jesse.

Molly lächelte gequält.

„Jedenfalls hast du gleich das Weite gesucht, kaum dass ich den Gemeinderat erwähnte", sagte sie.

Sie schwiegen für eine Weile. Draußen wurde es langsam dunkel.

„Ich brauch 'nen Drink", sagte Molly.

Jesse nickte. Er ging zum Aktenschrank, holte

die Flasche „Bushmill's" heraus, schüttete Molly etwas in ein Wasserglas und reichte es ihr.

„Was wirst du denn deinem Gatten erzählen, wenn du mit einer Fahne nach Hause torkelst?"

„Ich werd ihm sagen, dass ich einen beschissenen Tag hatte", sagte Molly. „Und werd versuchen, nicht zu torkeln."

Molly trank einen Schluck, legte ihren Kopf zurück, schloss die Augen und atmete tief durch. Jesse ging zum Kühlschrank im Mannschaftsraum, holte sich eine Coke und kam zurück. Molly hatte noch immer die Augen geschlossen und atmete schwer.

„Was mich fix und fertig gemacht hat, war die Art und Weise, wie sie immer von *Daddy* sprachen und dass er sie so unglaublich liebe."

„Ein klassischer Verdrängungsmechanismus", sagte Jesse. „Sie redeten sich immer ein, dass ihr Vater sie nur aus Liebe vergewaltigt habe."

„Wie kann man sich so etwas einreden?"

„Weil es die einzige Möglichkeit ist, damit leben zu können", sagte Jesse.

Molly trank noch einen Schluck.

„Ich frage mich, ob Florence genauso tickte."

Jesse zuckte mit den Schultern.

„Aber wenn Daddy sie so liebte", sagte Molly, „warum mussten sie dann mit jedem anderen Mann in die Kiste steigen?"

„Die Suche nach Liebe?", sagte Jesse.

„So was nennst du Liebe?"

„Es war die einzige Definition, die sie kannten", sagte Jesse.

Molly nippte erneut an ihrem Whiskey.

„Wenn dem so wäre – warum reichte ihnen dann Daddy nicht?", fragte sie.

„Daddy war verheiratet", sagte Jesse.

„Oh mein Gott", sagte Molly. „Kommt jetzt auch noch Ödipus ins Spiel?"

„Ich quassel nur so vor mich hin", sagte Jesse. „Ich kenn mich in dem Thema nicht wirklich aus."

„Allein der Gedanke, Sex mit den eigenen Kindern zu haben …" Molly schüttelte den Kopf. „Ich kann's mir nicht mal vorstellen. Selbst der Versuch verschlägt mir den Atem."

Jesse sagte nichts.

„Wir mussten es aber einfach erfahren", sagte Molly.

Jesse nickte. Molly nahm noch einen Schluck. Das Glas war leer. Jesse schüttete ihr noch etwas nach.

„Aber sie damit zu konfrontieren war …" Molly suchte nach Worten. „Es war einfach ekelerregend."

„Wir haben sie dazu gebracht, es zuzugeben", sagte Jesse. „Sie werden aber noch lange brauchen, um es wirklich zu verarbeiten."

„Weißt du, was der schlimmste Moment war?", fragte sie.

Sie starrte ins Glas und fixierte den karamellfarbenen Whiskey.

„Als wir sie wieder zusammenbrachten. Die gottverdammte Wahrheit hockte da im Zimmer wie eine widerliche Kröte – und wir alle starrten sie hilflos an. Und wie sie dann heulten und flehten: ‚*Sagen Sie Daddy nichts, sagen Sie Daddy nichts.*'"

Jesse nickte. Molly trank noch einen Schluck.

„*Daddy*, verdammt nochmal, *Daddy*!"

„Dabei weiß Daddy schon alles", sagte Jesse.

„Aber er weiß nicht, dass wir's wissen."

„Stimmt auch."

„Als wären sie böse Mädchen, die ihren guten Daddy verpetzen", sagte Molly und trank. „Gehässige Petzen."

Jesse sagte nichts. Gegen die mütterlichen Instinkte, die bei ihr hochkochten, konnte er nichts ausrichten. Er beschränkte sich aufs Zuhören.

„Was werden sie in diesem Moment wohl machen?", sagte sie. „Zurück im Hotel, nachdem sie das Revier verlassen haben? Was wird mit ihnen passieren?"

„Sie haben wohl nur die gleichen Optionen, die sie auch schon vorher hatten", sagte Jesse.

„Was bedeutet?"

„Würd mich nicht wundern, wenn sie gerade etwas Koks schnüffeln", sagte Jesse. „Oder sich einen hinter die Binde kippen. Oder vögeln. Oder kichern."

Molly starrte ihn an.

„Mein Gott."

Jesse zuckte mit den Schultern.

„So haben sie sich bisher durchs Leben geschlagen", sagte er.

„Jesse, das sind 20-jährige Kinder. Sie sind gerade mal fünf Jahre älter als meine Tochter."

„Und sie sind verdorbene, dumme, unverantwortliche, amoralische Menschen", sagte Jesse.

„Aber sie sind auch unschuldige Opfer."

„Mag durchaus sein", sagte Jesse, „aber ich fühle mich nicht dazu berufen, nun Sympathie für sie zu entwickeln. Mein einziger Job besteht darin, den Mörder ihrer Schwester zu finden."

„Aber warum musstest du dann diesen ganzen Morast ans Tageslicht bringen?", fragte Molly.

„Der Morast existierte ohnehin schon", sagte Jesse. „Ich musste nur die Hintergründe verstehen lernen."

Molly streckte ihm das Glas entgegen.

„Noch einen", sagte sie. „Dann geh ich nach Hause und leg mich in die Badewanne."

Molly war den Alkohol nicht gewohnt. Sie fing bereits an, Worte undeutlich auszusprechen. Jesse schüttete ihr noch einen Schluck ein. Sie nippte daran und schaute ihn über den Glasrand an. Ihre Augen hatten einen weichen Glanz, den er von Jenn kannte, wenn sie zuviel getrunken hatte.

„Du bist so ein netter Mensch", sagte Molly.

„Meist jedenfalls. Und dann … kannst du plötzlich ein gefühlloser, zynischer Bastard sein."

„Nette Menschen kommen immer als Letzte ins Ziel", sagte Jesse.

„Das hat sicher mal irgendein Schlaumeier gesagt."

„Leo Durocher, der Baseball-Coach."

„Aber daran glaubst du doch selbst nicht."

„Zum Teufel", sagte Jesse, „ich bin dafür das lebende Beispiel."

Molly antwortete nicht. Sie saß bewegungslos auf dem Stuhl und trank ihren dritten Drink aus. Jesse nippte an seiner Coke.

Als sie das Glas geleert hatte, sagte Jesse: „Komm, Kleines, ich fahr dich nach Hause."

„Ich kann selbst fahren", sagte Molly.

„Nein, kannst du nicht."

53

Von Rita Fiores Büro hatte man einen Panorama-Blick über Bostons South Shore.

„Ms. Fiore wird sofort hier sein", sagte ihre Sekretärin und ließ ihn allein.

Jesse warf gerade einen Blick aus dem Fenster, als Rita in einem roten Anzug ins Büro kam und sich gleich hinter den Schreibtisch setzte.

„Wow", sagte sie. „Jackett und Krawatte."

„Ich tue mein Bestes, um mich dem Ambiente anzupassen", sagte Jesse. „Hast du noch mal mit deinem Privatdetektiv sprechen können?"

„Hab ich", sagte Rita.

Sie nahm ein Notizbuch aus der mittleren Schublade und blätterte durch ein paar Seiten.

„Er hat mir alles gesagt, was ihm zum Thema noch einfiel."

„Bin ich ihm nicht irgendwann einmal über den Weg gelaufen?", fragte Jesse. „Als er zu Ermittlungen nach Paradise kam?"

„Kann gut sein", sagte Rita.

„Ihm und einem furchteinflößenden schwarzen Kraftpaket?"

„Furchteinflößend ist die eine Beschreibung, zum Anbeißen die andere", sagte Rita.

Jesse grinste.

„Was hat er denn erzählt?", fragte er.

Rita studierte noch immer ihre Notizen.

„Sie wollten wissen, ob er eine Person beschatten könne", sagte Rita und machte wieder eine Pause.

„Ich hasse meine Handschrift", sagte sie. „Jedenfalls meinte er darauf: ‚Ich soll also jemanden verfolgen', worauf sie sagten, es ginge ihnen eigentlich mehr darum, wo sich diese Person in den letzten Monaten aufgehalten habe. ‚Klar', sagte er, ‚kann ich machen.' Um welche Person es sich denn handeln würde?"

Rita schaute hoch und lächelte.

„Und dann tauchte das kleine Hindernis auf“, sagte Rita. „Die Zwillinge wollten ihm nicht sagen, um wen es sich handelte.“

„Die Person, die er beschatten sollte?“

„So ist es.“

Sie versuchte wieder, ihre Handschrift zu entziffern.

„Er sagte, dass es schwierig sei, jemanden zu beschatten, wenn man nicht wisse, wer er sei und sie machten den Eindruck, als hätten sie darüber noch gar nicht nachgedacht. Sie schauten sich an und kamen wohl zur Überzeugung, dass sie den Namen nicht preisgeben konnten. Also lehnte er den Auftrag ab – verständnisvoll und freundlich, wie er behauptet.“

„Gaben sie irgendeinen Hinweis, um welche Orte es sich handelte?“

„Miami und Boston“, sagte Rita.

Sie schaute noch einmal in ihre Notizen.

„Miami und Boston oder Reisen zwischen den Städten.“

„Bingo“, sagte Jesse.

Rita wartete, doch Jesse schwieg.

„Wenn mich mein Eindruck nicht täuscht“, sagte sie nach einer Weile, „habe ich dir gerade einen wichtigen Hinweis gegeben.“

„Ja“, sagte Jesse.

„Und ich habe den Eindruck, als möchtest du diese Erkenntnis nicht mit mir teilen.“

„Stimmt auch", sagte Jesse.

„Und warum?"

„Weil du der beste Strafverteidiger in Massachusetts bist", sagte Jesse. „Und am Ende verteidigst du noch jemanden, den ich hinter Gittern sehen möchte."

„Und du unterstellst mir, dass ich einen unlauteren Vorteil aus unserem, äh, Verhältnis ziehen würde?"

„Absolut."

Rita lächelte.

„Natürlich würde ich das", sagte sie. „Also, was wirst du jetzt unternehmen?"

„Kelly Cruz anrufen", sagte Jesse.

„Kelly wer?"

„Jemand, den ich jetzt anrufen werde."

Jesse stand auf. Rita starrte ihn für einen Augenblick an.

„Wenn ich gewusst hätte, wie schräg du drauf bist, hätt ich dich nie so gnadenlos durchgevögelt", sagte sie.

Jesse grinste sie an.

„Natürlich hättest du das", sagte er.

Und beide mussten sie lachen.

54

Und noch eine Runde mit den Plums, dachte Kelly Cruz, als sie erneut auf der gleichen Terrasse saß und auf das gleiche blau-grüne Meer sah. Mr. und Mrs. Plum waren wie immer perfekt gebräunt und in strahlendem Weiß gekleidet. Der Wagen mit den Getränken stand bereits auf der Terrasse. Es war später Nachmittag – die Cocktail-Hour war eröffnet. *Vermutlich schon seit längerer Zeit,* dachte Cruz. Sie lehnte ein alkoholisches Getränk dankend ab und beschied sich mit einem 7-Up.

„Nur noch schnell ein paar Anschluss-Fragen", sagte Cruz, als sich alle gesetzt hatten. „Sind Sie in den letzten Monaten verreist?"

„Nein, wir waren immer hier", sagte Mr. Plum freundlich.

Er lächelte Cruz direkt an. Seine Augen warfen beim Lächeln sympathische Fältchen.

„Also, sagen wir seit Ende Mai?"

„Nein, wir waren hier", sagte Mr. Plum, noch immer charmant lächelnd.

„Mrs. Plum?", sagte Cruz.

„Nein", sagte sie. „Ich glaube, Willis ist mal mit dem Wagen nach Tallahassee gefahren, Anfang Juni vielleicht, aber ich war immer hier."

„Nein, bin ich nicht, Mama", sagte Mr. Plum.

„Du bist doch mal losgefahren, um einen neuen Laden zu eröffnen", sagte sie.

Mrs. Plum schaute Cruz an.

„Für Willis gibt's nichts Schöneres, als sich ins Auto zu setzen und einfach loszudüsen. Er ist schon kreuz und quer durch die USA gefahren."

„Nein." Mr. Plum sagte es freundlich, aber bestimmt. „Da bringst du was durcheinander."

Mrs. Plum schaute ihren Gatten an, der heute einen Gin Tonic trank. Er strahlte eine heitere Gelassenheit aus. *Hat sich gut im Griff*, dachte Cruz.

„Hast du denn nicht den neuen Laden in Tallahassee eröffnet? Gleich nach dem Memorial Day?"

Mr. Plum lächelte seine Frau liebevoll an.

„Mama, du wirst mir doch nicht vergesslich auf deine alten Tage? Im Juni bin ich definitiv nicht gefahren."

„Sie haben also einen Wagen?", sagte Cruz.

„Meine Liebe", sagte Mr. Plum, „natürlich haben wir einen Wagen."

„Wow", sagte Cruz, „in dieser paradiesischen Umgebung ist mir ein Auto nie in den Sinn gekommen. Haben Sie hier denn auch eine Garage?"

„Sicher", sagte Mr. Plum. „Und rund um die Uhr Bedienstete, die den Wagen in die Garage fahren."

Er sagte es mit merklichem Stolz.

„Ich vermute mal, Sie haben reservierte Abstellplätze", sagte Cruz. „Oder Plätze, die fest zum Apartment gehören?"

Sie bemerkte, dass Mrs. Plum ihren Gatten

stumm anstarrte. Mr. Plum erwiderte nachsichtig ihren Blick.

„Aber natürlich", sagte er freundlich. Er schüttelte das kleine Glöckchen und das kubanische Hausmädchen kam heraus, um ihnen vom Getränkewagen einen neuen Drink zu bringen. Cruz hatte von ihrem 7-Up kaum etwas getrunken. Mr. Plum widmete sich seinem neuen Drink und schien das Interesse an ihr plötzlich verloren zu haben. Er schaute gedankenverloren über die Biscayne Bay, während Mrs. Plum geistesabwesend ins Nichts starrte.

„Nun", sagte Cruz, „dann gab's wohl keine Reisen."

Mr. Plum schien sie nicht wahrzunehmen. Mrs. Plum zuckte mit den Schultern und schüttelte den Kopf.

Cruz stellte ihr halb volles Glas auf den Kaffeetisch und stand auf.

„Nun, ich danke Ihnen jedenfalls. Tut mir leid, Sie wieder belästigt zu haben."

Mr. Plum schaute weiter aufs Meer. Mrs. Plum läutete die Glocke. Das Hausmädchen kam und zeigte Cruz den Weg hinaus.

An der Tür hielt Cruz kurz an und lächelte dem Mädchen zu, *zwei kubanische Girls halt, in Gedanken an ihre gemeinsame Herkunft vereint.*

„Mi hermana", sagte Cruz, „erinnerst du dich, wann Mr. Plum nach Tallahassee fuhr, um den neuen Laden zu eröffnen?"

„Ja, Mam."
„Und Mrs. Plum fuhr nicht mit ihm?"
„Nein, Mam."
„Gut", sagte Cruz. „Ich danke dir, Magdalena. Die Garage ist sicher im Tiefgeschoss?"
„Ja, Mam."

55

Jesse hatte wieder einmal Kelly Cruz in der Leitung.
„Er lebt in einer anderen Welt, ist aber immer die Freundlichkeit in Person", sagte sie. „Man hat fast den Eindruck, als sei ihm ein Teil seiner Existenz abhanden gekommen. Was ihn aber nicht weiter zu irritieren scheint. Und er signalisiert seiner Umgebung, dass man sich um ihn keine Sorgen machen sollte."
„Wenn man einmal davon absieht, dass er ein Kinderficker ist."
„Stimmt", sagte Cruz.
„Und Sie glauben, dass seine Frau alles weiß?", fragte Jesse.
„Sie weiß es", sagte Cruz. „Wobei sie möglicherweise schon längst verdrängt hat, dass sie es weiß."
„Aber sie weiß es."
„Ja", sagte Cruz.
„Können Sie noch mehr aus ihr rausbekommen?"

„Vielleicht. Aber ich muss sie schon alleine packen können. So weit ich das beurteilen kann, sind sie praktisch ununterbrochen zusammen."

„Das stille Glück einer erfüllten Ehe", sagte Jesse.

„Abgesehen davon, dass er ein Kinderficker ist", sagte Cruz.

„Abgesehen davon", sagte Jesse. „Was ist mit dem Hausmädchen?"

„Hat die Scheuklappen aufgesetzt und will nichts erzählen."

„Nicht mal für ihre kubanische Schwester?"

„Selbst wenn ich rein kastillianischer Herkunft wäre, ginge ihr das am Arsch vorbei", sagte Cruz. „Sie hat einen guten Job und wird ihn nicht leichtfertig aufs Spiel setzen wollen. Ich musste schon tricksen, um überhaupt ein Wort aus ihr rauszubekommen."

„Und das andere Dienstpersonal?"

„Es gibt einen Koch und einen Mann für alles. Aber die sind noch mundfauler als das Hausmädchen."

„Dann kommen wir beim Personal also nicht weiter", sagte Jesse.

„Keine Chance", sagte Cruz. „Hartnäckige Zicke, die ich nunmal bin, hab ich aber auch die Tiefgarage ausgecheckt. Der zuständige Angestellte konnte sich nicht erinnern, ob Mr. Plum Anfang Juni seinen Wagen benutzte oder nicht. Daraufhin fragte ich ihn, ob der Wagen zurzeit auf seinem Platz stehe. Er bejahte die Frage und zeigte mir den Wagen. Ach ja – wir unterhielten uns natürlich die ganze Zeit auf Spanisch."

„*Muy simpatico*", sagte Jesse.

„Si", sagte Cruz. „Es ist ein schwarzer Cadillac Escalade, die Luxus-Version. Ich hab ihn mir angeschaut, aber nichts Auffälliges bemerkt. Allerdings sah ich hinter der Windschutzscheibe einen kleinen E-ZPass-Transponder, wie er neuerdings für die Benutzung von gebührenpflichtigen Straßenabschnitten eingesetzt wird."

„Gibt's auch in New York", sagte Jesse. „Bei uns in der Gegend arbeiten sie auch schon damit."

„Offensichtlich werden sie schon an der ganzen Ostküste benutzt", sagte Cruz. „Danach rief ich dann noch den neuen ‚Plum & Partridge'-Laden in Tallahassee an. *Ja,* der Laden wurde am Tag nach dem Memorial Day eröffnet – *nein,* Mr. Plum war bei der Eröffnung nicht dabei. Niemand in dem Laden scheint überhaupt zu wissen, wie er aussieht. Ich hatte den Eindruck, als habe er mit dem konkreten Management seiner Ladenkette grundsätzlich nichts am Hut."

„Aber Sie sind überzeugt, dass er irgendwo hingefahren ist?", fragte Jesse.

„Absolut. Mrs. Plum ließ sofort das Visier herunter, als er klargemacht hatte, dass er seinen Trip nach Tallahassee vehement abstreiten würde. Andererseits war er in den ersten Juni-Tagen definitiv nicht zu Hause."

„Wenn ich also von den E-ZPass-Leuten erfahren würde, auf welchen Strecken sein Autokennzeichen registriert wurde, wäre ich vielleicht ein Stück schlauer", sagte Jesse.

„Wenn er denn Straßen benutzte, auf denen E-ZPass eingesetzt wird", sagte Cruz.

„Und im schlimmsten Fall erfahre ich nur, was ich bereits weiß", sagte Jesse.

„Und das wäre?"

„Nada."

„Wow", sagte Cruz. „Sie sprechen ja tatsächlich richtig Spanisch."

„Ich hab nun mal früher in L.A. gearbeitet", sagte Jesse.

„Mein Beileid", sagte Cruz.

56

„Dein Gast ist bereits eingelaufen", sagte Daisy Dyke. „Oh la la."

„Oh la la?", sagte Jesse.

„Wär ich nicht eine verheiratete Frau, würd ich sie wahrscheinlich gleich anbaggern."

„Ich glaube, sie ist wohl eher auf meiner Seite des Zauns zu Hause", sagte Jesse.

„Weiß man nie, wenn man's nicht versucht hat",

sagte Daisy. „Bringst du denn deinen Bagger in Stellung?"

„Nicht doch. Ich bin rein dienstlich hier."

Blondie Martin saß an einem Tisch neben der Bar und trank einen Lillet-Aperitif mit Eis. Daisy zog den Stuhl für Jesse zurück und ließ ihn Platz nehmen.

„Also", sagte Blondie, als Daisy gegangen war, „was ist denn der Grund, dass Sie mich hier und nicht in einer düsteren Zelle Ihres Reviers in die Mangel nehmen?"

„Ich hatte Angst, dass Sie die Zelle zu sehr ins Herz schließen würden", sagte Jesse.

„Vor allem, wenn Sie mir noch Handschellen angelegt hätten", sagte Blondie.

Die Kellnerin trat an den Tisch. Jesse bestellte einen eisgekühlten Tee, Blondie einen weiteren Aperitif.

„Kein Alkohol im Dienst?", fragte Blondie.

„Auch keinen privat", sagte Jesse.

„Haben Sie noch nie getrunken?"

„Doch, früher."

„Sind Sie ein Alkoholiker?"

„Schwer zu sagen", sagte Jesse. „Im Moment trinke ich jedenfalls nicht."

Die Kellnerin brachte ihre Getränke und nahm die Bestellungen entgegen.

„Also, was wollen Sie denn nun mit mir anstellen, Herr Chef-Dödel?", fragte Blondie. „Haben

Sie mich im Video nicht schon ausgiebig bewundert?“

„Das Band ist vom vielen Sehen schon durchgeschlissen“, sagte Jesse. „Trotzdem möchte ich heute lieber über Darnell sprechen.“

„Harrison? Warum wollen Sie über Harrison sprechen, wenn wir doch genauso gut über mich reden könnten?“

„Ist nun mal ein Arbeitsessen“, sagte Jesse. „Was macht Harrison so attraktiv?“

„Geld“, sagte Blondie.

„Und das zieht Sie auch an?“

„Klar“, sagte Blondie.

„Sonst noch was?“

„Sagen wir so: Geld kann nicht alles kaufen. Einige dieser Freaks können einem schon unheimlich sein. Harrison gehört nicht dazu. Er hat seine sexuellen Eigenarten, aber wenn du nicht auf seiner Wellenlänge bist, zwingt er dich auch nicht.“

„Ist er eifersüchtig?“

„Auf wen?“

„Auf die Männer, mit denen es seine Frauen zwischendurch auch treiben.“

„Um Gottes willen“, sagte Blondie. „Hier geht’s nur um Spiel, Sport und Spaß, Jesse. Mit Eifersucht und Futterneid hat niemand was am Hut.“

Sie grinste ihn an und trank ihren ersten Aperitif aus.

„Wir haben alle einfach nur Spaß am Vögeln", sagte sie.

Jesse lächelte.

„Was ja noch kein charakterliches Defizit sein muss", sagte er.

Blondie schien nicht amüsiert.

„Um ehrlich zu sein, hab ich durchaus meine Defizite", sagte sie. „Ich bin oberflächlich, unvorsichtig und reichlich egoistisch. Aber zumindest mach ich aus meinem Herzen keine Mördergrube."

„War das auch der Grund, warum Sie aufs Revier kamen und mir verrieten, dass Darnell die beiden Männer im Sex-Video kannte?"

„Ach, ich weiß nicht", sagte sie. „Sie sahen einfach scharf aus, als ich Sie auf dem Boot sah. Ich war neugierig, ob Sie im Bett vielleicht auch eine gute Figur machen würden."

„Es war also ein abgekartetes Spiel, um mich ins Bett zu zerren."

„Absolut", sagte Blondie. „Verstehen Sie jetzt, was ich meine? Nur weil Sie wie 'ne heiße Nummer aussahen, hab ich Harrison kurzerhand verpfiffen."

Jesse nickte. Die Kellnerin brachte das Essen: ein Roggen-Sandwich mit Rinderzunge für Jesse, einen California Salad für Blondie. Blondie bestellte auch gleich noch eine Flasche Chardonnay.

„War Florence Darnells Favoritin?"

„Glaub ich nicht", sagte Blondie.

„Man hat mir erzählt, dass er sie wegen Ihnen in die Wüste geschickt hat."

Blondie starrte Jesse fassungslos an.

„In die Wüste geschickt? Wegen mir?"

Jesse nickte. Blondie war noch immer fassungslos.

„Harrisons Favoritin war immer die, die ihm gerade einen geblasen hatte."

„Was ja auch ein Kriterium sein soll", sagte Jesse.

„Das ganze Arrangement auf dem Boot funktioniert eigentlich nur, wenn nichts als der eigene Orgasmus zählt", sagte Blondie.

„Und das gilt auch für die Highschool-Mädel, die er vor Ort rekrutiert?"

„Klar, aber glauben Sie etwa, dass sie die große Liebe suchen?"

„Vielleicht", sagte Jesse.

„Ach, hören Sie doch mit dem Psycho-Schwachsinn auf", sagte Blondie. „Die wollen einfach nur gefickt werden."

„Wie Sie?", sagte Jesse.

„Genau wie ich", sagte Blondie. „Ein bisschen vögeln, entspannt abhängen, coole Leute und vielleicht nachher noch ein bisschen Kleingeld in der Tasche."

„Aber warum hat Florence ihm dann das Video geschickt?"

„Hat sie es geschickt?"

„Hat sie etwa nicht?"

„Ich weiß nicht, wer's geschickt hat. Ich war's zufällig, die das Päckchen auf dem Postamt in der Stadt abholte. Es gab keinen Absender. Als ich es Harrison gab, wunderte er sich auch, wer's wohl geschickt hatte."

„Haben Sie sich das Video angeschaut?"

„Natürlich, wir haben es zusammen gesehen. Es war cool. Vor allem Harrison kriegte einen Kick daraus. Er wollte das Gleiche mit mir machen, aber …" Sie schüttelte den Kopf.

„Und er war nicht stinkig?"

„Nein, natürlich nicht. Warum hätte er sauer sein sollen? Er war hell begeistert."

„Wann genau holten Sie das Video auf der Post ab? Können Sie sich noch erinnern?"

„Florence war zu diesem Zeitpunkt jedenfalls nicht mehr auf dem Boot."

„Nicht mehr auf dem Boot?"

„Ja."

„Wann haben Sie Florence denn zum letzten Mal gesehen?", fragte Jesse.

„Sie war auf dem Boot, als wir in Florida lossegelten."

„Auf diesem Trip?"

„Ja, klar", sagte Blondie.

„Und alle Anwesenden auf dem Boot sahen sie?"

„Klar."

Blondie trank von ihrem Wein. Jesse bemerkte, dass sie ihren Salat kaum angerührt hatte.

„Das heißt also, dass alle Beteiligten mich glatt angelogen haben“, sagte Jesse.

„Natürlich haben wir gelogen“, sagte Blondie. „Wir hatten doch keinen Bock, dass jemand bei uns rumschnüffelt und womöglich Stunk macht.“

„Warum sprechen Sie denn jetzt mit mir?“, fragte Jesse.

Blondie zuckte mit den Schultern.

„Ich mag Sie. Will wahrscheinlich Eindruck schinden. Ich hab ein Glas in der Hand. Mir ist einfach danach.“

„Wie ist sie denn gestorben?“, fragte Jesse. „Wissen Sie das etwa auch?“

„Nein. Sie ging für ein paar Tage an Land. Sagte, ihr Daddy sei in der Stadt. Das Video kam an, als sie bereits von Bord war. Ich erinnere mich noch, dass Harrison es unbedingt zusammen mit ihr anschauen wollte. Er fragte mich, wann sie zurückkommen würde.“

„Und der Umschlag war in Miami abgestempelt worden?“, fragte Jesse.

„Ich hab nicht drauf geachtet, aber Harrison wies mich später darauf hin.“

„Wenn sie also wirklich mit ihrem Daddy in Paradise war, konnte sie es schlecht in Miami abgeschickt haben“, sagte Jesse.

„Es sei denn, jemand hat es in ihrem Auftrag geschickt“, sagte Blondie.

Sie schüttete sich noch ein Glas Wein ein.

„Warum sollte sie es so kompliziert machen?", fragte Jesse.

„Ich hab keinen blassen Schimmer", sagte Blondie. „Sie sind doch der gottverdammte Meisterdetektiv."

„Ja", sagte Jesse, „das muss ich wohl sein."

Er starrte auf die zweite Hälfte seines Sandwiches. Blondie trank wieder Wein.

„Können Sie sich erinnern, wann sie an Land ging, um ihren Vater zu treffen?"

„Nee", sagte Blondie, „keine Ahnung. Florence war auch nicht so wichtig für mich, dass ich jeden ihrer Schritte verfolgt hätte."

Sie pickte ein Stück Tangerine aus ihrem Salat und schob es in den Mund.

„Wie war sie denn drauf, als sie wieder an Bord kam?", fragte Jesse.

Blondie trank einen Schluck Wein, spitzte ihre Lippen und ließ ihre Augen einen Moment durch das Lokal streifen.

„Ich glaube nicht, dass sie überhaupt noch mal zurückkam", sagte sie.

57

„Die E-ZPass-Nummer, die Sie mir gegeben haben", sagte Healy, „laufend auf den Namen Willis Plum, wohnhaft in Miami?"

„Ja."

„Kam zwischen dem 1. und 4. Juni in Maryland, Delaware, New Jersey und New York zum Einsatz – und danach noch einmal auf dem Massachusetts Turnpike Richtung Boston. In Sturbridge und Brighton wurde er registriert, als er die Fast Lane benutzte. Zwischen dem 7. und 12. Juni passierte er die gleichen Orte in entgegengesetzter Richtung."

„Warum legt sich jemand, der in Miami lebt, einen E-ZPass-Transponder zu?", fragte Jesse.

„Viele Leute, die mit dem Auto nach New York müssen, lassen sich registrieren. Es ist erheblich angenehmer, nicht immer an den Maut-Häuschen anhalten zu müssen."

„Und unser System in Massachusetts funktioniert genauso wie das in den anderen Bundesstaaten?"

„Wunder der Technik", sagte Healy.

Jesse und Healy lehnten sich an das Geländer des Piers, der über den Liegeplätzen der kleineren Boote lag. Im dunklen Hafenwasser sah man gelegentlich einen toten Fisch, Apfelsinenschalen, das unverwüstliche Styropor, Tang, Krabbenpanzer, ein Kondom und den rot-weißen Schwimmer, der sich von einer Angel losgerissen hatte.

„Genau hier haben wir die Leiche gefunden", sagte Jesse.

„Zusammen mit dem anderen Treibgut", sagte Healy.

„Ein bedeutungsschwangeres Wort", sagte Jesse.

„Ja. Manchmal les ich schlaue Bücher."

Sie schwiegen und starrten aufs Wasser, das träge gegen den Pier klatschte. Jesse schaute zum Ausgang des Hafens hinüber. Er war sich ziemlich sicher, unter den zahllosen Booten die „Lady Jane" ausmachen zu können. Er atmete einmal tief durch.

„Vielleicht muss ich meine Theorie zu dem Fall ja neu formulieren", sagte er.

„Und wie würde die Neufassung aussehen?", fragte Healy.

„Dass ich nicht die leiseste Ahnung habe, was hier eigentlich abläuft. Dass ich mich die ganze Zeit nur im Kreis drehe. Dass ich nicht mehr weiß, wem ich noch glauben soll und wem nicht."

„Sie sind doch schon lange in diesem Geschäft", sagte Healy. „Sie müssen immer davon ausgehen, dass man Ihnen nur Lügen auftischt. Und trotzdem müssen Sie jedem Hinweis nachgehen."

„Der alte Bastard war also in Paradise", sagte Jesse.

„Zumindest sein Auto war hier", sagte Healy.

„Florence ging an Land, um ihn zu treffen, und kam danach nicht mehr zurück."

„Behauptet Blondie."

„Warum sollte sie in diesem Fall lügen?", fragte Jesse.

Healy lächelte.

„Zugegeben", sagte Jesse, „wenn sie gerade Bock hat, würde sie selbst bei der Uhrzeit lügen. Lügen ist bei ihr so was wie ein Juckreiz: Man kratzt einfach, wenn man das Bedürfnis verspürt."

„Trotzdem", sagte Healy. „Ich gehe ja auch davon aus, dass Mr. Plum hier war. Und dass er nach menschlichem Ermessen ein Päderast ist, der seine Töchter missbraucht hat. Und dass er lügt, dass sich die Balken biegen. Wie schätzt Cruz ihn eigentlich ein?"

„Sie glaubt, dass er ein Rädchen locker hat."

Healy lächelte.

„Womit sie wohl Recht haben wird", sagte er.

„Aber warum entscheidet er sich plötzlich, nach Massachusetts zu fahren und sie umzubringen?"

„Falls das wirklich seine Absicht war", sagte Healy.

„Ich weiß, ich weiß", sagte Jesse, „ich kann's noch nicht beweisen. Aber gehen wir doch einfach mal davon aus, dass er der Täter war."

„Okay."

„Warum setzt er sich plötzlich ins Auto, kommt hierher, bringt sie um und fährt dann wieder nach Hause?"

„Vielleicht hatte sie ihm ja gesagt, dass mit dem Inzest endgültig Schluss sein müsse", sagte Healy. „Mit ihr, mit den Zwillingen – mit dem ganzen beschissenen Kapitel."

„Nach dem letzten Stand der Dinge kam sie mit

Darnell aus Miami. Was bedeutet, dass sie Ende Mai in Miami gewesen sein muss. Vielleicht kam es ja schon dort zum Zerwürfnis."

„Sie verlässt ihren Vater im Streit und segelt mit Darnell los", sagte Healy.

„Und er entschließt sich, ihr zu folgen."

„Aber warum bringt er sie nicht an Ort und Stelle um?"

„Vielleicht weil er in Anwesenheit der Mutter keine passende Gelegenheit hatte."

„Sie glauben also, dass die Mutter über alles informiert ist?", fragte Healy.

„Cruz ist sich jedenfalls sicher."

„Sie weiß also auch, dass er ihre gemeinsame Tochter umgebracht hat?", sagte Healy. „Immer unter der Voraussetzung natürlich, dass er wirklich der Täter war."

„Sicher bin ich mir nicht", sagte Jesse, „aber zumindest könnten wir sie damit bei einem Verhör unter Druck setzen."

„Andererseits kann Ihre ursprüngliche Theorie noch immer die zutreffende sein", sagte Healy. „Darnell, Ralston oder beide."

„Vielleicht haben sie die ganze Zeit aber auch nur gelogen, weil sie Schiss hatten, dass ihr Sex-Ring auffliegen würde."

„Wovon das Meiste ja nicht mal illegal ist."

„Stimmt", sagte Jesse, „aber koscher ist es in den besseren Jachtkreisen mit Sicherheit auch nicht."

„Alle Beteiligten haben irgendetwas zu verbergen“, sagte Healy.

„Nicht nur etwas“, sagte Jesse. „Sieht so aus, als würde hier nur mit gezinkten Karten gespielt.“

Healy grinste ihn an.

„Ah, der alte Grummler“, sagte er. „Der Job macht Sie noch zum ausgewachsenen Zyniker.“

„Zumindest kann ich sie noch wegen Unzucht mit Minderjährigen festnageln“, sagte Jesse.

„Ist doch schön, wenn man immer noch einen Notgroschen hat“, sagte Healy.

Jesse lächelte spöttisch.

„Zumindest gibt es mir die Genugtuung, irgendjemandem Handschellen anzulegen“, sagte er.

58

„Wir müssen wohl oder übel noch mal mit den Plum-Zwillingen reden“, sagte Jesse. „Schaffst du's, an dem Gespräch teilzunehmen, ohne danach zur Flasche greifen zu müssen?“

Molly wurde rot im Gesicht.

„Halt doch die Klappe“, sagte sie.

„Wo bleibt der Respekt?“, sagte Jesse.

„Halten Sie doch Ihre Klappe, Chief Stone“, sagte Molly.

Jesse nickte.

„Schon besser", sagte er. „Sag Steve Bescheid, dass er die Telefonzentrale übernimmt."

„Machen wir wieder auf guter Cop, böser Cop?"

„Schaun wir mal, wie's läuft", sagte Jesse. „Kann aber nie schaden, wenn sie dich mögen und vor mir Bammel haben."

„Bringen sie einen Anwalt mit?", fragte Molly.

„Nein."

„Oh", sagte Molly. „Sie sind wirklich dumm."

„Eine Tatsache, die ich fest eingeplant habe", sagte Jesse.

Die Zwillinge nahmen wieder vor Jesses Schreibtisch Platz. Molly saß hinter ihnen, nah an der Tür.

„Wir wollen diesmal aber zusammenbleiben", sagte Corliss.

Jesse schaute sie regungslos an.

„Vielleicht kann ich euch zwei benachbarte Zellen in Framingham organisieren", sagte er.

„Framingham?", sagte Claudia.

„Die Erziehungsanstalt für weibliche Häftlinge", warf Molly von hinten ein.

Die beiden drehten sich zu ihr um.

„Ein Gefängnis?", fragte Corliss.

„Wir sollen ins Gefängnis?", fragte Claudia.

„Kann passieren", sagte Molly. „Wenn Sie sich weiterhin weigern, sich von uns helfen zu lassen, ist es nicht auszuschließen."

Jesse starrte Molly an.

„Was sind wir denn hier – die Heilsarmee?", fragte er.

„Unsere Aufgabe besteht nun mal auch darin, anderen Menschen zu helfen", sagte sie.

„Ich will ihnen aber nicht helfen", sagte Jesse, „ich will sie hinter Gittern sehen."

Die Mädchen drehten sich wieder zu Jesse zurück. Er bemerkte, wie Molly – unbemerkt von den Schwestern – tief durchatmete und in sich zusammensackte. *Ich weiß*, dachte Jesse, *ich weiß*.

„Ihr habt mich angelogen", sagte Jesse. „Seit unserem ersten Gespräch habt ihr mir nur Lügen aufgetischt."

„Aber wir haben doch nichts Schlimmes getan", sagte Corliss. „Wir sind keine Verbrecher."

Jesse ließ seinen Stuhl nach vorne kippen. Er stand auf, ging um den Schreibtisch herum und beugte seinen Oberkörper so weit nach vorne, dass seine Nase fast Corliss' Gesicht berührte.

„Ich mag Sie nicht", sagte er. „Ich hasse alles, wofür Sie stehen. Wenn Sie mir also weiterhin nur Lügen auftischen wollen, bin ich ein glücklicher Mann. Weil es mir nämlich mit jeder Lüge einfacher fällt, eure degenerierten Ärsche für zehn Jahre ins Kittchen zu stecken."

„Lassen Sie meine Schwester in Ruhe", sagte Claudia.

Jesse beugte sich zu ihr hinüber.

„Ich rede von euch beiden", sagte er.

„Wir lügen doch gar nicht“, sagte Corliss. „Wir haben doch noch kein Tönchen gesagt.“

„Ihr wisst also auch nicht, dass euer Vater Anfang Juni in Paradise war?“, fragte Jesse.

„Oh mein Gott“, sagten beide gleichzeitig.

„Ihr saht also keinen Anlass, mich darüber zu informieren – oder?“

„Jesse“, sagte Molly, „es sind doch noch Kinder.“

Jesse runzelte die Stirn und starrte Molly an.

„Mit Ihrem butterweichen Herz gehen Sie mir gewaltig auf die Eier, meine Liebe“, sagte er. „Wenn es Ihnen nicht passt, wie ich ein Verhör führe, können Sie mein Büro gerne verlassen.“

„Herrgott, ich kann die armen Mädchen doch nicht mit Ihnen allein lassen“, sagte Molly.

„Dann halten Sie gefälligst den Mund“, sagte Jesse.

„Wenn Sie mich dazu zwingen, zum Gemeinderat zu gehen, werd ich das auch tun“, sagte Molly.

„Der Gemeinderat kann mich am Arsch lecken. Wenn ich dieses degenerierte Pack hinter Schloss und Riegel bringe, werden sie mir vermutlich sogar eine Gehaltserhöhung spendieren.“

„Hat Daddy Florence umgebracht?“, fragte Corliss.

Jesse antwortete nicht. Die Wut in seinem Gesicht schien langsam abzuklingen. Er richtete sich auf, lehnte sich mit seinem Hintern gegen den Schreibtisch und verschränkte die Arme. Seine

Stimme klang plötzlich freundlich und verständnisvoll.

„Was meinen Sie denn?“, fragte er.

„Es war eine Möglichkeit, die uns Angst machte“, sagte Claudia. „Deshalb wollten wir ja mit Ihnen sprechen, deshalb wollten wir einen Privatdetektiv engagieren.“

„Dem Sie nicht einmal den wahren Namen verraten wollten.“

„Wir hatten zu viel Angst“, sagte Corliss.

„Vor Daddy?“

„Ja“, sagte Claudia.

„Dass er's rausfinden würde“, sagte Corliss.

„Sprechen wir noch einmal über das Video, das Sie von Ihrer Schwester und den zwei Männern gemacht haben“, sagte Jesse.

„Es war für Daddy“, sagte Claudia.

Jesse hörte, wie Molly aufstöhnte. Er nickte nachdenklich.

„Okay“, sagte er, „okay.“

Er ging um den Schreibtisch herum und setzte sich wieder.

„Sie hasste Daddy“, sagte Corliss. „Sie sagte, es sei ein letzter Fußtritt gewesen.“

„Und dann schickte sie ihm das Video?“

„Eine Kopie davon“, sagte Claudia. „Sie hatte einen ganzen Haufen Kopien gezogen. Ich glaube, sie wollte ihm eine nach der anderen schicken – jeden Monat oder so. Verstehen Sie? Um ihn wahnsinnig zu machen." Beide sprachen sie nun immer schneller. Die Worte quollen nur so aus ihnen heraus – wie der Riss in einem Staudamm, der immer breiter wird.

„Und wie kam dann eine Kopie auf Harrison Darnells Boot?", fragte Jesse.

„Wir haben darüber lange gesprochen", sagte Corliss. „Ich und Claud. Wir vermuten, dass Florence eine Kopie mitbrachte, um sie ihm zu zeigen. Harrison steht nun mal auf solche Sachen."

„Aber das Band kam doch mit der Post aus Miami", sagte Jesse.

„Darüber haben wir auch diskutiert", sagte Claudia.

„Mit welchem Ergebnis?", fragte Jesse.

„Dass es vielleicht Daddy war, der das Band in die Post steckte."

„Warum sollte er das tun?"

„Daddy kann manchmal schon arg seltsam sein", sagte Claudia.

„Wir dachten uns, dass er's vielleicht Harrison geschickt hat, um Flo bloßzustellen", sagte Corliss.

„Er wusste also nicht, dass das ein Schlag ins Wasser sein würde?", fragte Jesse.

„Ich glaube, er ging davon aus, dass Flo inzwischen einen gestandenen Freund aus der besseren Gesellschaft habe."

„Was er von uns ja auch glaubt", sagte Corliss.

„Was wäre denn passiert, wenn Daddy die Sache mit dem Privatdetektiv rausgefunden hätte?“, fragte Jesse.

„Wir hatten Angst, er würde uns umbringen“, sagte Claudia.

Sie schaute Corliss an. Beide nickten.

„Wer hat euch vom Tod eurer Schwester erzählt?“, fragte Jesse.

„Mama“, sagte Corliss.

„Warum habt ihr mir denn erzählt, es von Kimmy Young erfahren zu haben?“

„Kimmy?“, sagte Claudia.

„Wir haben Kimmy gesagt?“, fragte Corliss.

„In der Tat.“

„Mein Gott, wie sind wir denn darauf gekommen?“, fragte Claudia.

„Durch Kimmy sind wir ja eigentlich erst auf die Kloake aufmerksam geworden“, sagte Jesse.

„Wir hatten panische Angst und haben wohl irgendeinen Namen genannt“, sagte Corliss.

„Wenn wir Ihnen gesagt hätten, dass wir's von Mama wussten, hätten Sie wohl zwei und zwei zusammenaddiert und wären auf Daddy gekommen“, sagte Claudia.

„Und ihr wolltet vermeiden, dass er irgendwie Ärger bekommt?“, fragte Jesse.

„Ja“, sagte Corliss.

„Wir lieben ihn doch“, sagte Claudia.

„Und er liebt uns“, sagte Corliss.

„Und doch hattet ihr Angst, dass er euch umbringen würde“, sagte Jesse.

„Daddy kann manchmal ganz schön wütend werden“, sagte Claudia.

Sie schauten einander an und nickten.

59

Kelly Cruz stand am Flughafen in Miami, um Jesse persönlich abzuholen. Sie hatte kurze schwarze Haare, volle Lippen und eine hübsche Figur. Und keine Frage: Ihr Hintern war knackig. Sie trug eine weiße Hose, ein blaues Jackett, weiße Stöckelschuhe und hielt ein Schild mit dem Wort STONE in der Hand. Jesse war erleichtert, dass Cruz tatsächlich so attraktiv war, wie er sich das erhofft hatte. Sie begrüßten sich mit Handschlag und gingen zu einem rostbraunen Ford „Crown Victoria“, der im Halteverbot vor dem Terminal stand. Cruz setzte sich neben den Fahrer, Jesse rutschte auf den Rücksitz.

„Jesse Stone“, sagte Cruz, „Raymond Ortiz.“

Der Fahrer drehte sich um und sagte Hallo.

„Raymond arbeitet in der Mordkommission“, sagte sie, „hier in Miami.“

„Gut, dass wir eine offizielle Autorität an Bord haben“, sagte Jesse. „Nur für den Fall, dass wir kurzfristig jemanden verhaften müssen.“

„Klingt gut", sagte Ortiz. „Die offizielle Autorität bin wohl ich."

„Wie wollen Sie denn vorgehen?", fragte Cruz, als sie auf dem Dolphin Expressway nach Osten fuhren.

„Meine übliche Methode", sagte Jesse. „Ich stolper einfach rein, schüttel den Sack und schau mir an, was dabei rausfällt."

„Ganz nach meinem Geschmack", sagte Ortiz.

„Es ist schließlich Ihr Fall", sagte Cruz.

„Aber Sie sind mit den Akteuren vertraut", sagte Jesse. „Haben Sie einen Vorschlag?"

„Mrs. Plum ist bereits sturmreif", sagte Cruz. „Der Alte ist innerlich so weggetreten, dass ich seine Reaktion nicht einschätzen mag."

„Und das Hausmädchen ist auch keine Hilfe?", fragte Jesse.

Cruz schüttelte ihren Kopf.

„Völlig aussichtslos", sagte sie. „Sie lebt nur für den Yankee-Dollar. Andere Ambitionen hat sie nicht."

„Sie sind doch auch Kubanerin", sagte Jesse.

„Meine Mutter kommt aus Kuba", sagte Cruz.

„Und Raymond?"

„Si", sagte Ortiz mit einem absichtlich spanischen Akzent.

„Das wird uns also wohl auch nicht weiterhelfen."

„Nicht die Bohne", sagte Cruz. „Genauso wenig

wie es uns hilft, dass Sie als Gringo mit den Plums reden."

„Gringo?", fragte Jesse.

„Ich versuch nur, authentisch zu klingen", sagte Cruz. „An Ihrer Stelle würd ich mich jedenfalls auf die Mutter konzentrieren und ihr unter die Nase reiben, dass es ihr perverser Gatte war, der ihre Tochter ermordete."

Jesse nickte. Cruz schaute auf ihre Uhr.

„Zehn vor zwölf", sagte sie. „Wenn wir bei ihnen einlaufen, werden sie sich bereits den ersten Drink genehmigen."

„Ist das gut oder schlecht?", fragte Jesse.

„Es macht keinen großen Unterschied", sagte Cruz.

„Werden wir erwartet?", fragte Jesse.

„Werden wir", sagte Cruz. „Vorausgesetzt, sie haben es nicht verdrängt."

Das Parkservice-Personal am Eingang schien Cops von weitem riechen zu können. Niemand bot sich an, den „Crown Victoria" in die Garage zu fahren und niemand protestierte, als Ortiz den Wagen direkt vor dem Haupteingang abstellte und ausstieg. In der Lobby ging Ortiz zielstrebig zur Rezeptionistin und zeigte seine Marke. Sie meldete die Besucher bei den Plums an und als sie im Penthouse aus dem Fahrstuhl stiegen, wartete das Hausmädchen bereits am Eingang des weiträumigen Apartments. Sie wurden durch den unberührt wirkenden Wohnbereich zur Terrasse geführt, wo der Getränkewagen bereits seine Dienste versah. Gleich daneben war ein kleines Buffet angerichtet worden.

Mrs. Plum trug ein wallendes, knielanges Kleid in Türkis und hatte sich auf ihrer Liege zurückgelehnt. Ihr Gatte, wie immer ganz in Weiß, saß aufrecht auf einem Stuhl direkt neben ihr. Beide tranken einen Manhattan. Jesse schaute sich den Vater genauer an. *Du gottverdammtes Schwein.*

60

Ortiz' einzige Funktion bestand darin, überhaupt anwesend zu sein. Er vertrat das Gesetz, da Jesse und Cruz in Miami keine Amtsbefugnisse hatten. Während die beiden es abgelehnt hatten, sich am Buffet zu bedienen, hatte Ortiz sich einen großen Teller mit diversen Sandwiches zusammengestellt. Er verzog sich in eine Ecke, stellte das Glas mit dem kalten Mango-Eistee aufs Geländer und machte sich über die Sandwiches her. Cruz hatte direkt vor den Plums auf einem armlosen Stuhl Platz genommen, während Jesse es vorzog, das Gespräch im Stehen zu führen.

„Polizeichef", sagte Willis Plum. „Nicht übel in Ihrem Alter."

Jesse ignorierte ihn.

„Mrs. Plum“, sagte er, „vor kurzem erzählten Sie Inspektor Cruz, dass Ihr Gatte Anfang Juni einen Trip unternahm – was sich aber offensichtlich als Irrtum herausstellte.“

„Passiert mir häufig“, sagte Mrs. Plum. Ihr spöttischer Tonfall verriet, dass sie tatsächlich genau das Gegenteil meinte.

„Ich habe eine gute Nachricht für Sie“, sagte Jesse. „Sie irrten nicht. Ihr Mann fuhr allerdings nicht nach Tallahassee, sondern war in der ersten Juniwoche in Boston.“

Sie schaute kurz ihren Mann an.

„Ich wusste doch, dass ich Recht hatte“, sagte sie.

Mr. Plum schüttelte den Kopf.

„Er täuscht sich, Mama“, sagte er freundlich. „Genau wie du.“

„Ihr Mann hat einen E-ZPass-Transponder im Auto“, sagte Jesse, „und dieser Transponder ist auch kompatibel mit dem Fast-Lane-System in Massachusetts. Daher wissen wir, dass er in der ersten Juniwoche auf dem Massachusetts Turnpike unterwegs war.“

„Transponder?“, fragte sie.

„Man fährt mit dem Auto auf die entsprechende Fahrspur und wird dabei elektronisch registriert. Die Mautgebühr wird dann von der Kreditkarte abgebucht.“

„Ist das dieses Ding an der Windschutzscheibe?“, fragte Mrs. Plum.

„Gerade nördlich von Washington ist es äußerst hilfreich“, sagte Mr. Plum. „Und ich fahre oft nach New York. Man spart sich damit viel Zeit.“

Jesse tat so, als habe er Mr. Plum überhaupt nicht gehört.

„Während Sie also glaubten, er sei zu einer Ladeneröffnung nach Tallahassee gefahren, war er tatsächlich in Boston, um Florence zu treffen.“

Mr. Plum meldete sich wieder zu Wort.

„Was er behauptet, trifft einfach nicht zu, Mama“, sagte er, noch immer die Freundlichkeit in Person.

Sie starrte ihn für einen Augenblick an. Er saß kerzengerade auf seinem Stuhl und hatte die Füße eng nebeneinander gestellt. Er trank vorsichtig von seinem Manhattan und tupfte sich mit einem Taschentuch die Lippen ab. *Der geborene Pedant,* dachte Jesse.

„Mama“, sagte er nur.

„Haben Sie vielleicht eine Vermutung, Mrs. Plum, was er in Boston gemacht haben könnte?“, fragte Jesse.

„Nein“, sagte sie.

„Haben Sie eine Vermutung, warum er vorgibt, nicht in Boston gewesen zu sein?“

„Ich bin überhaupt nicht gefahren, Mama.“

Mrs. Plum ignorierte ihn und starrte weiterhin Jesse an.

„Nein“, sagte sie, „ich habe keine Vermutung.“

Es war still auf der Terrasse. Der Himmel über

ihnen war plötzlich unnatürlich blau, die Bay unter ihnen so pittoresk wie ein Postkarten-Idyll.

„Ich habe mir nichts zu Schulden kommen lassen", sagte Mr. Plum.

Jesse schlenderte zu Ortiz hinüber und lehnte sich neben ihm gegen das Geländer. Mr. Plum schüttete sich aus dem silbernen Shaker einen weiteren Drink ein. Er wollte den Shaker seiner Frau weiterreichen, doch die schüttelte den Kopf und trank aus ihrem halb vollen Glas.

„Ich habe mir nichts zu Schulden kommen lassen", sagte Mr. Plum erneut.

Mrs. Plum starrte noch immer Jesse an. Ortiz vergnügte sich mit seinen Sandwiches. Cruz hatte die Beine übereinander geschlagen und die Hände über dem rechten Knie gefaltet. Jesse wartete. Niemand sagte ein Wort. Langsam wandte Mrs. Plum den Blick von Jesse zu ihrem Mann. Er lächelte sie an.

„Es wird schon alles ins Lot kommen, Mama", sagte er.

Sie schaute ihn unverwandt an.

Er saß scheinbar gelassen auf seinem Stuhl und benutzte nur Daumen und Zeigefinger, um sein Glas zu halten. Seine Augen waren auf seine Frau gerichtet, schienen aber durch sie hindurch ins Leere zu blicken.

„Du bist ein ungeheuerliches Schwein von einem Mann", sagte Mrs. Plum.

Sie sagte es völlig ruhig – als sei es nichts weiter als eine unbestreitbare Tatsache.

„Mama", sagte er, „bitte nicht in Anwesenheit unserer Gäste."

„Du hast sie umgebracht", sagte Mrs. Plum. „Warum gibst du es nicht endlich zu?"

„Mama", sagte er und klang noch immer wie das geborene Unschuldslamm. „Wir sollten uns bitte an unsere Manieren erinnern."

„Als sie dir das Video schickte, ging die Eifersucht mit dir durch. Du bist nach Boston gefahren, um sie umzubringen."

„Video?", fragte Mr. Plum.

„Glaubst du etwa, ich hätte die Sache mit dem Video nicht mitbekommen? Glaubst du, ich hätte ihre Handschrift auf dem Päckchen nicht erkannt? Glaubst du, ich hätte es in deinem Büro nicht gefunden, als du mal außer Hauses warst? Glaubst du, ich hätte es mir nicht angeschaut? Glaubst du wirklich, ich wäre über deine schmutzigen Geheimnisse nicht informiert gewesen?"

Ihre anfangs verhaltene Stimme war schrittweise so schrill geworden, dass sie ihn inzwischen geradezu anschrie.

„Das Video war rein privater Natur", sagte Mr. Plum.

„Privat?" Sie schien sich inzwischen wieder gefangen zu haben. „Das war meine Tochter", sagte sie leise.

„Und meine auch“, sagte Mr. Plum. Er starrte noch immer ins Leere. „Es war eine private Angelegenheit zwischen mir und meiner Tochter.“

„Die du seit ihrem 13. Lebensjahr gefickt hast.“

Mr. Plum schaute ihr nun direkt in die Augen.

„Mama“, sagte er streng, „sei nicht so geschmacklos.“

Sie starrte ihn an, schaute dann zu Jesse und Ortiz hinüber und wandte sich schließlich an Cruz.

„Er hat das gemacht, seit sie kleine Mädchen waren“, sagte sie ihr. „Mit allen drei. Es war sein dunkles Geheimnis, das zwischen uns mit keinem Wort angesprochen wurde. Vielleicht glaubte er wirklich, es vor mir verheimlichen zu können, aber ich wusste es.“

„Und haben nichts unternommen?“, fragte Cruz.

„Er hatte Geld und bot uns ein sorgenfreies Leben“, sagte sie. „Er hatte mir gegenüber auch keine sexuellen Ansprüche. Es war einfacher, alles im Alkohol zu ertränken.“

„Aber nicht für die Mädchen“, sagte Cruz.

„Ich habe diese Mädchen wirklich geliebt“, sagte Mr. Plum. „Und sie liebten mich auch.“

„Und trotzdem hast du sie zerstört“, sagte Mrs. Plum. „Und nun auch Florence ermordet.“

„Betsy“, sagte Mr. Plum. „Kann das nicht warten, bis sich unsere Gäste verabschiedet haben?“

Mrs. Plum leerte ihr Glas. Wie in Trance

schenkte ihr Mr. Plum einen neuen Drink ein. Sie begann, leise zu weinen.

„Schauen Sie ihn nur an“, sagte sie. „Sehen Sie? So ist er nun mal. Wie ein kaltblütiges Reptil. Er hört nichts, er fühlt nichts, er hat kein Blut in seinen Adern.“

Kelly Cruz nickte.

„Ich bin kein Reptil, Betsy“, sagte Mr. Plum. „Ich bin ein Mann mit Gefühlen und Trieben, wie sie bei einem Mann nun mal ganz natürlich sind.“

„Und du hast Florence umgebracht“, sagte Mrs. Plum.

Ihre Stimme war wieder kurz davor, sich zu überschlagen.

„Du hast Florence umgebracht, weil du eifersüchtig warst, dass sie Sex mit anderen Männern hatte.“

„Das Video war ein Affront“, sagte Mr. Plum.

„Und deshalb hast du sie getötet.“

„Sie ist mir in den Rücken gefallen, Betsy.“

„Und du hast sie getötet. Sag es! Sag es, dass du sie getötet hast. Sag in deiner jämmerlichen Reptilienexistenz nur einmal was Wahres. Sag, dass … du … sie … ermordet … hast.“

„Du wirst nie ahnen, wie sehr ich sie geliebt habe“, sagte Mr. Plum. „Niemand wird das je ermessen können.“

„Und deshalb hast … du … sie … getötet?“

Mrs. Plum hatte Mühe, die Worte überhaupt noch artikulieren zu können.

„Du … hast sie so sehr geliebt, dass du … sie … umgebracht hast?“

„Ich habe sie umgebracht, weil ich verhindern wollte, dass es mit ihr noch weiter bergab ging“, sagte Mr. Plum. „Ich hatte gar keine andere Wahl.“

Er griff zu dem silbernen Cocktailshaker, bemerkte, dass er leer war, stellte ihn zurück und läutete das Glöckchen, um das Hausmädchen zu rufen.

61

Kelly Cruz drehte ihr Glas auf dem Tresen langsam hin und her. Sie trank Jack Daniel's on the rocks.

„Und was wird nun mit Darnell und Ralston?“, fragte sie.

Sie saßen in der Bar von Jesses Hotel. Jesse hatte mit einem alkoholfreien Cocktail vorlieb genommen. Cruz trug ein kurzes schwarzes Kleid mit Spaghetti-Trägern und hatte eine gesunde Bräune. Eine kleine schwarze Handtasche lag neben ihrem Drink.

„Wir haben sie gestern hochgehen lassen“, sagte Jesse. „Vergewaltigung Minderjähriger.“

„Werden Sie vor Gericht damit durchkommen?“

„Wir haben Darnell in flagranti auf Video.“

„Zulässiges Beweismaterial?“

„Hundertprozentig.“

„Was ist mit Ralston?“

„Falls unsere Zeugin nicht einen Rückzieher macht“, sagte Jesse.

„Könnte passieren?“

Jesse zuckte mit den Schultern.

„Sie ist noch ein Kind“, sagte er.

„Werden sie eingebuchtet?“

„Nicht mein Metier“, sagte Jesse.

„Aber was glauben Sie persönlich?“, fragte Cruz. „Von Cop zu Cop.“

Jesse lächelte.

„Ich mach mir darüber grundsätzlich keinen Kopf“, sagte er. „Hängt von zu vielen unbekannten Faktoren ab: Wie gut ist ihr Verteidiger? Wie gut ist der Staatsanwalt? Wird ihre sexuelle Vorgeschichte als Beweismaterial zugelassen? Werden sie einen Vergleich anstreben?“

„Vermutlich“, sagte Cruz.

Jesse nickte.

„Also kein Knast“, sagte Cruz.

Jesse zuckte mit den Schultern.

„Ich verhafte, sie fällen das Urteil“, sagte er.

Cruz schaute auf Jesses alkoholfreien Cocktail.

„Probleme mit Alk?“, fragte sie.

„Ja.“

„Wie lange sind Sie schon trocken?“

„Hatte keinen Drink mehr seit fast einem Jahr“, sagte Jesse.

„Vermissen Sie's?“

„Ja."
„Mein Ehemann war Alkoholiker", sagte Cruz.
„Geschieden?"
Kelly Cruz nickte.
„Wissen Sie, was aus ihm geworden ist?"
„Nein."
„Wie geht's den Kids?"
„Gut", sagte sie. „Zwei Jungs. Wir leben bei meinen Eltern. Mein Vater hat für alle die Vaterrolle übernommen."
Jesse leerte seinen Cocktail und bestellte sich einen neuen.
„Kein Wunder, dass Sie ein Problem haben", sagte Cruz. „Sie kippen ja alles im Nu weg."
„Was tut man nicht alles für Vitamin C", sagte Jesse, während der Barkeeper den Drink vor ihn hinstellte.
„Warum hat Willis Plum wohl das Video an Darnell geschickt?"
Jesse schüttelte den Kopf.
„Er ist jenseits von Gut und Böse", sagte er.
„Vielleicht hatte er ja gehofft, sie damit bloßstellen zu können."
Jesse nickte.
„Vielleicht schickte er's ihr zurück, um sozusagen den Erhalt des Päckchens rückgängig zu machen", sagte Cruz.
„Blondie Martin sagt aber, das Päckchen sei an Darnell adressiert gewesen."

„Vielleicht tat er's auch nur, weil er einfach durchgeknallt ist", sagte Cruz.

„Zumindest war er nicht so bescheuert, mit dem Flugzeug zu kommen und bei der Airline eine eindeutige Spur zu hinterlassen", sagte Jesse.

Cruz trank von ihrem Bourbon.

„Dann geht's morgen also zurück in die Heimat", sagte sie.

„Ja, der Papierkram ist erledigt. Ich soll Plum sogar gleich morgen mitnehmen."

„Gibt's jemanden, der auf Sie wartet?", fragte Cruz.

„Meine Exfrau", sagte Jesse.

„Sie haben eine Exfrau, die auf Sie wartet?"

„Wir versuchen gerade, einen neuen Anlauf zu nehmen", sagte Jesse.

„Und – funktioniert's?"

„So weit, so gut", sagte Jesse.

„Die Plum-Zwillinge bleiben vorläufig zu Hause bei ihrer Mutter", sagte Cruz.

„Gut", sagte Jesse.

„Glauben Sie, dass die beiden irgendwann noch einmal die Kurve kriegen?", fragte Cruz.

„Eher unwahrscheinlich", sagte Jesse.

„Hauptsache, der Vater ist weg", sagte Cruz. „Mit ihrer Mutter läuft's sicher besser."

„Die aber auch nicht viel besser ist als der Vater."

„Nein, nicht wirklich", sagte Cruz.

„Sie haben jedenfalls einen Wahnsinnsjob gemacht, Kell", sagte Jesse.

„Ich weiß."

„Und wahrscheinlich viel von Ihrer Freizeit geopfert."

„Na ja, ein bisschen", sagte Cruz. „Dafür hab ich aber auch einen netten Manager im Jachthafen kennengelernt. Und einen süßen Privatpiloten obendrein."

„Prima", sagte Jesse. „Freut mich zu hören, dass Sie zumindest privat etwas Profit aus dieser Erfahrung ziehen."

Cruz leerte ihr Glas und stand auf.

„Hab heute Abend sogar noch 'ne Verabredung mit dem Piloten", sagte sie. „Er ist an der Reihe. Der Jachtmanager ist schon in den Genuss meiner neuen Erfahrung gekommen."

Jesse erhob sich ebenfalls und ließ seinen Cocktail achtlos stehen.

„Danke, Kell", sagte er. „Sie sind ein verflucht guter Cop."

Sie drehte sich zu ihm um und gab ihm einen flüchtigen Kuss auf den Mund.

„Sie sind aber auch nicht so übel", sagte sie. „Und viel Glück mit der Ex."

„Viel Glück mit dem Piloten."

Cruz zog eine Grimasse, die offensichtlich eine Parodie auf eine bekannte Filmszene war. *Bogart vielleicht,* dachte Jesse.

„Mit Glück allein kommst du nicht weit, Kleines“, sagte sie und griff zu ihrer Handtasche.

Mit ihrer Linken tätschelte sie seine Backe. Er strich ihr mit der Hand übers Haar. Er mochte das Parfüm, das sie benutzte. Für einen Moment standen sie bewegungslos da, bis sie ihre Hand zurückzog und sich umdrehte. Jesse sah ihr nach, als sie die Bar verließ.

Wenn hier einer von Glück reden kann, dann der Pilot.

62

Es war kühl und regnerisch in Paradise. Die Rennboote waren verschwunden. Der Hafen präsentierte sich wieder in seinem provinziellen Durcheinander. Jenn hatte einen Hackbraten und zwei Ofenkartoffeln gemacht, während sich Jesse um den Salat gekümmert hatte. Sie saßen an dem kleinen Tisch in der Küche und aßen. Jenn öffnete eine Flasche Riesling.

„Trinkt man zu Hackbraten nicht besser Rotwein?“, fragte Jesse.

„Ich glaube, zu Hackbraten kann man so ziemlich alles trinken“, sagte Jenn.

„Was ein großer Vorteil des Hackbratens ist.“

„Von Vorteil ist es auch, wenn man das Rezept für den perfekten Hackbraten hat“, sagte Jenn.

Es war still im Apartment. Durch die offene Balkontür konnte man den Regen hören.

„Ich hab das Gefühl, dass es gut läuft zwischen uns beiden", sagte Jenn.

„Ja."

„Wie geht's dir?"

„Gut."

„Zum Glück ist dieser scheußliche Fall endlich abgeschlossen", sagte sie.

„Zumindest für mich", sagte er.

Jenn nickte.

„Ist dir inzwischen wirklich klar, wie alles abgelaufen ist?"

„In groben Zügen", sagte Jesse.

„Eine Sache gibt's, die ich nie kapiert habe", sagte Jenn. „Warum haben die Zwillinge dir erzählt, dass sie vom Tod ihrer Schwester durch … wie hieß sie noch gleich? Kimmy irgendwas?"

„Kimmy Young", sagte Jesse.

„Wenn sie sich einen anderen Namen ausgedacht oder dir die Wahrheit gesagt hätten, wärst du nie draufgekommen."

„Stimmt", sagte Jesse.

„Glaubst du, dass sie es auf irgendeiner Ebene mit Absicht getan haben?"

„Kann gut sein."

„Weil sie im Unterbewusstsein wollten, dass du dem Rätsel auf die Spur kommst?"

„Kann gut sein."

„Und damit dem Spuk ein Ende bereitest?"

„Was ich ja nun auch getan habe", sagte Jesse.

„Weißt du inzwischen denn auch, wie Florence gestorben ist?"

„In groben Zügen."

Jenn wartete.

„Was nach all den Jahren der konkrete Anlass war, weiß ich nicht", sagte Jesse. „Jedenfalls entschloss sich Florence, ihrem Vater nicht mehr zu Willen zu sein. Es gab wohl eine Konfrontation, zu der sich der alte Plum aber nicht äußern will. Daraufhin machte sie mit ihren Schwestern das Video und schickte es ihrem Vater."

„So was wie ein perverses Abschiedsgeschenk", sagte Jenn.

„Kann man so sehen", sagte Jesse. „Er wiederum schickte es an Darnell. Über seine Beweggründe wollte er sich nicht auslassen. Dann sei er jedenfalls nach Paradise gefahren, um sich mit ihr zu versöhnen. Sie waren immer begeisterte Segler, erzählte die Mutter. Florence mietete also ein Boot, kaufte ein paar Sachen fürs Picknick – und auf ging's zum großen Versöhnungs-Törn. Doch prompt kriegten sie sich wieder in die Haare, er warf sie ins Wasser und segelte davon."

„Und da er nicht wusste, wo sie das Boot gemietet hatte, segelte er zum erstbesten Bootsverleih zurück."

„Wahrscheinlich", sagte Jesse.

„Wie ein Streit zwischen Verliebten, der eskaliert ist“, sagte Jenn.

„Wobei er immerhin so weitsichtig war, dass er nicht mit dem Flieger kam und Spuren hinterließ, sondern die ganze Strecke mit dem Auto zurücklegte.“

Jenn legte ihre Gabel ab und schaute Jesse schweigend an.

„Was dann aber bedeutet, dass er die Tat schon vor seiner Abreise geplant hatte“, sagte sie.

„Hmm.“

„Mein Gott“, sagte sie.

Jesse schwieg.

„Und was ist mit den anderen Töchtern?“

„Sind bei der Mutter“, sagte Jesse.

„Glaubst du, dass sie diese Erfahrung je verarbeiten können?“

„Nein.“

Jenn schüttete sich ein Glas Wein ein.

„Dann hat er also all seine Kinder auf dem Gewissen“, sagte sie.

„Und seine Frau ließ ihn gewähren.“

„Wie konnte sie dieses Grauen nur verdrängen?“, sagte Jenn.

„Sie hatte wohl keine andere Wahl.“

Jenn trank einen Schluck.

„Hast du schon mit Dix darüber gesprochen?“

„Indirekt“, sagte Jesse.

„Du hast mit ihm vermutlich darüber gesprochen, welche Auswirkungen dieser Fall auf deine Person hat."

„Stimmt."

„Magst du darüber reden?"

„In den letzten Wochen drehte sich alles nur um Sex, nie um Liebe", sagte Jesse. „Und ich hatte ohnehin schon ein schlechtes Gewissen, weil in meinem Verhältnis zu dir Sex so im Vordergrund steht."

Jenn hörte zu, ohne ihn zu unterbrechen.

„Dix meinte, dass es so etwas wie ein – wie nannte er's? – so was wie ein *Popanz* sei, den ich kreiert habe: Sollte es mein Verhalten sein, das zur erneuten Trennung führt, hab ich die Kontrolle, weil ich mein Verhalten ja theoretisch ändern könnte. Sollte es hingegen etwas sein, das du …" Jesse zuckte mit den Schultern.

„Ich finde, dass du mir einfach mehr vertrauen solltest", sagte Jenn. „Selbst wenn ich mich in der Vergangenheit nicht gerade mit Ruhm bekleckert habe."

„Ich glaube, es geht nicht mal nur um dich", sagte Jesse. „Vielleicht muss ich einfach uns beiden mehr vertrauen."

Jenn lächelte und trank von ihrem Wein.

Jesse schaute sie an. „Es ist jetzt genau ein ganzes Jahr", sagte er.

„Ich weiß."

„Ich glaube, ich mach einen Versuch und trink ein Glas Wein", sagte er.

„Einfach so?“

Jesse nickte.

„Vielleicht sogar zwei“, sagte er.

„Glaubst du, dass du's im Griff hast?“

„Es gibt nur einen Weg, das rauszufinden.“

„Und wenn's schiefgeht?“

„Dann mach ich halt wieder Schluss“, sagte Jesse. „Hab ja bewiesen, dass ich's kann.“

„Hast du mit Dix schon darüber gesprochen?“

„Indirekt.“

Jenn schaute auf Jesses Weinglas und grinste. Er mochte es, wenn sie ihn so frech angrinste.

„Willst du deinen ersten Versuch denn wirklich mit Wein verplempern?“, fragte sie. „Ich könnte dir auch einen schönen Scotch Soda machen.“

„Ich möchte mit dir zu Abend essen und dabei zwei Glas Wein trinken“, sagte er.

„*Vielleicht* zwei“, sagte Jenn.

Sie schauten sich an und nickten.

Jenn schenkte ihm ein Glas ein und achtete darauf, dass es auch wirklich voll war. Er sollte nicht das Gefühl haben, sie würde ihm nicht über den Weg trauen.

„Und bei der Gelegenheit solltest du auch wissen, dass mir zu viel Sex erheblich lieber ist als zu wenig“, sagte sie.

Jesse grinste.

„Darauf trinken wir“, sagte er.

Die amerikanische Originalausgabe erschien 2006
unter dem Titel »Sea Change«.

Pendragon Verlag
gegründet 1981
www.pendragon.de

Gedruckt auf holz- und säurefreiem Naturpapier

2. Auflage
Deutsche Erstausgabe
Veröffentlicht im Pendragon Verlag
Günther Butkus, Bielefeld 2014

Lektorat: Anja Schwarz, Lisa Hengelbrock
Umschlag und Herstellung: Uta Zeißler, Bielefeld
Umschlagfoto: Günther Butkus, Bielefeld
Satz: Pendragon Verlag auf Macintosh
Gesetzt aus der Adobe Garamond
ISBN 978-3-86532-416-0
Gedruckt in Deutschland

Robert B. Parker

EIN FALL FÜR JESSE STONE

Das dunkle Paradies

Job weg, Frau weg, dafür ein Alkoholproblem – lausige Startbedingungen für den Cop Jesse Stone nach seinem Rausschmiss bei der Mordkommission in Downtown L.A. Immerhin: Am anderen Ende des Kontinents, in Paradise, Massachusetts, gibt man ihm eine letzte Chance. Es verspricht ein ruhiger Job zu werden als neuer Polizeichef in der idyllischen Ostküstenstadt. Doch was haben der beschmierte Streifenwagen, die tote Katze vor der Wache und schließlich die Frauenleiche auf dem Schulhof zu bedeuten – alle versehen mit derselben Botschaft!

Jesse Stone nimmt die Ermittlungen auf und entdeckt einen Sumpf aus Geldwäsche, Waffenhandel, rassistischem Verschwörungswahn und unterdrückten sexuellen Obsessionen hinter der Fassade spießiger Wohlanständigkeit. Und ihm wird klar: Auch er ist nur als Figur in einem teuflischen Spiel vorgesehen. Wird er so enden wie sein Vorgänger? Wem kann er hier überhaupt noch trauen? Allein gegen alle nimmt er den Kampf auf …

Originaltitel: Night Passage
Übersetzt von Robert Brack

Paperback, 352 Seiten, Euro 10,95
ISBN 978-3-86532-335-2
Auch als E-Book erhältlich

Robert B. Parker

EIN FALL FÜR JESSE STONE

Terror auf Stiles Island

Gepflegte Villen mit großzügigen Gärten, ein Jachthafen am Meer: Beinahe paradiesisch geht es zu in Paradise, Massachusetts, einem malerischen Städtchen an der Ostküste. Ein Fall von jugendlichem Vandalismus ist das Einzige, womit sich Jesse Stone auseinandersetzen muss. Nebenbei hat Stone eine kurze Affäre mit einer Immobilienmaklerin und kann sich auch schlecht von der attraktiven Staatsanwältin lösen – und ahnt nicht, dass eine Gangsterbande einen raffinierten wie hinterhältigen Plan schmiedet. Das Ziel sind die Reichen und Schönen auf Stiles Island. Ein Wettlauf gegen die Zeit beginnt …

Die Bücher der Jesse-Stone-Reihe zählen zu den besten Krimis, die Robert B. Parker in seiner langen Karriere geschrieben hat. Die Romane wurden überaus erfolgreich mit Tom Selleck in der Hauptrolle verfilmt.

Originaltitel: Trouble in Paradise
Übersetzt von Bernd Gockel
2. Auflage
Paperback, 312 Seiten, Euro 10,95
ISBN 978-3-86532-356-9
Auch als E-Book erhältlich

Robert B. Parker

EIN FALL FÜR JESSE STONE

Die Tote in Paradise

Dieser Fall geht Polizeichef Jesse Stone an die Nieren. An einem See in der Nähe der US-Kleinstadt Paradise wird die stark verweste Leiche einer jungen Frau gefunden. Niemand scheint sie zu kennen oder zu vermissen. Erst durch einen Ring kann die Identität der Toten festgestellt werden. Doch der Name wirft mehr Fragen auf als Jesse Stone lieb ist. Was hatte das Mädchen mit einem stadtbekannten Mafioso zu tun? Warum wird sie sogar von ihren eigenen Eltern verleugnet? Und wie passt ein Bestseller-Autor in das Szenario?

Die Bücher der Jesse-Stone-Reihe zählen zu den besten Krimis, die Robert B. Parker in seiner langen Karriere geschrieben hat. Die Romane wurden überaus erfolgreich mit Tom Selleck in der Hauptrolle verfilmt.

Originaltitel: Death in Paradise
Übersetzt von Bernd Gockel

Paperback, 312 Seiten, Euro 10,99
ISBN 978-3-86532-369-9
Auch als E-Book erhältlich